Jennifer A. Nielsen

Nicolas Calva

Der allmächtige Armreif

Aus dem amerikanischen Englisch
von Petra Knese

GULLIVER
von BELTZ & Gelberg

Für meine Grundschullehrerin Mrs. Behunin, die in mir die Liebe zu Büchern geweckt hat.

MIX
Papier aus verantwortungsvollen Quellen
FSC® C089473

Dieses Buch ist erhältlich als:
ISBN 978-3-407-74888-1 Print
ISBN 978-3-407-74812-6 (EPUP)

Die Originalausgabe erschien 2016 unter dem Titel *Rise of the Wolf* bei
Scholastic Inc., New York
Dieses Werk wurde vermittelt durch die Literarische Agentur
Thomas Schlück GmbH; 30827 Garbsen
Übersetzung: Petra Knese
Lektorat: Carolin Eichenlaub
Neue Rechtschreibung
Umschlaggestaltung: Isabelle Hirtz
Herstellung und Satz: Elisabeth Werner
Gesamtherstellung: Beltz Grafische Betriebe, Bad Langensalza
Printed in Germany
1 2 3 4 5 22 21 20 19 18

Weitere Informationen zu unseren Autor_innen und Titeln
finden Sie unter: www.beltz.de

Jennifer A. Nielsen

Nicolas Calva
Der allmächtige Armreif

NICOLAS CALVA

Das magische Amulett (Band 1)

Der allmächtige Armreif (Band 2)

Der göttliche Stein (Band 3)

Jennifer A. Nielsen ist in den USA bereits eine erfolgreiche und von Kritikern gelobte Fantasy-Autorin. Sie liebt Schokolade, alte Bücher und entspannte Tage in den Bergen. Mit ihrem Mann, drei Kindern und einem sehr eigensinnigen Hund lebt sie im Bundesstaat Utah, wo sie geboren wurde und aufgewachsen ist. Besuchen kann man sie auf ihrer Homepage: www.jennielsen.com.

EINS

Mein Leben ergab keinen Sinn mehr. Jedenfalls nicht nach den gängigen Regeln der Logik. Doch das störte mich nicht. Irgendwie fühlte ich mich seltsam ruhig, nachdem ich akzeptiert hatte, dass der einzige Mensch auf der Welt, dem ich trauen konnte, mich umbringen wollte.

Mein Großvater General Flavius Radulf.

Da er aus seinen Plänen, mich zu töten, keinen Hehl machte, nahm ich an, dass er mir auch sonst keine Lügen erzählte. So übel seine Pläne auch waren, im Grunde war ich noch viel schlimmer als er. Radulf wäre schön blöd gewesen, mir zu vertrauen, und von meinen Plänen wusste er nichts.

Aber die mussten erst noch warten. Im Moment hatte ich genug damit zu tun, mich auf das Lenken der Quadriga zu konzentrieren.

Das mit dem Wagenrennen war Radulfs Idee gewesen. Der Gedanke kam ihm vor zwei Monaten, als er mich durch das Amphitheater reiten sah. Damals wollte ich nur die römische *Venatio* überleben und dafür brauchte ich ein gehorsames Pferd. Nichts lag mir ferner, als bei einem Wagenrennen anzutreten.

Trotzdem lenkte ich nun einen Vierspänner und genoss

jede Runde auf der Rennbahn im *Circus*. Da außer mir auch noch andere Teams fuhren, waren mehrere Hundert Zuschauer anwesend, die alle auf gute Unterhaltung hofften. Nämlich darauf, dass Blut flösse.

Mein Blut womöglich. Auch wenn es nur ein Proberennen war, wollte ich gewinnen, und die führenden Wagen drängten immer zur Innenbahn, wo es am schnellsten und gefährlichsten zuging.

Obwohl die Grünen und Blauen und sogar die Weißen beliebter waren, fuhr ich für die rote *Factio*, in der Radulf Freunde hatte. Da ich neu war und außerdem den unseligen Ruf hatte, Dinge zu zerstören, wie das großartige Amphitheater, hatten mich die anderen Renngesellschaften gar nicht erst in Betracht gezogen. Keine Ahnung, was es Radulf an Einschüchterungsversuchen und Bestechungsgeldern gekostet hatte, aber nun trug ich die rote Toga. Die anderen roten Teams hatte ich bereits hinter mir gelassen.

Mit acht weiteren Gespannen auf der Bahn war es zwar voll, aber längst nicht so voll wie beim richtigen Rennen, wenn zwölf Gespanne um Ruhm, Ehre und einen schmalen Beutel mit Gold kämpften. Ich nutzte den Vorteil und trieb meine Pferde zur Innenbahn. Der weiß gekleidete Wagenlenker vor mir funkelte mich böse an, ich lächelte bloß. Wenn er sich ärgerte, machte ich offensichtlich etwas richtig.

Auch wenn ich noch wenig Erfahrung hatte, liefen die Trainingsfahrten gut. Nun musste ich mich nur noch in einem richtigen Rennen bewähren. In ein paar Wochen fanden die *Ludi Romani* statt. Es war das größte Fest überhaupt und wurde zu Ehren Jupiters gefeiert, dem höchsten aller Götter, also würde ganz Rom in den *Circus Maximus* pilgern. Um dort mitfahren zu dürfen, müsste ich mich erst einmal beweisen. Wenn ich hart an mir arbeitete, wäre ich in ein paar Jahren vielleicht gut genug, um dort mitfahren zu können.

Die Zügel waren um meine Taille gegürtet, dadurch fiel es mir leichter, die Pferde eher intuitiv zu lenken. Nur wenn der Wagen umkippte, hatte ich ein Problem, dann hätten mich die Pferde zu Tode geschleift. Am Gürtel trug ich ein Messer, um mich notfalls losschneiden zu können. Allerdings bewahrte mich das nicht davor, von den nachfolgenden Pferden zu Tode getrampelt zu werden. So wollte ich nicht sterben, deshalb riss ich mich jetzt zusammen. Der Mann vor mir beschimpfte mich wüst, während ich ihn von der Mitte der Bahn vertrieb. Seinem Gesichtsausdruck nach zu urteilen, wollte er mich nur zu gerne stürzen sehen. Ich hatte überhaupt wenige Freunde, aber hier im *Circus* schon gleich gar keine.

Der weiße Wagenlenker stand längst nicht so sicher, wie er mich glauben machen wollte. Bei jeder Wende kämpfte er mit dem Gleichgewicht. Mir bereitete das keine Probleme. Früher als Sklave im Bergwerk hatte mich mein Herr Sal ständig über schmale und steil abfallende Pfade gezwungen. Damals bin ich nicht gestürzt und heute würde ich auch nicht stürzen. So weit der Plan jedenfalls. Nur der schwere Beutel an meinem Gürtel könnte das ändern.

Als ich ein weiteres Mal wendete, schwang er weit zur Seite und riss mich mit sich. Instinktiv wollte ich Magie benutzen, um Halt zu gewinnen, tat es aber nicht. Durfte es nicht. Sobald es wieder geradeaus ging, stand ich wieder fest auf beiden Beinen und legte noch einen Zahn zu.

Radulf hatte mir die *Bulla* nach dem Kampf im Amphitheater abgeknöpft und mir so die Magie geraubt. Doch etwas war mir geblieben. Seit dem Kampf war der Göttliche Stern auf meiner Schulter zu neuem Leben erwacht. Diese Magie nutzte ich kaum, weil ich nicht wusste, wie Radulf darauf reagieren würde. Deshalb behielt ich die Kräfte in mir und verwendete sie nur, um Pferde zu beruhigen, oder für andere Kleinigkeiten. Aber keinesfalls, um die Balance wiederzufinden, das wäre zu riskant gewesen.

»Ich habe gesehen, was du im Amphitheater angerichtet hast«, rief mir ein weißer Wagenlenker bei einem Überholmanöver zu. »Zerstörst du auch den *Circus*, wenn du verlierst?«

Lächelnd schnitt ich ihm mit meinen Pferden den Weg ab. »Wohl kaum, denn ich werde nicht verlieren!«

»Dein Wagen ist viel zu schwer mit dem Beutel. Das Blei ist doch nichts wert, du dummer Sklave!«

Für ihn vielleicht nicht. Für mich schon. Das Blei in dem Beutel rettete mir vielleicht noch das Leben.

Die Römer hielten ihren *Factiones* stets die Treue, mehr noch als dem Reich. Auch wenn es bei anderen Disziplinen verboten war, schlossen sie Wetten auf die Sieger im Wagenrennen ab. Um die Chancen ihrer Teams zu erhöhen, schrieben sie Flüche auf Bleitafeln. Die nagelten sie dann an die Mauern des *Circus* oder vergruben sie im Sand unter der Bahn. Ich sammelte jeden Tag möglichst viele Tafeln ein. Wenn die Götter die Flüche nicht sahen, konnten sie sie auch nicht wahr werden lassen, das jedenfalls machte ich Radulf weis. Natürlich war das eine blödsinnige Lüge, die ich ihm Abend für Abend erneut auftischte.

Radulf ärgerte sich, dass ich den Beutel trug. Vom ersten Tag an stritten wir darüber, aber mich kümmerte das nicht, ich gab nicht klein bei. Und mittlerweile war er davon überzeugt, dass ich einfach sehr abergläubisch war, was so gar nicht stimmte. In meinem Leben gab es keinen Platz für Aberglauben. Die Wirklichkeit war schon gefährlich genug.

»Den Beutel mit dir herumzuschleppen, ist kindisch und ziemt sich nicht für den Enkel eines Generals«, hatte er erst gestern Abend wieder zu mir gesagt. »Außerdem haben dich die Götter bereits verflucht. Was sollten sie dir denn noch antun?«

Die Antwort kannte ich. Die Götter könnten aufhören, mich tagein, tagaus mit Fluchtafeln zu versorgen.

Unter einem Schwall von Beleidigungen versuchte der weiß gekleidete Wagenlenker mein Gespann gegen die Mauer zu drängen. Mit einer Handbewegung beruhigte ich meine Pferde und trieb sie an, schneller zu laufen. Die Zuschauer jubelten. Als ich mich dankend der Menge zuwandte, machte ich eine überraschende Entdeckung.

Meine jüngere Schwester Livia saß hinter der Senatorenloge auf der Tribüne. Ihre goldenen Locken stachen aus jeder Menge heraus, auch jetzt leuchteten sie auffallend in alle Richtungen. Dennoch war ich überrascht, dass meine Schwester hier war. Seit wir vor zwei Monaten zu Radulf gezogen waren, hatten wir nie gleichzeitig das Haus verlassen dürfen. Radulf glaubte, dass wir so eher flüchten würden. Das hatten wir ihm auch nicht ausreden können, weil sowohl Radulf als auch uns klar war, dass wir genau das tun würden.

Warum war Livia also jetzt ganz allein hier? Gerade drehte sie sich zu der Frau neben sich um, und ich sah, dass es nicht Livia war. Aber abgesehen vom Altersunterschied hätte es ihre Zwillingsschwester sein können.

Mir schlug das Herz bis zum Hals. Nur ein Mensch konnte Livia so ähnlich sehen. Und das war meine Mutter, kein Zweifel.

»Halt deine Pferde im Zaum, sonst lass ich dich von der Bahn werfen«, rief mir ein anderer Wagenlenker beim Überholen zu.

»Was? Oh … tut mir leid.« Ich widmete mich wieder meinen Pferden, die in der Zwischenzeit auf die Außenbahn geraten waren, und dann hielt ich nach den Toren Ausschau, um die Rennstrecke zu verlassen. Die Tore lagen hinter mir, also musste ich noch fast eine ganze Runde drehen, aber ich ließ meine Mutter nicht mehr aus den Augen.

Mir wurde klar, dass meine Mutter nicht in ein Gespräch mit der Dame verwickelt war, sondern ihr diente. Und nebenbei schaute sie so oft es ging zur Bahn. Ob sie mich erkannt hatte? Oder interessierte sie sich einfach für Wagenrennen? Aber was spielte es schon für eine Rolle? Ohne Erlaubnis ihrer Herrin durfte sie nicht mit mir sprechen. Und da sich auch Radulf unter den Zuschauern befand, war es sicher keine gute Idee, auf meine Mutter zuzugehen. Doch ich hatte sie seit drei Jahren nicht gesehen und wusste rein gar nichts über ihr neues Leben. Diese Chance würde ich mir nicht entgehen lassen.

Der Wagenlenker in Weiß hatte mich überholt und brüllte mir zu: »Das wird dir eine Lehre sein, Junge!« Er zog sein Gespann zur Mitte und drängte mich und meine Pferde gegen die *Mauer.* Mein führendes Pferd geriet ins Stolpern. Bei einem Sturz würde es die anderen mit sich reißen. Hinter mir kamen sieben Wagen. Einer würde mich bestimmt überfahren. Wahrscheinlich sogar mit Absicht.

Suchend sah ich mich nach Radulf um, konnte ihn aber nirgends entdecken. Auch wenn es mich einiges an Magie kosten würde, die Pferde zu retten, musste ich es riskieren. Als die Pferde strauchelten, brachte ich sie mit einer Handbewegung wieder auf die Beine. Endlich konnte ich einen Teil der aufgestauten Magie herauslassen, es war eine Erleichterung. Allerdings würde ich dafür teuer bezahlen, wenn Radulf davon erfuhr.

Mittlerweile war ich schon in Richtung der Tore ausgeschert, schnitt die Zügel durch, riss mir den Helm vom Kopf und sprang vom Wagen. Während sich Stallburschen meiner Pferde annahmen, sprintete ich von der Bahn und wich dabei den Gespannen aus. Dann rannte ich die Steintreppe hinauf zur Tribüne, wo meine Mutter gesessen hatte. Atemlos und mit klopfendem Herzen kam ich angestürmt, doch ich war nicht schnell genug gewesen. Weder meine Mutter noch die Frau, der sie diente, waren zu sehen. So angestrengt ich mich auch umschaute, ich konnte sie nirgends entdecken. Meine Mutter blieb verschwunden.

ZWEI

»Nic! Warum hast du das Rennen abgebrochen?«

Das war Aurelias Stimme. Als ich mich umdrehte, kam sie in einer sonnengelben Tunika auf mich zugelaufen. Ihr hellbraunes Haar steckte in einer komplizierten Flechtfrisur, die ihren neuen Wohlstand repräsentierte. So hübsch, wie sie war, konnte man kaum glauben, dass sie früher in den Abwasserkanälen Roms gehaust hatte.

Auch wenn ich sie in den letzten zwei Monaten schon vermisst hatte, wurde mir erst in diesem Moment klar, wie sehr sie inzwischen Teil meines Lebens geworden war. Es war unhöflich, sie anzustarren, aber ich konnte nicht anders. Ihre Augen funkelten so schön wie immer. Hatte sie mich gerade etwas gefragt? Ich konnte mich nicht erinnern.

»Nic? Bist du wach da drin?« Mittlerweile stand sie direkt vor mir und fuchtelte mir grinsend mit der Hand vor dem Gesicht herum.

Irgendwie kapierte ich die Situation nicht ganz. Bei unserer letzten Begegnung hatte ich im Amphitheater gegen Radulf gekämpft. Aurelias Vater Senator Horatio war dabei umgekommen. Vielleicht gab sie mir doch nicht die Schuld an seinem Tod. Ihr Lächeln deutete darauf hin, dass wir noch immer Freunde waren. Konnte das sein?

»Was machst du hier?«, fragte ich schließlich. Dabei hoffte ich sehr, dass sie meinetwegen hier war.

»Ich bin …«, stotterte sie. »Ähm, wir sind…«

»Wir?«

»Alles in Ordnung? Das Rennen lief doch so gut.« Crispus kam durch den Torbogen und stellte sich neben Aurelia. Sie warf ihm nur einen flüchtigen Blick zu, der mir mehr verriet, als mir lieb war. Sie waren gemeinsam hierhergekommen. Offenbar war Aurelias Wut gegenüber Crispus verraucht.

Meine nicht.

»Ich habe dir nichts zu sagen, Crispus«, murmelte ich. Damit wandte ich ihm den Rücken zu und ging. Allmählich ergab alles einen Sinn, aber nicht so, wie ich es mir gewünscht hätte.

Aurelia eilte durch die Sitzreihen und schnitt mir den Weg ab. »Wir wollen mit dir reden«, meinte sie.

»Du bist mit ihm hier?« Ich deutete auf Crispus, der ein paar Reihen über uns stand. »Beim letzten Mal hätte er uns beide fast umgebracht. Bei deinem Vater ist es ihm ja gelungen und mir hat er dann die Schuld in die Schuhe geschoben.«

»Crispus hatte nichts damit zu tun«, antwortete Aurelia. »Das war sein Vater.«

Das stimmte wohl. Crispus Vater Valerius hatte alles geplant, um Oberster Magistrat zu werden, eine Machtposition, die zuvor Senator Horatio innehatte. Mit der Position übernahm Valerius auch den Schlüssel zu einem magischen Amulett, dem Marsreif. Darüber wusste ich nur, dass der Armreif dem Träger siegreiche Schlachten garantierte und dass er in irgendeinem Versteck lag.

Einziges Problem war nur, dass Valerius den Schlüssel nie

erhalten hatte. Alle schienen zu glauben, Horatio hätte mir den Schlüssel vor seinem Tod gegeben. Hatte er aber nicht. Auch Radulf glaubte, ich hätte ihn, was wohl einer der wenigen Gründe war, warum er mich noch am Leben ließ.

Crispus machte einen Schritt auf mich zu, hielt aber noch gebührend Abstand. »Du hattest allen Grund, wütend zu sein, Nic. Und ich kann gut verstehen, wenn du's noch immer bist. Aber mein Vater ist nicht dein Feind, auch wenn du sein Verhalten in der Arena verurteilst.«

»Ohne Radulfs Schutz hätte mich das Reich längst hingerichtet, und alles wegen deines Vaters.« Ich musste blinzeln, um Crispus schließlich doch anzusehen, denn die Sonne stand direkt hinter ihm. »Dann erklär mir doch mal, warum er nicht mein Feind ist.«

»Mein Vater ist hier, um dir das Leben zu retten.« Wie zum Beweis deutet Crispus zur Kaiserloge, wo Radulf und Valerius in ein Gespräch vertieft waren.

Ich machte auf dem Absatz kehrt und wollte zu ihnen hinüberlaufen. Aurelia holte mich sofort ein.

»Ob du's glaubst oder nicht, Valerius will dir helfen«, sagte sie. »Auf ihn sauer zu sein, hilft uns nicht weiter.«

»Uns?«, zischte ich spöttisch. »Wann hast du dich denn mit Crispus verbündet? Gleich nachdem Valerius deinen Vater hat ermorden lassen oder hast du noch einen Tag gewartet?«

»Wie kannst du es wagen?« Aurelia boxte mich und versperrte mir den Weg. »Mein Leben lang wollte ich nur zu meinem Vater zurück. Gerade du solltest wissen, wie sehr ich mir eine Familie gewünscht habe! Aber ich habe mich von ihm abgewandt, weil er Schreckliches mit Rom vorhatte.« Ihr Ton wurde sanfter. »Schreckliches mit dir vorhatte, Nic. Ich habe es aus Freundschaft zu dir getan. Ich bin in die Arena gestiegen, um dich im Kampf zu unterstützen, und seither zerbreche ich mir den Kopf, wie du Radulf entkommen kannst.«

Und warum hatte sich Aurelia dann weder sehen noch hören lassen? In der Arena hatte sie wirklich versucht, mir zu helfen, aber sie hatte keine Ahnung, wie schwer die letzten Monate für mich waren!

Kopfschüttelnd drängte ich mich an ihr vorbei. »Und mit Crispus bist du nur befreundet, um mir zu helfen? Oder hilft er dir?«

Wieder holte sie mich ein. Diesmal packte sie mich am Arm. »Was soll das denn heißen?«

Ich drehte mich um. Crispus folgte uns in sicherem Abstand. Für mich konnte der Abstand gar nicht groß genug sein.

»Ich weiß, warum du so nett zu ihm bist.«

Aurelia verschränkte die Arme vor der Brust. »Ach ja? Warum denn?«

»Als dein Vater gestorben ist, hat er dir ein großes Vermögen hinterlassen. Damit hast du für den Rest deines Lebens ausgesorgt. Nur hat Radulf mir erzählt, dass Horatio es an eine Bedingung geknüpft hat.«

»Du weißt davon?« So, wie Aurelia es sagte, hätte ich meinen Mund halten sollen. Doch so schlau war ich nicht.

Mein Blick wanderte zu Crispus und zurück zu Aurelia. »Es gibt nur eine Möglichkeit für dich, das Erbe zu behalten.«

»Glaubst du immer noch, mir ginge es nur ums Geld? Nach allem, was wir zusammen durchgemacht haben?«

»Wir sind jedenfalls nicht zusammen hier.« Mit dem Kopf deutete ich zu Crispus. »Du bist mit ihm gekommen.«

»Um dir zu helfen, Nic! Aus Freundschaft zu dir. Ich bin deine Freundin. Warum willst du das nur nicht verstehen?«

Mir schnürte sich die Kehle zusammen und ich bekam erst keinen Ton heraus. Schließlich sagte ich: »Als du noch nichts hattest, warst du freier. Du hast deine Freiheit für ein bequemes Leben aufgegeben.«

Aurelia stöhnte. »Und bei dir ist das anders? Als ich dich das letzte Mal gesehen habe, wolltest du Rom verlassen, um endlich frei zu sein. Nun genießt du das Leben in Radulfs komfortablem Heim, fährst Wagenrennen und ergötzt dich an den feinsten Speisen.«

Abermals schob ich mich an ihr vorbei. »Das verstehst du nicht.«

»Ach ja?« Aurelia lief neben mir her. »Du findest es schlimm, dass ich mit einem Senator und seinem Sohn befreundet bin, und lebst selbst im Haus eines Mannes, der dich in der Arena beinahe umgebracht hätte. Du wirfst mir vor, meine Freiheit gegen Bequemlichkeit eingetauscht zu haben, dabei tust du das Gleiche!«

Aurelia nahm meine Hand und drehte mich gewaltsam zu sich herum. Ich versuchte, mich zu befreien, doch sie packte nur noch fester zu. Als ihr Blick auf mein Handgelenk fiel, machte sie plötzlich große Augen. »Oh, Nic. Was hast du da?«

Ich riss meinen Arm weg. »Gar nichts.«

Erneut griff sie nach meiner Hand und hielt sie hoch, um besser sehen zu können. Das Handgelenk war rot und voller geschwollener Narben, die nie genug Zeit hatten, auszuheilen. »Woher stammen die Wunden?« Als ich nicht antwortete, sagte sie: »Spuck's aus.«

»So sieht mein freiwilliges Leben unter Radulfs Dach aus.«

»Oh, verstehe.« Ihre Stimme wurde weich, und in dem Moment hielt ich es für möglich, dass es ihr tatsächlich um unsere Freundschaft ging. »Also bist du nicht aus freien Stücken bei ihm.«

Mein Blick huschte zu Radulf und Valerius. Die beiden schauten kurz zu mir herüber, bevor sie die Köpfe wieder zusammensteckten. Eigentlich wollte ich Aurelia meine Hand entziehen, aber sie strich so behutsam über die Wunden, dass es mir plötzlich nichts mehr ausmachte.

»Lass uns heute Nacht allein treffen«, sagte ich. »Im Abwasserkanal, falls du die Stelle findest, wo ich hinkommen könnte.«

»Klar«, antwortete sie. »Wo denn?«

»Unter Radulfs Haus.« Flüsternd fügte ich noch hinzu: »Bring die *Crepundia* mit.« Die Kette hatte ihr einmal sehr viel bedeutet. Ihr Leben lang war es die einzige Verbindung zu ihrem Vater. Es überraschte mich, dass sie die *Crepundia* nicht mehr trug.

Misstrauisch runzelte sie die Stirn. »Was willst du denn damit? Mein Vater ist tot. Die Kette ist jetzt bedeutungslos.«

Inzwischen hatte uns Crispus eingeholt, er schien mir gegenüber schon weniger furchtsam. »Ich möchte, dass wir Freunde werden«, sagte er. »Du brauchst meinem Vater ja nicht zu trauen, auch mir nicht, aber vielleicht reicht dein Vertrauen, um mir wenigstens ein Mal zuzuhören?«

Eigentlich nicht, dennoch fragte ich: »Was hat dein Vater mit Radulf zu besprechen?«

Crispus legte die Stirn in Falten. »Hat Aurelia dir doch schon gesagt. Er versucht, dich zu retten.«

»Vor wem?«

»Vor den wahren Feinden Roms. Die Prätoren kommen, Nic. Wir wissen nicht, ob sie dich umbringen oder bloß unter ihre Kontrolle bringen wollen, aber sie werden kommen. Du bist in größter Gefahr.«

DREI

Offiziell führten die Prätoren als Beamte, Richter und Zöllner die Regierungsgeschäfte Roms. Inoffiziell hatten sie sich aber einer Sache verschrieben, die größer war als das Reich, und das flößte Radulf Angst ein. Wenn die Prätoren jetzt hinter mir her waren, machte mich das ebenfalls ziemlich nervös.

Als ich damals die *Bulla* gestohlen hatte, konnte ich nicht ahnen, wie viel Ärger ich mir damit einhandeln würde. Dabei hatte mir sogar Julius Cäsar aus dem Grab zugeflüstert, dass das Amulett mir zum Fluch werden würde. Was sich hiermit einmal mehr bewahrheitete.

»Als mein Vater den Vorsitz im Senat übernahm, folgten die Prätoren seinem Kurs«, sagte Crispus. »Aber nicht aus den Gründen, die er erwartet hatte. Die Prätoren haben sich insgeheim höheren Mächten verschworen.«

»Dienen sie den Göttern?«, fragte ich. »Das tut doch ganz Rom.«

»Die Prätoren dienen nur einer Göttin: Diana, der Göttin, die deiner *Bulla* die Macht gab.«

Instinktiv griff ich mir an die Rippen, nur hing da nichts. Die *Bulla* trug ich schon seit zwei Monaten nicht mehr. Sie fehlte mir.

Aurelia rückte näher. »Als Cäsar die *Bulla* bekam, wer hat ihr da Macht verliehen?«

»Venus«, antwortete ich achselzuckend. »Doch später, als Cäsar fand, dass er das Amulett nicht mehr brauchte, hat Diana es mit Kraft versorgt.«

»Habt ihr euch je gefragt, warum sie das getan hat?«

Wieder zuckte ich mit den Achseln. Nachdem ich die *Bulla* gestohlen hatte, war alles so aus dem Ruder gelaufen, dass mir keine Zeit blieb, mir darüber Gedanken zu machen.

»Weil Diana Rom und den anderen Göttern schaden will«, sagte Aurelia. »Und die Prätoren haben geschworen, ihr zu helfen.«

»Wie denn?«

»Sie wollen alle drei Amulette in Rom versammeln«, meinte Crispus. »Natürlich hat die *Bulla* Macht, aber die ist nichts im Vergleich zum Marsreif. Die Prätoren haben sich meinem Vater untergeordnet, weil der Oberste Senator den Schlüssel zum Marsreif hütet. Nur hat mein Vater ihn nie erhalten. Vor seinem Tod hat Horatio ihn jemand anderem gegeben.« Crispus Blick wanderte zu mir.

»Ich habe von Horatio keinen Schlüssel bekommen«, sagte ich entschlossen. »Da finden die Prätoren eher Zucker in Salzminen als den Schlüssel bei mir.«

»Mein Vater glaubt, du hast ihn«, entgegnete Crispus. »Alle glauben das.«

»Dann haben eben alle unrecht«, sagte ich. »Radulf hat mich schon etliche Male gründlich durchsucht. Der hätte mir den Schlüssel längst abgeknöpft, wenn ich ihn gehabt hätte. Sollen sich die Prätoren doch Radulf schnappen und mich in Ruhe lassen!«

»Ist der Schlüssel in dem Beutel an deinem Gürtel?«, fragte Crispus. »Den Beutel trägst du bei jedem Rennen.«

»Nein.« Ich nahm den Beutel in die Hand, als fürchtete ich, Crispus könnte ihn mir wegnehmen. »Wie viele Übungsrennen hast du denn schon gesehen?«

»Einige.« Crispus schaute zur Bahn. »Mein Vater ist ein Anhänger der Blauen. Genau wie der Kaiser.«

»Die Blauen fahren, als würden sie von Kätzchen gezogen«, antwortete ich.

»Können wir uns jetzt mal auf das Problem konzentrieren?« Aurelia fasste uns beide am Arm. »Die Prätoren haben es nicht nur auf den Schlüssel abgesehen. Es gibt noch ein drittes Amulett.«

»Den Jupiterstein«, hauchte ich.

»Die Prätoren wissen, wie man ihn herstellt«, sagte sie. »Aber sie brauchen jemanden mit Magie. Dich.«

»Radulf hat mir in der Arena die Magie genommen«, antwortete ich. Was ja auch der Wahrheit entsprach, nur den Rest verschwieg ich und fragte mich, ob mich das zu einem Lügner machte. »Aber selbst wenn er sie mir nicht genommen hätte, würde ich den Prätoren niemals dabei helfen, einen Jupiterstein zu erschaffen.«

»Die Prätoren wollen den Stein nicht für sich selbst«, sagte Crispus. »Sie wollen ihn für Diana. Damit wäre sie unbesiegbar, selbst im Kampf gegen die anderen Götter.«

Ich kniff die Augen zusammen. »Den Prätoren helfe ich auf keinen Fall. Niemals werde ich Diana so viel Macht gewähren.« Aus meinem Mund klang das ziemlich albern. Ich war immer noch ein entlaufener Sklave. Und Diana herrschte im Götterhimmel.

»Dir bleibt vielleicht keine Wahl«, meinte Crispus. »Wenn sie …« Dann verstummte er, als wären seine Worte gegen eine Mauer geprallt.

Mir ging allmählich die Geduld aus. »Wenn sie was?«

Crispus seufzte. »Vertrau mir und meinem Vater, ganz gleich, mit welchen Mitteln sie dich unter Druck setzen. Denn wenn die Prätoren mit ihrem Plan durchkommen, wird vielleicht ganz Rom untergehen.«

Nun wurde ich wirklich gleich sauer. Leise sagte ich: »Warum werde ich keine Wahl haben, Crispus?«

Fragend schaute ich Aurelia an, doch die senkte nur den Blick. Leise fluchend ließ ich sie stehen und ging zu Valerius und Radulf. Da sie mit dem Rücken zu mir standen, sahen sie mich nicht kommen, und ich schnappte ein paar Brocken auf von dem, was sie sprachen.

»Ihr müsst mir glauben«, sagte Valerius. »Nic ist in großer Gefahr.«

Als sie mich hörten, drehten sie sich zu mir um. Valerius erhob sich, er wirkte besorgt. Doch Radulf lehnte sich lächelnd zurück. »Setz dich zu uns, Nic.«

»Ich möchte, dass ihr beiden geht«, sagte Valerius zu Crispus und Aurelia, die mir gefolgt waren.

»Nein«, entgegnete ich. »Ich will, dass sie bleiben.« Jedenfalls sollte Aurelia bleiben, bei Crispus war ich mir nicht so sicher.

Zögernd willigte Valerius ein und die beiden setzten sich hinter mich. Ich drehte mich zu Aurelia um, die mir aufmunternd über die Schulter strich. Hoffentlich hatte Crispus das gesehen.

Mit Seitenblick auf Valerius meinte Radulf zu mir: »Ich

habe dem Senator schon gesagt, dass du dich niemals vor einem Kampf drücken würdest.«

Im Gegenteil, ich würde mich liebend gerne drücken. Mir fehlte das Training, die Magie und im Gegensatz zu einem abgebrühten Krieger hing ich am Leben. Andererseits war ich noch nie vor Radulf zurückgewichen. Erst als er das Leben meiner Schwester bedroht hatte, hatte ich klein beigegeben und willigte ein, in seinem Haus zu leben. Seither habe ich mich ihm kein einziges Mal widersetzt. Zumindest nicht dass ich wüsste.

»Was für ein Kampf?«, fragte ich.

Valerius räusperte sich. »Die Prätoren rebellieren gegen mich und werden bald gegen ganz Rom rebellieren. Und das ist allein deine Schuld, Nic.«

»Was habe ich damit zu schaffen, wenn auf Euch keiner hört?« Ich war ein Nichts in Rom, weniger als ein Staubkorn auf dem Stiefel des untersten Soldaten. Mit dieser Botschaft schickte mich Radulf jede Nacht zu Bett. Beide konnten sie nicht recht haben. War ich nun wichtig fürs Reich oder nicht?

»Du hast die Magie nach Rom gebracht«, fuhr Valerius fort. »Die Prätoren haben fast dreihundert Jahre darauf gewartet, dass jemand Cäsars *Bulla* findet.«

Radulf und ich tauschten einen kurzen Blick. Er hatte mir die *Bulla* abgeknöpft und ich hatte sie nicht zurückgestohlen. Noch nicht.

»Die Prätoren werden die *Bulla* nicht bekommen«, entgegnete Radulf. »Nur ich kenne ihr Geheimnis.«

Beinahe hätte ich laut losgelacht. Denn seit ich in seinem Haus wohnte, hatte er fast jeden Abend verzweifelt versucht, dem Amulett einen Zauber zu entlocken. Radulf behauptete zwar, er könne die Magie spüren, aber das waren wohl eher meine magischen Kräfte, die allmählich zu mir zurückkehrten, denn die *Bulla* hatte ihre mächtigen Edelsteine nicht mehr. Vor unserem Kampf in der Arena hatte ich sie entfernt. Wenn Radulf nicht so stolz wäre, hätte er mich längst um Hilfe gebeten. Und wenn ich nicht so dickköpfig wäre … aber ich hatte ohnehin nicht vor, ihm überhaupt jemals zu helfen. Radulf stand ganz allein da.

Valerius war viel zu beschäftigt mit Radulf, um meine Reaktion zu bemerken. Zu Radulf meinte er: »Den Prätoren geht es nicht um die *Bulla*. Sie haben es auf den Marsreif abgesehen und wollen den Schlüssel von Nic. Wenn er ihnen den Schlüssel gibt …«

»Ich habe den Schlüssel nicht!«, brüllte ich. Nur die Götter wussten, wie oft ich das schon gesagt hatte. Wahrscheinlich hatten sie schon vor Wochen aufgehört zu zählen. Mit gesenkter Stimme fügte ich hinzu: »Horatio hat nicht mit dem Tod gerechnet, also hatte er keinen Grund, den Schlüssel aus der Hand zu geben. Und selbst wenn, mich hätte er garantiert nicht auserkoren. Horatio hat mich gehasst und geglaubt, dass Radulf mich und nicht ihn in der Arena töten würde.«

Neben mir lachte jemand leise. Offenbar fand Radulf meine Wortwahl witzig.

»Aber Horatio hat allen gesagt, er hätte Nic den Schlüssel gegeben«, meinte Crispus hinter mir. Als wir uns zu ihm umdrehten, fügte er noch hinzu: »Außerdem ist es egal, ob Nic den Schlüssel hat oder nicht. Die Prätoren gehen davon aus. Nic muss beschützt werden.«

Valerius beugte sich vor. »Radulf, Ihr müsst Nic dazu bringen, den Schlüssel herzugeben, und ihn dann aus Rom fortschaffen. Am besten, Ihr verlasst sogar das Reich, aber selbst das wird wohl nicht reichen.«

»Wenn Nic ohnehin keine Chance hat, vor den Prätoren zu fliehen, kann er genauso gut bleiben.« Radulf lächelte mir zu. »Nic wird Rom nicht verlassen und den Schlüssel wird er ihnen schon gar nicht geben. Nachdem er die Prätoren besiegt hat, werde ich den Marsreif an mich nehmen.«

»Wie?«, fragte ich. »Selbst wenn wir den Schlüssel hätten: Niemand weiß, wo der Armreif versteckt ist.« Dabei schaute ich noch immer zu Crispus, der einen warnenden Blick von seinem Vater kassierte. Das weckte meine Neugierde.

Valerius unternahm einen erneuten Versuch. »Radulf, ich bitte Euch, sucht nicht nach dem Marsreif. Das kann nur böse enden. Wir müssen den Prätoren den Schlüssel überlassen und uns dann alle in Sicherheit bringen. Leben hängen davon ab.«

Als ich endlich begriff, was Valerius wollte, stieg er nicht gerade in meiner Achtung. »Deshalb seid Ihr also hier«, sagte ich. »Ihr wollt weder mich noch Rom vor den Prätoren retten. Wenn Ihr ihnen nicht den Schlüssel gebt, töten sie Euch.«

Plötzlich riss Valerius die Augen auf und deutete mit zitternder Hand hinter Radulf. Wir drehten uns um und sahen eine Gruppe von Prätoren in den *Circus* strömen. Die Männer waren in Gewänder und Togen der Oberschicht gekleidet, aber um den Arm trug jeder von ihnen ein schmales Silberband in Form eines Pfeils. Damit demonstrierten sie ihre Treue zu Diana, die laut Crispus gegen die anderen Götter rebellierte. Alle Köpfe im *Circus* wandten sich zu mir um.

Mir schnürte sich die Kehle zu. Was sollte ich nur machen? Valerius meinte, sie kämen mich holen.

»Gib ihnen den Schlüssel«, sagte Valerius und packte mich am Arm. »Bitte, Nic. Es ist deine einzige Chance.«

»Das wird er nicht tun«, entgegnete Radulf und erhob sich. »Stell dich hinter mich, Nic. Und ihr anderen versteckt euch besser.«

Und in Radulfs Hand formte sich ein Feuerball. Während Aurelia, Crispus und Valerius flohen, wappnete ich mich für den Kampf.

VIER

Bis ich zu Radulf kam, hatte ich die *Bulla* immer bei mir. Und gerade jetzt hätte ich sie liebend gerne benutzt. Seit Radulf mir das Amulett abgenommen hatte, war er mehr als vorsichtig gewesen. Er versteckte die *Bulla* in seinem Zimmer, wo er sie in Sicherheit wähnte vor Prätoren und Dieben. Und mir. Aber die Magie in dem Mal auf seinem Rücken war außerordentlich stark, sie würde reichen, um die Prätoren abzuwehren.

Beim Anblick der sich nähernden Prätoren erwachte auch mein Mal zum Leben. Der Göttliche Stern brannte auf meiner Schulter wie eine kalte Flamme, doch das durfte Radulf nicht wissen. Dass ich Magie benutzt hatte, um meine Pferde beim Wagenrennen zu retten, war schon viel zu riskant gewesen. Wenn ich jetzt meine Kräfte zeigte, würde Radulf sie mir womöglich wieder nehmen. Ein zweites Mal würde ich diesen Schmerz nicht überleben. Also ballte ich die Hände zu Fäusten und hoffte, so die Magie zu bändigen. Ich vermied es, die Prätoren direkt anzusehen.

Sie näherten sich von der Stirnseite des *Circus*, es waren um die fünfzig. Jeder Einzelne hatte die Augen auf mich gerichtet, ihre Blicke bohrten sich wie spitze Steine in meine Brust. Wie die Senatoren Roms verfügten diese Männer über unermessliche Macht und Reichtum und sie waren mir nicht freundlich gesonnen.

Die meisten Zuschauer merkten, dass sich ein Kampf anbahnte, und nahmen Reißaus. Selbst die Wagenlenker brachen ihr Training ab und fuhren in die Stallungen. Valerius, Crispus und Aurelia hatten sich gleichfalls aus dem Staub gemacht, übrig blieben nur noch Radulf und ich. Gern versteckte ich mich nicht hinter ihm, aber wenn die Prätoren es wirklich auf mich abgesehen hatten, blieben mir nur zwei Möglichkeiten: zu kämpfen und meine Magie preiszugeben. Oder den Kopf einzuziehen.

»Halt dich dicht hinter mir«, sagte Radulf. »Mit Glück bleiben die Prätoren auf Abstand.«

»Haben sie irgendwelche Kräfte?«, fragte ich.

»Nein, aber sie …«

»General Radulf, wir wollen Euch nichts Böses«, meinte ein Prätor, der sich an der Spitze befand. Er war größer und jünger als Radulf, hatte lockiges Haar wie Crispus, nur war seines schwarz wie die Nacht. Auch seine Augen waren dunkel und sahen aus, als wären sie mit Ruß umrahmt. Ich erkannte ihn wieder. Er war dabei gewesen, als ich im Amphitheater gegen Radulf gekämpft hatte. Dieser Mann hatte Radulf untersagt, mir noch mehr Magie zu entziehen. Womöglich hatte er mir damit das Leben gerettet, doch wenn ich ihn jetzt so ansah, drängte sich mir der Gedanke auf, dass er es bereute. War er gekommen, den Fehler wettzumachen?

Er sagte: »Ich heiße Decimus Brutus und bin Richter des Römisches Reiches. Wir müssen mit dem Jungen über seine Verbrechen reden.«

In meiner Schulter flammte Schmerz auf. Keuchend brach

ich auf den Stufen zusammen und biss die Zähne aufeinander. Hoffentlich hatte Radulf nichts gehört. Die Magie des Göttlichen Sterns pulsierte in mir, wollte sich entladen.

»Ich bin der Oberste General. Mir unterstehen sämtliche Truppen im Reich«, entgegnete Radulf. »Wenn sich der Junge eines Verbrechens schuldig gemacht hat, ist es an mir, ihn zu bestrafen.«

Brutus trat einen Schritt näher, seine kalten Käferaugen auf mich gerichtet. »Unser neuer Kaiser Florian kämpft noch in Gallien, aber er bittet um eine Einschätzung zu diesem Jungen.«

»Wenn er Kaiser bleiben will, sollte er sich von mir und meiner Familie fernhalten«, sagte Radulf.

»Ist das eine Drohung, General Radulf?«

»Ja.« Radulf zuckte nicht einmal mit der Wimper. »Unser letzter Kaiser Tacitus hat mich ein wenig vorschnell abgetan. Hoffen wir mal, Florian macht nicht den gleichen Fehler.«

»Florian ist Euer Herrscher!«

»Das wird sich zeigen.« Radulf deutete auf mich. »Florian braucht sich kein Bild von diesem Jungen zu machen. Und Ihr auch nicht.«

»Da bin ich anderer Meinung«, sagte Brutus. »Der Kaiser muss das Ausmaß seiner Kräfte kennen, seine Fähigkeiten, Rom zu zerstören.«

Radulf lachte in sich hinein und flüsterte mir zu: »Oder deine Fähigkeiten, ihnen bei der Zerstörung Roms zu helfen, was, Nic?«

»Ich werde nicht mitgehen«, wisperte ich. Radulf war zwar ein schrecklicher Mensch, und auch er führte nichts Gutes im Schilde, aber als Großvater war er mir doch irgendwie verpflichtet. Die Prätoren würden mich erbarmungslos in die Zange nehmen.

»Was hast du da in dem Beutel?«, fragte Brutus und deutet mit dem Kopf auf meinen Gürtel.

»Sonnenschein«, antwortete ich. »Und Rosen.«

»Nicht dein Ernst.« Radulf verzog das Gesicht. »Musst du sie auch noch provozieren?«

Dann hob Radulf die Hand und schob sie Brutus entgegen, sodass er auf die Steinstufen stürzte. Sofort zückten sämtliche Prätoren im *Circus* das Schwert und umzingelten uns. Auch die Eingänge blockierten sie, wahrscheinlich auch in Ecken, die wir nicht einsehen konnten.

Brutus brüllte. »Schnappt euch den Jungen!«

»Horatio hat mir den Schlüssel nicht gegeben!«, brüllte ich zurück. »Ich bin euch zu nichts nutze.«

Brutus grinste. »Das lass mal unsere Sorge sein.«

Radulf wandte sich um und wehrte einen Prätor ab, der sich uns von hinten genähert hatte. Deutlich spürte ich, wie sich die Magie aus Radulfs Göttlichem Stern entlud. Unvorstellbar, dass er meine nicht auch jedes Mal spürte.

»Lass nicht zu, dass sie mich berühren.« Radulf schleuderte einem weiteren Angreifer seine Magie entgegen. »Dann kann ich dich nicht mehr beschützen. Und sie holen sich den Schlüssel.« Ich war drauf und dran zu widersprechen, doch er sah mich vielsagend an: »Du hast ihn, auch wenn du es nicht weißt.«

Radulf hielt die Prätoren auf Abstand, während ich tief in Gedanken versank. Teilweise wollte ich mich einfach nur von dem Druck in mir ablenken, aber ich fragte mich jetzt doch, ob es möglich war, dass ich den Schlüssel zum Marsreif besaß, ohne es zu wissen. Hatte mir Horatio etwas gegeben, das gar nicht wie ein Schlüssel aussah? Nein, ich hatte nie etwas von ihm bekommen, da war ich ganz sicher. Warum hätte er lügen sollen?

Radulf zerrte mich am Arm mit sich, als er sich um die eigene Achse drehte. Seine magischen Schläge wurden heftiger, aber die Prätoren strömten immer schneller nach. Lange könnte er sie nicht mehr abwehren.

Plötzlich stürzte ein Dutzend Prätoren gleichzeitig auf uns zu. Die meisten von ihnen brachte Radulf mit seiner Magie zu Fall, doch der Rest kam mit gezückten Schwertern angelaufen.

Auf den Treppen lagen Steine herum, ich hob sie auf. Mit gut gezielten Würfen schaltete ich ein paar der Männer aus. Leider übersah ich bei dem Manöver die Prätoren über uns auf der Tribüne. Während Radulf noch mit den Männern beschäftigt war, die frontal angriffen, packten mich zwei weitere Männer. Einer hielt mir ein Messer an die Kehle, der andere nahm meine Beine. Ich wand mich und versuchte, eine Hand freizubekommen, um meine Magie einzusetzen. Bei all der Energie, die sich in mir angestaut hatte, könnte ich die Männer schneller zu Boden bringen als Platzregen.

Doch irgendetwas war geschehen. Kaum hatte einer der Prätoren mein Handgelenk gegriffen, verlor ich sämtliche Magie. Sie war komplett verschwunden. Probeweise versuchte ich, meine Kräfte einzusetzen, vergebens.

»Nic!« Radulf fuhr herum. Der Mann, der mir das Messer an die Kehle hielt, drückte noch fester zu, und Radulf ließ die Hände sinken. Als ich nach dem Angreifer trat, ritzte er mir die Haut auf. Schlimm war es nicht, aber ich hörte auf zu strampeln. Beim nächsten Mal hatte ich vielleicht nicht so viel Glück.

»Ihr wollt doch was von mir«, sagte ich. »Also werdet ihr mich schon nicht umbringen.«

»Uns interessiert nur das Mal auf deiner Schulter«, zischte der Mann. »Der Rest ist uns egal.«

Plötzlich schrie der Mann vor Schmerz auf, ließ das Messer los und gab auch meine Hand frei. Als ich mich umdrehte, sah ich, dass sich ein Pfeil tief in seinen Rücken gebohrt hatte.

Der andere Prätor gab meine Füße frei und ich stolperte über die Stufen und knallte auf den Boden. Der Prätor floh die Stufen hinunter, hielt sich den Arm, in dem ebenfalls ein Pfeil steckte.

Ich rollte mich auf die Seite. Ganz oben auf den Stufen stand Aurelia mit gespanntem Bogen. Kurz nickte sie mir zu und schoss dann einen Pfeil auf einen Prätor in Radulfs Nähe.

Irgendwann muss mir jemand den Beutel mit den Bleitafeln abgeschnitten haben, jedenfalls lag er ein paar Reihen weiter unten. Ich war gerade auf dem Weg zu dem Beutel, als Radulf rief, ich solle lieber zu ihm hochkommen. Das würde ich tun, aber erst, wenn ich den Beutel wiederhatte.

Mit etwas Abstand von den Prätoren spürte ich jetzt die Magie wieder. Sehr seltsam. Doch ehe ich weiter darüber nachdenken konnte, stand Radulf neben mir.

»Der Beutel ist es nicht wert, dass du dein Leben riskierst«, sagte er.

Ehrlich gestanden könnte dieser Beutel mir eines Tages das Leben retten, aber für einen Streit blieb jetzt keine Zeit. Stattdessen murmelte ich nur: »Es kommen immer mehr Prätoren.«

»Versuche, ganz ruhig weiterzuatmen«, sagte Radulf. »Das tut jetzt ein bisschen weh.«

Radulf legte mir die Hände auf die Schultern. Der *Circus* verschwamm vor meinen Augen und Dunkelheit verschlang mich.

FÜNF

Wir kehrten zu Radulfs Haus zurück, das inmitten der Heerlager im Nordosten der Stadt lag. Dort gab es weit und breit nichts außer Soldaten.

Sobald ich wieder zu mir kam, löste ich mich aus Radulfs festem Griff. Am Hals blutete ich noch von dem Messerstich, aber das kümmerte Radulf nicht. »Geh auf dein Zimmer. Ich habe zu arbeiten.«

»Nein!«, schnauzte ich. Mein linker Arm brannte vom Verschwinden oder Auftauchen, oder was immer Radulf veranstaltet hatte, und die Magie brandete in mir. Innerhalb der letzten Stunde hatte ich erst meine Mutter und dann Aurelia – mit Crispus im Schlepptau – gesehen und war kurz darauf nur knapp einer Entführung durch Brutus und die Prätoren entkommen. Dieses innere Gefühlschaos entlud sich jetzt in einem Wutanfall.

»Du gehorchst mir gefälligst!«

»Ihr habt mir gerade fast das Leben gekostet. Valerius warnt Euch vor den anrückenden Prätoren, und was macht Ihr? Stellt Euch freudig einem Kampf.«

»Ich will den Marsreif. Und wenn wir dabei gegen ein paar Prätoren kämpfen müssen, soll es mir recht sein!«

»Ich kann nicht für Euch gegen die Prätoren kämpfen. Und

das werde ich auch nicht. Ob Ihr nun Rom zerstört oder sie, was macht das für einen Unterschied?«

»Den Prätoren ist es egal, ob du am Ende noch lebst«, zischte er.

Ungläubig schüttelte ich den Kopf. »Und Euch nicht? Ich bin doch bloß ein Werkzeug für Euren Verrat!«

Radulf lächelte. »Wenn ich siege, schreibe ich Geschichte. Wir schreiben sie zusammen.«

Mein Blick verfinsterte sich. »Ohne mich schafft Ihr es nicht. Und ich unterstütze Eure Pläne nicht.«

Ich machte auf dem Absatz kehrt, marschierte in mein Zimmer und schlug die Tür hinter mir zu. Ich hätte mir einen anderen Rückzugsort gewünscht, denn das war kein richtiges Zimmer. Vor meiner Ankunft hatte Radulf es dazu benutzt, seine militärischen Schachzüge zu planen, so sah es auch aus.

Die Fresken an den Wänden zeigten Minerva, die eine ebenso mächtige Kriegerin war wie ihre Halbschwester Diana. Als Radulf mich zum ersten Mal in das Zimmer gebracht hatte, hatte er mir den zehnjährigen Krieg der Giganten mit den Göttern beschrieben. Minerva war in einen Kampf mit einem Drachen geraten, einem riesigen Schlangenwesen mit Drachenkopf, das die Römer *Draco* nennen. Als sich die Schlange um Minervas Hals legte, um sie zu töten, schleuderte Minerva das Wesen in den Nordhimmel, wo es sofort gefror. An meiner Zimmerdecke war das Sternenbild des Drachen abgebildet, der sich um den Kleinen und den Großen Bären windet und mit gespaltener Zunge wütend austeilt. Nicht gerade ein Deckenbild, das einem süße Träume bescherte.

Während ich in meinem Zimmer auf und ab lief, vermied

ich es, zu *Draco* hinaufzuschauen. Mir gingen tausend Dinge durch den Kopf, die ich zu Radulf hätte sagen sollen, und ich trat noch einmal gegen die Tür, damit er auch wirklich begriff, dass ich sauer war.

Mein Blick fiel auf die Wachstafel neben meinem Bett. Nachdem ich mir den Hals gesäubert und eine neue Tunika angezogen hatte, nahm ich mir die Tafel und übte schreiben. Radulf ließ jeden Tag Lehrer kommen, die mir Lesen und Schreiben beibrachten, und ich strengte mich an, um genauso gebildet zu werden wie andere Jungen in meinem Alter. Das war ein hochgestecktes Ziel, aber ich machte gewaltige Fortschritte. Auch wenn es ganz schön frustrierend sein konnte, aus Zeichen Wörter zu formen und sie in Wachs zu ritzen, ging es mir mit dem Lernen wie mit der *Bulla*, es beflügelte mich. Vielleicht sogar aus dem gleichen Grund: Wissen bedeutet Macht.

Kurz darauf schlüpfte Livia in mein Zimmer. Tiefe Falten gruben sich in ihre Stirn, ein Zeichen dafür, dass sie sich große Sorgen um mich machte. Seit wir bei Radulf eingezogen waren, hatte ich sie häufig besorgt gesehen. »Ihr habt so laut herumgebrüllt, das müssen selbst noch die Götter im Himmel gehört haben«, sagte sie.

Wie immer überreichte ich ihr den Beutel mit Bleitafeln, die ich bei den Rennen sammelte. »Leider weniger als erhofft«, meinte ich. »Es gab Ärger, sonst hätte ich noch mehr.«

»Was ist denn nur im *Circus* passiert?«, fragte Livia. »Alle wollen es wissen, aber *Pater* ist für keinen zu sprechen.«

Noch immer nannte sie ihn so. Wenn sie ihn wie einen Großvater behandelte, würde er uns nicht länger wie Gefangene halten, so ihre Hoffnung. Ziemlich albern. Außer zu Neid und

Gier war Radulf doch zu keiner Gefühlsregung imstande. Von Liebe gegenüber seinen Enkeln ganz zu schweigen.

»Wir hauen ab«, flüsterte ich. »Heute Nacht.«

Livia machte große Augen. »Warum? Warum gerade jetzt?«

Ich traute mich nicht, meiner Schwester die volle Wahrheit zu sagen. Wenn ich ihr sagte, dass ich unsere Mutter gesehen hatte, machte ich ihr falsche Hoffnungen. Erklärte ich ihr die Sache mit den Prätoren, wäre sie voller Angst.

»Weil uns die Zeit davonläuft.« Mit dem Kopf deutete ich auf die Tafeln. »Haben wir denn genug?«

»Schwer zu sagen. Aber es muss reichen.«

Die Tür ging auf und Radulfs schweinsgesichtiger Diener stand davor. »Der General bittet dich, ihm bei einem privaten Abendessen Gesellschaft zu leisten.«

Eigentlich bestand bei Radulf kein Unterschied zwischen einer Bitte und einem Befehl. Ich konnte nur nicken.

»Deine Schwester wird heute Abend allein speisen«, meinte der Diener.

Umso besser. Livia hatte beide Hände voll zu tun. Livia nickte dem Bediensteten zu: »Bitte lasst mir Essen aufs Zimmer bringen.« Beim Gehen nahm sie die schweren Tafeln mit den Flüchen an sich.

Und ich folgte dem Diener in Radulfs *Tablinum*. Normalerweise arbeitete er in diesem Raum; schon klar, warum er mich hierher zum Essen bestellte: Ich war Arbeit, nicht Familie. Es war nicht unser erstes Essen zu zweit, wobei ich mich die anderen Male immer geweigert hatte, mit ihm zu sprechen. Heute nicht.

Kaum waren wir allein, fragte ich: »Wie habt Ihr das gemacht mit dem Verschwinden?«

»Das erfordert keine große Magie. Ich suche mir einen Ort aus, stelle mir vor, ich wäre bereits da, und lasse dann die Umgebung los. Am Anfang fühlt es sich an, als würde man von einem Felsen springen. Aber man gewöhnt sich daran.« Radulf trommelte mit den Fingern auf den Tisch, während er mich musterte. »Es braucht ein bisschen Übung, aber ohne Magie ist es natürlich für dich unmöglich. Habe ich recht?«

Die Art, wie er sich ausdrückte, beunruhigte mich. Wusste er von meiner Magie? Und warum sprach er es nicht direkt aus? Er konnte sich ja wohl denken, dass ich mit dieser riskanten Information nicht freiwillig herausrücken würde.

Deshalb konnte ich auch die Frage, die mich am meisten beschäftigte, nicht stellen: Warum hatte mich meine Magie verlassen, als der Prätor mich gepackt hatte?

Doch ich sagte bloß: »Ohne Magie kann ich Euch nicht helfen, Rom zu zerstören. Mich hierzubehalten, ist absolut sinnlos.«

Radulf lächelte, als wüsste er etwas, das ich nicht wusste, dann lehnte er sich zum Essen zurück und lud mich ein, das Gleiche zu tun, doch ich ließ nicht locker.

Ich sagte: »Crispus meinte, Diana wolle sich gegen die anderen Götter erheben.«

»Valerius glaubt das auch. Dieses Geheimnis hüten die Prätoren nun schon seit mehr als dreihundert Jahren.« Radulf schnitt eine Grimasse. »Im Namen der Götter, nun setz dich endlich hin und iss, Nic.«

Diesmal folgte ich seinem Befehl, griff mir ein Stück Brot und tunkte es in warmen Honig. Vielleicht war ich ein Gefangener bei Radulf, aber ein sehr wohlgenährter Gefangener. Für meine Flucht mit Livia hätte ich mir liebend gerne alle

Speisen unter den Nagel gerissen, bloß damit hätte ich sein Misstrauen geweckt.

Radulf fuhr mit seiner Geschichte fort: »Weil Cäsar von Venus abstammt, war er ein Liebling der Götter. Venus verlieh seiner *Bulla* Kraft und mithilfe des Amuletts brachte er es zu Ruhm. Mit jedem Sieg wuchs auch Venus' Ansehen und Diana wurde eifersüchtig. Denn auch Diana hatte Nachfahren in Rom, denen wurde aber keine Sonderbehandlung zuteil. Sobald Cäsar also die *Bulla* – seinen Schutz – ablegte, zettelte Diana einen Krieg an. Cäsar sollte sterben.«

»Aber Cäsar wurde von Marcus Brutus erstochen.« Mit dem Brot war ich fertig, nun griff ich nach dem Fisch. »Der Prätor aus dem *Circus* hieß Decimus Brutus.«

»Das ist kein Zufall.« Radulf kaute sein Brot fertig und fügte hinzu: »Decimus kommt aus derselben Familie wie Marcus und Marcus stammt von …«

»Diana ab«, hauchte ich. »Marcus war ihr Nachkomme.«

»Decimus gehört dem gleichen Geschlecht an.« Radulf beugte sich vor. »Diana hat den Marsreif aus dem Götterhimmel gestohlen und ihn Marcus gegeben, der ihn für den Mord nutzte. In der Annahme, die *Bulla* würde an Marcus übergehen, speiste Diana die *Bulla* mit ihrer Kraft. Ihre Stärke, ihre Wut und ihre Eifersucht steckte sie in die *Bulla*.«

Als ich zuvor Aurelia und Crispus zusammen gesehen hatte, war ich auch wahnsinnig eifersüchtig gewesen, eigentlich immer, wenn ich die beiden zusammen sah. Dieses Gefühl konnte ich nur allzu gut nachempfinden.

»Nach Cäsars Tod brach im Götterhimmel ein Krieg aus zwischen denen, die zu Venus hielten, und denen, die fanden, man hätte Diana unrecht getan. Radulf rückte noch näher heran und sah mir direkt in die Augen. »Der Krieg hat sich bis zur Erde ausgebreitet, wo die Prätoren noch immer Dianas Kampf ausfechten. Als Valerius vom Prätorischen Krieg sprach, hat er genau das gemeint. Wir sind nichts als Spielsteine im Krieg der Götter. Verlieren bedeutet den Tod, aber gewinnen …« Radulfs selbstgefälliges Grinsen wurde noch breiter. »Aus diesem Grund bist du hier, mein Junge. Wenn wir gewinnen, werden wir selbst zu Göttern.«

SECHS

Mit angehaltenem Atem lauschte ich Radulfs Worten. So schnell konnte ich das alles gar nicht verarbeiten. »Dann ist Dianas Rebellion noch nicht vorbei?«, flüsterte ich.

»War sie eigentlich«, sagte Radulf. »Als König der Götter hat Jupiter sich eingemischt, um Frieden zwischen seinen Kindern zu stiften. Rom hatte zwei göttliche Amulette, daran konnte auch Jupiter nichts ändern. Um Venus' Anhänger zu besänftigen, schickte er Apollos Greif in Cäsars Grabkammer, die *Bulla* zu bewachen.«

Fortis. Ich hatte ihn seit meiner Ankunft bei Radulf nicht mehr gesehen. Ob er sich wohl noch im Reich aufhielt oder schon zu seinem Meister im Himmel zurückgekehrt war?

»Um Dianas Anhängerschaft milde zu stimmen, wurde der Marsreif versteckt. Angeblich wird er von einem Wolf, dem von Mars geweihten Tier, bewacht. Doch der Schlüssel zum Marsreif wurde dem Obersten Senator anvertraut. Nur jemand, der sich loyal gegenüber Rom verhält, hatte so Zugang zum Marsreif. Wir müssen den Schlüssel vor den Prätoren finden.«

Ich schüttelte den Kopf. »Selbst wenn wir den Schlüssel hätten, und das haben wir nicht, selbst wenn wir wüssten, wo sich der Marsreif befindet, und das wissen wir nicht, würden wir nie an diesem Wolf vorbeikommen. Ohne die *Bulla* kann ich nicht mit Tieren sprechen. Und Ihr könnt es immer noch nicht.«

Radulf knallte das Brot auf den Tisch. »Die *Bulla* funktioniert nicht mehr. Vielleicht hat Diana sie aufgegeben.«

»Also bei mir hat das Amulett noch einwandfrei funktioniert.« Damit wollte ich ihn nur provozieren. »Gebt mir die *Bulla* zurück und ich beweise es Euch.«

Radulfs Lachen klang falsch und höhnisch. »Du hast sie als Sklave gestohlen. Du warst ein Nichts. Die *Bulla* war nie für dich gedacht.«

»Und doch konnte ich ihre Kräfte nutzen, während sie in Euren Händen nutzlos ist.«

»Du hast mich irgendwie hereingelegt.«

Ich zog eine Braue hoch. »Ein römischer General wurde von einem nichtsnutzigen Jungen ausgetrickst? Soll das später in den Geschichtsbüchern stehen?«

»Das reicht!« Radulf erhob sich und rief nach seinen Wachen. Als sie kamen, sagte er: »Bringt meinen Enkel auf sein Zimmer. Dort wird er den Rest des Abends verbringen.«

Nein, wird er nicht.

Die Wachen führten mich ab. Mittlerweile hatte ich mich so daran gewöhnt, dass ich einfach neben ihnen lief. Mir wurde gestattet, mich kurz für die Nacht fertig zu machen, dann brachten sie mich auf mein Zimmer. Ich setzte mich aufs Bett und hielt ihnen mein linkes Handgelenk hin, die Stelle, die Aurelia zuvor so in Sorge versetzt hatte.

Eine Wache legte mir eine Handschelle um, die bereits mit dem Bett verbunden war. Das Eisen war zu eng, daher das wunde Handgelenk; fliehen könnte ich so nicht. Jedenfalls nicht ohne Magie.

In den ersten Wochen hatte ich jeden Abend mit den Wachen gerungen, bis ich endlich einen Fluchtplan geschmiedet hatte. Radulfs Türen wurden gut bewacht, vor jedem Ausgang stand ein Soldat. Ich wusste auch, dass ich nicht ohne Livia und ohne die *Bulla* abhauen konnte. Und sobald ich mich mit Magie von den Ketten befreien würde, wüsste Radulf sofort Bescheid, also mussten wir sehr schnell verschwinden. Endlich war es so weit, den Plan in die Tat umzusetzen, hoffentlich endete es nicht in einer totalen Katastrophe.

Stundenlag lag ich hellwach auf dem Bett. Radulf hatte mich früher als gewöhnlich aufs Zimmer geschickt, also musste ich sehr lange ausharren, bis er sich zur Ruhe begab.

Endlich ging er auf sein Zimmer und versuchte sich an der *Bulla*. Ich spürte nämlich seine Magie. Zum Totlachen. Da könnte er sich auf den Kopf stellen und nichts würde passieren. Irgendwann gab er auf und legte sich zu Bett. Danach wartete ich noch eine ganze Weile, längst war das ganze Haus zur Ruhe gekommen. Weil ich angekettet war, stellte Radulf nie eine Wache vor mein Zimmer. Und Livia kettete er weder an, noch ließ er sie bewachen. Radulf glaubte, ohne mich würde sie nicht fliehen. Zwei gravierende Fehler.

Endlich war es Zeit. Ich setzte mich auf und schnürte mir die Sandalen um. Die ganze Zeit über hatte ich die Magie im Göttlichen Stern zurückgehalten. Selbst jetzt nutzte ich nicht mehr als gerade so nötig. Die Magie wollte heraus. Ich musste vorsichtig sein.

Als ich frei war, hatte ich keine Lust, die Schelle noch mit mir herumzuschleppen. Also drückte ich den Daumen aufs

Schloss und wünschte, ich hätte diesen einen Schlüssel. Dann schloss ich die Augen und konzentrierte mich auf den Göttlichen Stern.

Bei der *Bulla* schoss die Energie immer durch mich durch wie eine überschäumende Flutwelle. Und meistens spürte ich die Magie des Göttlichen Sterns wegen der *Bulla* kaum, denn er war längst nicht so mächtig, aber dafür leichter zu handhaben.

Auf meinen Befehl hin floss die Magie von der Schulter über den Arm in meine Hand. Die *Bulla* war immer warm, manchmal sogar heiß, doch der Göttliche Stern war kühl wie Flusswasser. Als die Energie im Daumen ankam, drehte ich ihn wie einen Schlüssel, und die Schelle sprang auf. Ich war frei.

Frei von den Ketten jedenfalls. Ich hielt einen Moment inne, ob Radulf auf meine Magie reagieren würde. Bislang hatte er noch nie gemerkt, wenn ich meine Kräfte eingesetzt hatte, aber das tat ich ja auch nur sehr selten. Dennoch wartete ich.

Nichts. Früher dröhnte mir bei solchen Gelegenheiten gerne seine Stimme durch den Kopf. Womöglich lag es daran, dass wir uns jetzt so nah waren und er zwischen seiner und meiner Magie nicht unterscheiden konnte.

Auf Zehenspitzen schlich ich zur Tür und öffnete sie einen Spaltbreit. Alles schien zu schlafen. Eigentlich seltsam, denn als Führer sämtlicher römischer Truppen hielt sich Radulf von den Kämpfen des neuen Kaisers in Gallien auffällig fern. Glaubte Radulf etwa, dass das folgenlos bleiben würde? Dass Florian sich nicht rächen würde? Normalerweise war Radulfs Haus auch wesentlich stärker bewacht.

Oder war das nicht nötig? Radulf hatte die Ermordung des letzten Kaisers angeordnet. Wenn Florian klug war, genoss er den Abstand zu Radulf.

Mittlerweile stand ich im Atrium, dankbar über den Regen, der lautstark ins Becken plätscherte. Das würde die Geräusche, die ich machte, übertönen.

Radulfs Liebe zu Drachen war überall sichtbar, in den Fresken und Statuen, selbst an den Säulen schlängelten sie sich in Schlangenform empor. Damit wurde jedem Besucher deutlich gemacht, dass Radulf ein General des Reiches war. Ritt er mit den Truppen in den Kampf, trugen die Soldaten Flaggen mit *Dracos* Kopf an Windsäcken befestigt. Den Bogenschützen half es, die Windrichtung zu bestimmen, aber gleichzeitig sollte es auch die Feinde daran erinnern, dass die Götter auf unserer Seite waren. Mir kam es vor, als würden mich die Drachen anstarren als Warnung, dass sie zu Radulf hielten und nicht zu mir. Als hätte ich das nicht schon längst begriffen.

Ich schlich zu Radulfs Zimmer. Zum ersten Mal hatte ich es betreten, als ich versucht hatte, herauszufinden, wo er die *Bulla* verbarg. Radulf hatte mich erwischt und heftig bestraft. Aber das war egal, denn ich hatte sein Versteck gefunden.

So langsam wie möglich öffnete ich Radulfs Tür. Keine Ahnung, ob Radulf einen tiefen Schlaf hatte, doch es gab auch keinen Grund, ihm nahe zu kommen. Eine der Marmorfliesen am Boden war lose, in dem Hohlraum darunter lag die *Bulla*.

Auf allen vieren kroch ich zu der Stelle am Fenster. Draußen prasselte der Regen nun noch heftiger, was mir gelegen kam, als ich die Fliese kippte. Beinahe lautlos konnte ich sie anheben, doch darunter fühlte ich die *Bulla* nicht. Verwundert schaute ich nach, das musste ein Irrtum sein, aber nein, das Versteck war leer!

Als ich die Fliese wieder in ihre ursprüngliche Position brachte, regte sich Radulf. Als er sich zur Seite drehte, entdeckte ich die *Bulla* in seiner Hand. Die Schlange hatte das Amulett mit ins Bett genommen!

Leise fluchend kroch ich zum Bett. Es war aus Elfenbein, verziert mit goldenen Intarsien und verhängt mit goldenen Stoffen. Nicht einmal die Götter könnten ein solch prächtiges Bett haben, falls sie überhaupt schliefen.

Ich nahm die *Bulla* in die Hand. Das Gold war kalt, was meine Begierde nur noch steigerte, denn ich wusste, wie ich das Amulett wieder zum Leben erwecken könnte. Auf der mir zugewandten Seite der *Bulla* war ein Greif eingraviert. Wieder musste ich an Fortis denken und wie leicht ich jetzt mit ihm entkommen könnte.

Radulf die *Bulla* aus der Hand zu nehmen, war kein Problem, aber das Lederband war um die andere Hand geschlungen. Behutsam, ohne das leiseste Geräusch zu machen, löste ich das Band aus seinen Fingern und beugte mich tief über ihn, um auch noch das letzte Stück freizubekommen.

In dem Augenblick griff er nach dem Band und mit der anderen Hand packte er mich am Kragen meiner Tunika.

»So«, knurrte er mit weit aufgerissenen Augen, »nach allem, was ich für ihn getan habe, ist mein Enkel immer noch ein Dieb.«

SIEBEN

Ich schlang beide Hände um die *Bulla*, damit er sie mir nicht entriss, dafür drückte er mir die Kehle zu.

»Du bist ein Dummkopf!«, rief er. »Hast du geglaubt, ich könnte deine Magie nicht spüren? Gerade eben, als du dich befreit hast?«

Ich war wirklich ein Dummkopf, natürlich hatte er meine Kräfte gespürt. Bloß hatte er auf einen Moment wie diesen gewartet.

»Meinst du, ich hätte nicht geahnt, dass du kommen und meine *Bulla* stehlen würdest?«

»Meine *Bulla*!«, keuchte ich. »Ich stehle sie nur zurück!«

Radulf zerrte am Amulett und ich hielt dagegen, gleichzeitig verstärkte er den Griff um meinen Hals, bis mir schwarz vor Augen wurde. Gleich würde ich in Ohnmacht fallen. Und damit hätte er wieder gewonnen, was mich fuchsteufelswild machte.

»Ich habe dich in mein Heim geholt«, sagte er. »Dich ernährt, eingekleidet, dir Pferde für die Wagenrennen gegeben. Ich habe dir und deiner Schwester alles gegeben.«

»Alles außer Freiheit«, sagte ich. »Das Einzige, das ich mir gewünscht habe.«

Und dann attackierte ich ihn mit der Magie des Göttlichen Sterns. Es traf ihn mitten in die Brust, er wurde gegen die Wand geschleudert. In dem Moment, als er mich und die *Bulla* losließ, lief ich davon.

Radulfs Magieball schlug mir in die Hacken, ich fiel, rappelte mich aber wieder auf und stolperte ins Atrium. Von dort schickte ich Magie, um seine Zimmertür zum Einstürzen zu bringen.

Mittlerweile waren alle Wächter von dem Krach wach geworden und rannten auf mich zu. Jedem, der sich mir in den Weg stellen wollte, schleuderte ich meine Magie entgegen. Allerdings war ich noch nicht sehr geübt mit dem Göttlichen Stern, deshalb stolperten die Männer gerade mal, oder eine Vase oder Büste krachte vor ihnen zu Boden.

Radulfs Bäder lagen am anderen Ende des Hauses. Sein *Tepidarium* war längst nicht so schön wie Valerius', dennoch hatte ich eifrig schwimmen trainiert. Zwar war ich nach wie vor ein miserabler Schwimmer, aber wenigstens ging ich nicht mehr unter.

Hinter dem Bassin wartete Livia mit zwei Säcken auf mich. Die waren schwer, und sie lautlos durch das ganze Haus zu ziehen, war sicher nicht ohne gewesen. Als meine Schwester sah, dass mir die Wächter auf den Fersen waren, machte sie große Augen.

»Spring hinein!«, rief ich ihr zu. »Spring, Livia!«

Ohne zu zögern, sprang sie mit einem Sack hinein, während ich mir den zweiten schnappte.

»Bleib stehen!«, brüllte ein Wächter. »Sonst stirbst du.«

Ich blieb stehen, aber nur, um zu sagen: »Für heute habe ich andere Pläne!«

Samt dem zweiten Sack ließ ich mich ins Wasser fallen. Die

Säcke waren mit Bleitafeln vom *Circus* gefüllt und dank ihres Gewichts sank ich wie ein Stein zum Boden des tiefen Beckens. Livia war schon unten und würde bald Luft brauchen.

Mit der letzten mir verbliebenen Energie in der Schulter attackierte ich den Stöpsel. Radulf ließ das Wasser jeden Monat austauschen, und vom Zusehen wusste ich, dass Livia und ich durch das Abwasserrohr passen würden, wenn wir uns mit etwas beschweren könnten.

Kaum war der Stöpsel herausgeschossen, floss das Wasser ab. Livia wurde als Erste durch den Abfluss gerissen, ich folgte. Es war enger als gedacht, aber ich hielt den bleigefüllten Sack vor mir und ließ mich weiter nach unten ziehen.

Meine Lungen drohten zu kollabieren, und mir blieb nichts anderes übrig, als Wasser zu schlucken. Es tat richtig weh, und ich dachte, ich würde jeden Moment platzen. Entweder war das Abflussrohr länger als gedacht oder wir verloren an Fahrt. Ja, wir kamen wirklich nur noch langsam voran. Vielleicht verjüngte sich das Rohr oder der Wasserdruck von oben wurde weniger und da halfen dann auch die schweren Bleisäcke nicht mehr. Wenn das Rohr vergittert war, säßen wir in der Falle. Irgendwann wäre das Becken zwar leer, aber, wenn wir das überlebten, müssten wir durch das Rohr wieder nach oben zu Radulf klettern. Ich konnte mir nur zu gut vorstellen, wie er uns empfangen würde.

Da war ein Gitter. Erst stieß Livia darauf und dann landete ich auf ihr. Wie eine Wilde schlug sie um sich. Mir sank das Herz in die Hose. Wie hatte ich nur so gedankenlos sein können!

Wenn mir mein eigenes Leben durch die Finger rann, wusste ich doch, dass ihr es genauso ging. Ich fühlte mich schrecklich. Schlimm genug, dass ich sie nicht hatte retten können, nun wäre ich auch noch an ihrem Tod schuld.

Ich wollte das Gitter mit Magie sprengen, hatte aber Angst, Livia zu treffen. Außerdem hatte ich meine Magie und meine Kräfte erschöpft, um uns so weit zu bringen. Jetzt war nichts mehr übrig.

Livia bewegte sich weiter auf und ab, als wäre sie wütend. Explosionsartig gab das Gitter nach und wir landeten im darunterliegenden Abwasserkanal.

Ich hustete wie verrückt Wasser aus. Mir war egal, dass wir von Abwasser und totaler Dunkelheit umgeben waren.

Livia klopfte mir auf den Rücken. »Nicht für alles braucht man Magie.«

Meine Schwester hatte das Gitter weggetreten. Damit hatte sie uns das Leben gerettet, was meine Magie nicht vermocht hatte. Dankbar nickte ich ihr zu.

Vor uns ertönte eine Stimme, die mir ein Lächeln ins Gesicht zauberte.

»Hätte ich's doch wissen müssen«, sagte Aurelia und entzündete eine kleine Fackel. »Deshalb wolltest du dich hier mit mir treffen.«

ACHT

Es dauerte einen Moment, bis ich imstande war, mehr als ein paar Begrüßungsworte an Aurelia zu richten. Ihrerseits sagte sie: »Ihr beide stinkt fürchterlich und ich auch. Jetzt mal im Ernst, Nic, was zieht dich denn an Abwässern so an?«

»Es ist weniger das, was mich hier unten anzieht, als das, was mich oben abstößt«, antwortete ich. Auch wenn ich jetzt mit Dreck besudelt war, über den ich lieber nicht genau nachdachte, fühlte ich mich unendlich glücklich. Die *Cloaka Maxima* hatte mir nun schon zum zweiten Mal das Leben gerettet. Und Aurelia war mir öfter als zweimal zu Hilfe geeilt.

Ich erhob mich und half Livia auf die Beine. Offenbar brachte der Geruch sie fast um, aber sie verbarg ihren Ekel, so gut es ging. Als sie sich Aurelia zuwandte, stellte ich die beiden einander vor.

»Dein Bruder hat mir schon so viel von dir erzählt«, sagte Aurelia und machte eine höfliche Verbeugung.

Livia verbeugte sich ebenfalls. »Und von dir auch. Durch Nics Beschreibungen habe ich das Gefühl, ich kenne dich bereits.«

»Er hat mich beschrieben?« Aurelia sah sich mit einem

breiten Grinsen zu mir um. Ich spürte, wie ich rot wurde, hoffentlich sah man das im Fackellicht nicht.

»Nicht gerade der richtige Ort für so ein albernes Gespräch«, sagte ich. »Kommt weiter.«

Aurelia und Livia setzten sich in Bewegung, ich lief hinter ihnen her. »Was hat Nic denn über mich gesagt?«, wollte Aurelia wissen.

»Dass du laut bist und zu viele Fragen stellst«, antwortete ich schnell.

Livia kicherte. »Nein, das war es nicht.«

Dann kicherte auch Aurelia, und ich wusste gar nicht mehr, was ich denken sollte. Was bedeutete Kichern überhaupt? Es klang fröhlich, aber ich fühlte mich nicht besser dadurch. Die beiden kannten sich doch kaum, worüber lachten sie denn gemeinsam?

Oh. Über mich.

Mit Aurelia durch die Kanalisation zu laufen, war wie ein Spaziergang im Park. Sie kannte jede Abzweigung, jede Gefahrenstelle und wusste, wo Frischwasser zugeführt wurde, sodass wir uns duschen konnten. Als ich mich einmal hier verirrt hatte, war mir das alles entgangen.

Nach einer weiteren Meile deutete Aurelia auf ein Becken mit frischem Regenwasser, das sich beim Gewitter in der Nacht gesammelt hatte. Livia lief sofort darauf zu und wusch sich. In der Zwischenzeit holte ich Aurelia ein. Aurelia hatte die Fackel gelöscht, um sie für später aufzusparen. Durch das Gitter über uns drang Mondlicht, sodass ich sie gut sehen konnte. Ihre Tunika war kürzer und schlichter als die, die sie im *Circus* getragen hatte, und das braune Haar fiel ihr offen über die Schultern. So hatte ich sie in Erinnerung gehabt. In den letzten beiden Monaten hatte ich ständig an sie gedacht, auch wenn ich das nie zugegeben hätte. Um den Hals trug sie die *Crepundia*, von der ich kaum die Augen nehmen konnte.

»Danke, dass du gekommen bist«, sagte ich. »Ohne dich hätten wir hier nie rausgefunden.«

»Gern geschehen.« Ihr Blick huschte von Livia zu mir. Sie wirkte ernster als sonst. Wenn sie mir etwas anvertrauen wollte, konnte sie das vielleicht nur unter vier Augen, deshalb hakte ich Aurelia unter und führte sie etwas abseits.

Livia verstand. »Ich bin müde, Nic. Ist es in Ordnung, wenn ich mich ein wenig hinlege?«

Aurelia antwortete für mich. »Hier unten wird uns niemand suchen, also sollten wir hier auch schlafen. Morgen machen wir uns in aller Frühe auf, bevor die anderen wach werden.«

Aurelia und ich setzten uns mit dem Rücken zu Livia auf einen kleinen Vorsprung über dem Wasser. Mit gedämpfter Stimme sagte Aurelia: »Crispus wollte auch mitkommen. Er macht sich Sorgen um dich.«

»Du hast Crispus verraten, dass ich herkomme?« Ich machte ein finsteres Gesicht. »Warum?«

»Ich konnte ja nicht einfach verschwinden. Da hätte er sich doch gewundert, wo ich abgeblieben bin.«

»Nun erzählt es Crispus seinem Vater und der informiert die Prätoren. Kommen die jetzt auch her?«

»Crispus weiß, dass er mit niemandem darüber sprechen darf! Er hat dir nichts getan. Du liegst im Streit mit seinem Vater.«

»Ich liege im Streit mit dem halben Reich.« Wütend funkelte ich sie an. »Mit dir vielleicht auch.«

»Über deine Feinde vergisst du, dass du auch Freunde brauchst!«

»Freunde wie Crispus und sein Vater?«

»Ja, du brauchst sie. Und nicht nur sie. Ich versuche dir zu helfen, Nic. Das schulde ich dir, aber du machst es einem nicht leicht.«

Mein Blick verdüsterte sich noch mehr. »Du schuldest mir gar nichts. Und wenn du es nur wegen Crispus und Valerius tust, kann ich darauf verzichten.«

»Du brauchst ihre Hilfe!« Und dann fügte sie schnell hinzu: »Ihretwegen bin ich nicht hier.«

Aus den Augenwinkeln sah ich, dass Livia sich auf dem Boden von uns wegdrehte. Selbst wenn sie hätte schlafen wollen, war das wohl kaum möglich. Garantiert konnte sie uns streiten hören.

Ich schaute Aurelia an und senkte die Stimme. »Warum bist du dann gekommen?«

Sie seufzte nur, als läge die Antwort auf der Hand. Für mich lag leider nur auf der Hand, dass ich noch nicht all die Dinge gesagt hatte, die ich später garantiert bereuen würde.

»Wird Crispus unsere Freundschaft dulden, nachdem du ihn geheiratet hast?«

Aurelia riss die Augen auf. »Wer behauptet denn, dass ich ihn heiraten will?«

»Das ist die einzige Möglichkeit, das Vermögen deines Vaters zu erben. Offenbar brauchst auch du Crispus.«

»Wir sind befreundet, mehr nicht.«

Stimmte das? Vielleicht hatte ich die Situation verkannt und musste mich nun bei Aurelia entschuldigen. »Also hast du nicht vor, ihn zu heiraten?«, fragte ich.

Sie zögerte, was kein gutes Zeichen war. »Das ist ... kompliziert. In einer Sache hast du recht, ich bekomme das Vermögen meines Vaters nur, wenn ich verheiratet bin.«

»Würdest du heiraten, nur um das Geld zu behalten?«

»Es geht nicht nur um das Geld, nicht direkt jedenfalls. Erinnerst du dich noch an die Kinder im Abwasserkanal? Mit dem Geld meines Vaters habe ich sie freigekauft, jedes einzelne Kind. Und ich würde für jedes Kind meinen letzten *Denarius* geben, um ihm die Freiheit zu schenken. Aber wenn ich die Erbschaft verliere, kann ich niemandem helfen, nicht einmal mir selbst.«

»Dann heirate Crispus«, presste ich hervor. »Nutz auch sein Vermögen bis auf die letzte Münze.«

»Ich will Crispus ja gar nicht heiraten! Nicht, wenn ich jemanden heiraten könnte, der mir wirklich was bedeutet.« Aurelia rückte näher und fasste mich am Arm. »Schlag mir was anderes vor. Bitte, Nic.«

»Was denn?«

Sie schlug die Augen nieder, konnte mich nicht ansehen. »Zwing mich nicht, es auszusprechen. Du musst doch wissen, warum ich heute Nacht gekommen bin.«

Mein Herz klopfte wie verrückt, aber ich schwieg. Aurelias Gefühle waren mir ein Rätsel. Natürlich wusste ich, wie ich empfand und was ich gerne gefragt hätte.

Doch was hatte ich ihr schon zu bieten? Ich war ein Niemand, dessen einzige Zukunft darin bestand, vor dem halben römischen Imperium davonzulaufen, und der außer einer leeren *Bulla* nichts besaß.

Aurelia hatte Besseres verdient.

»Schön«, sagte sie schließlich. »Vielen Dank auch.« Dann

nahm sie die *Crepundia* ab und hielt sie mir hin. »Was willst du eigentlich damit?«

Aurelia war jetzt schon geladen, nun musste ich ihr auch noch das nächste Geständnis machen. Ich nahm die Kette und öffnete den kleinen Beutel in der Mitte. Ich hatte befürchtet, dass sie womöglich schon hineingeschaut und die echten Edelsteine erkannt und verkauft hatte. Doch sobald ich die leuchtenden Steine sah, wusste ich, dass dies dieselben waren, die ich vor meinem Kampf in der Arena dort hineingetan hatte. Das Mal auf meiner Schulter spürte die Magie der Steine und erwachte zum Leben.

Ich zog den Beutel der *Bulla* auf und tauschte die Steine aus. Sofort strömte die Kraft der Edelsteine in die *Bulla* und ich spürte wieder die alte Stärke des Amuletts. Dies war Dianas Kraft, ihre Magie, mit der sie sich den Göttern entgegenstemmte. Da ich ihre Beweggründe nun kannte, war ich noch nervöser im Umgang mit dem Amulett.

Als ich aufschaute, war Aurelias Mund zu einer schmalen Linie verzogen. Wut beschrieb ihren Zustand nur unzureichend.

»Sag, dass das nicht wahr ist …«

»Ich konnte Radulf doch nicht die Magie der *Bulla* überlassen.«

»Also hast du sie mir untergejubelt? Wenn die Prätoren es gespürt hätten … die waren in meiner Nähe, als ich die *Crepundia* getragen habe!«

»Die Prätoren verfügen über keinerlei Magie, also konnten sie nichts merken. Bei dir waren die Steine in Sicherheit.«

»Warum hast du mich nicht gewarnt?«

Ich schnaubte. »Wann hätte ich das denn bitte schön tun

sollen? Während ich mit einer Hand gegen Radulf und mit der anderen gegen deinen Vater gekämpft habe, hätte ich da noch schnell rufen sollen: ›Hey, Aurelia, du bist im Besitz der wahren Macht der Götter‹?«

Aurelia kniff die Augen zusammen. »Du und deine Magie. Alles andere ist dir doch egal.«

»Das stimmt nicht!«, brüllte Livia. Als wir uns umdrehten, stand sie direkt hinter uns, die Hände in die Hüften gestemmt. Sie machte einen Schritt auf Aurelia zu. »Wenn du wüsstest, was für ein schrecklicher Mensch Radulf ist und was er mit Rom anstellen würde, wenn er die *Bulla* in die Finger bekäme, würdest du verstehen, warum Nic die Steine ausgetauscht hat. Und Nic liegt viel an mir und sogar an Crispus, selbst wenn er das nie zugeben würde. Und an dir liegt ihm besonders viel, da findet er nicht einmal die richtigen Worte. Auch wenn er es dir nicht sagt, weiß ich, dass du ihm am Herzen liegst. Und du weißt es auch.«

Einen Moment lang herrschte Stille, dann fragte Aurelia: »Stimmt das, Nic?«

Ich wollte antworten, ihr sagen, dass ich jeden Tag an sie gedacht hatte. Und immer, wenn ich schreiben, schwimmen oder Wagenlenken übte, es in der Hoffnung tat, in ihrem Ansehen zu steigen. Ich wünschte, Aurelia würde begreifen, dass ich mit der Flucht gewartet hatte, bis ich die Gelegenheit hatte, sie zu fragen, ob sie mit mir kommen wollte.

Aber jetzt, wo sie vor mir stand, kamen mir die richtigen Worte nicht über die Lippen. Alles, was mir in den Sinn kam, klang wenig überzeugend. Hätte ich mich nur ausdrücken können wie Crispus, hätte Aurelia mich sicher verstanden. So stand ich nur wie ein Trottel da und fühlte mich jämmerlich.

Verärgert trat ich nach ein paar Steinen. Aurelia nahm mir die *Bulla* aus der Hand und hängte sie mir um. »Du bist ein schwieriger Freund«, flüsterte sie. »Aber du bleibst immer mein Freund.«

Sofort durchflutete mich die Wärme der *Bulla*. Erst da wurde mir bewusst, wie kalt mir ohne sie gewesen war. Es würde wohl eine Weile dauern, bis ich die volle Kraft der Magie in mich aufgenommen hatte, doch ich war bereits jetzt stärker als vorher.

Aurelia stand dicht vor mir und berührte meinen Hals. »Woher kommen die blauen Flecken?«

Zart strich sie über meine Haut. Ich zuckte die Achseln. »Radulf wollte uns nicht so gerne gehen lassen.«

Sie lächelte verschmitzt. »Du hast ein Talent, die Leute gegen dich aufzubringen. Was willst du mit den Prätoren machen?«

Ich schüttelte den Kopf. »Heute Nacht jedenfalls nichts mehr. Am besten, wir schlafen jetzt und entscheiden morgen.«

Aurelia legte sich neben mich, nutzte ihren Arm als Kopfkissen. Ich hätte ihr gerne meinen angeboten, aber durch den strömte so viel Magie, das wäre nicht so schlau gewesen.

»Danke, dass du gekommen bist«, flüsterte ich.

Erst dachte ich schon, sie wäre eingeschlafen, weil sie nicht antwortete, aber dann flüsterte sie zurück: »Ich werde immer kommen, Nic.«

NEUN

Wenn ich in den nächsten Stunden überhaupt schlief, dann immer nur für Momente. Die erwachende Magie der *Bulla* machte mich rastlos, der Abwassergestank war nahezu unerträglich, aber vor allem wollte mir Aurelia nicht aus dem Kopf gehen. Ich hatte ja schon einige Schwierigkeiten in meinem Leben gemeistert, doch an Aurelia zu denken, während sie dicht bei mir lag, war ein ganz neuartiges Problem.

Bei den ersten Lichtstrahlen erwachte Aurelia. Ganz in der Nähe schlief Livia noch, sie sah verfroren aus, hoffentlich hatte sie sich wenigstens etwas erholt. Hätte ich mich doch vorm Schlafengehen noch mal vergewissert, dass sie gut versorgt war. Livia beschwerte sich fast nie. Ich wollte ihr jetzt helfen, mit dem Göttlichen Stern hätte ich ihr Wärme senden können, aber dann hätte Radulf gewusst, wo wir waren. Und mit der *Bulla* wäre ich mal wieder übers Ziel hinausgeschossen, wahrscheinlich hätte ich Flammen über die Kanäle in die Kloakenöffnungen der Stadt getrieben. So wollten die Römer sicher nicht in den Tag starten.

Aurelia rollte sich zu mir herum. »Ich verstehe, dass du sie so liebst. Livia scheint eine wunderbare Schwester zu sein.«

»So eine Schwester habe ich nicht verdient.«

Aurelia lächelte lieb. »Dagegen lässt sich nichts sagen.«

»Tut mir leid, dass ich dir das mit der *Crepundia* verheimlicht habe.« Ich traute mich kaum, sie anzusehen, tat es aber trotzdem. Aurelia nickte bloß und schien in guter Stimmung zu sein. »Du hattest gestern mit fast allem recht.«

»Nicht mit fast allem.« Aurelia kicherte dabei ein wenig. Und ich lächelte. Eine Weile schwiegen wir, dann sagte sie: »Ich habe auch damit recht, dass du Crispus trauen solltest. Und seinem Vater.«

»Die hätten mich im Amphitheater sterben lassen. Wie soll ich ihnen da wieder vertrauen?«

Aurelia presste die Lippen aufeinander. »Vor zwei Tagen habe ich mit Crispus gegessen, als Decimus Brutus kam und Valerius sprechen wollte. Sie haben sich zurückgezogen, aber Crispus und ich haben an der Tür gelauscht. Brutus wollte wissen, wo du steckst.«

»Und Valerius hat ihm verraten, dass ich im *Circus* sein würde.«

»Valerius hat ihm gar nichts verraten.« Aurelia stützte sich auf ihren Arm. »Du kannst dir nicht vorstellen, wie aufgebracht Brutus war. Er hat Valerius mit allem Möglichen gedroht. Brutus wollte wissen, wo der Marsreif liegt, und kündigte an, dass sie dich zwingen würden, den Weg zum Versteck zu zeigen. Valerius wollte ihn überzeugen, dass mein Vater den Schlüssel mit in den Tod genommen hätte, aber Brutus wollte ihm nicht abkaufen, dass Horatio so leichtfertig gewesen wäre.«

»Vielleicht war er das«, sagte ich.

Aurelia zuckte mit den Schultern. »Vielleicht.« Aber es klang nicht, als würde sie es glauben. »Am Ende meinte Brutus noch, wenn der Schlüssel nicht bald gefunden würde, müsste Valerius dafür geradestehen. Gleich am nächsten Tag ist Valerius in den *Circus* gekommen, um Radulf zu warnen. Valerius riskiert eine Menge, um dich zu beschützen.«

Wortlos nickte ich. Ich hatte das Gefühl, Aurelia erwartete, dass ich jetzt etwas sagte, nur was?

Endlich meinte sie: »Valerius hat recht. Du solltest Rom so schnell wie möglich verlassen.«

»Livia und ich brauchen dafür vielleicht Hilfe.« Ich leckte mir über die Lippen. »Jemanden, der gut mit Pfeil und Bogen umgehen kann.«

Aurelias Lächeln erstarb. »Dafür willst du mich? Als Jägerin? Oder Beschützerin?«

»Als Freundin.« Ich sah ihr in die Augen. »Livia und ich haben zurzeit nicht viele Freunde.«

»Wann willst du gehen? Heute schon?«

»Nein.« Ich schaute zu Livia, um sicherzugehen, dass sie noch schlief. »Erst werde ich nach unserer Mutter suchen.«

Nun richtete sich Aurelia vollständig auf und ich mich auch. »Nic ...«

»Sie ist ganz hier in der Nähe. Gestern war sie beim Rennen.« Hinter uns schnappte Livia nach Luft. Hätte ich mal genauer hingesehen. So sollte meine Schwester es nicht erfahren.

»Warum hast du mir nichts gesagt?«, fragte Livia. »Du sprichst immer von Vertrauen und vertraust mir nicht einmal das an?«

»Tut mir leid«, flüsterte ich. Schon meine zweite Entschuldigung heute.

Zweifellos würden noch weitere folgen.

»Vergiss das mit deiner Mutter«, sagte Aurelia. »Ihr müsst sofort aus Rom fliehen, bitte.«

Unmöglich. Da hätte sie mich genauso gut bitten können, meinen eigenen Namen zu vergessen. Das hätte ich noch eher getan, als meine Mutter im Stich zu lassen. »Warum?«

Aurelia seufzte. »Ich muss dir was sagen.«

»Über meine Mutter?«

Aurelia runzelte nur die Stirn. Ja, es hatte mit meiner Mutter zu tun. Und ich wusste jetzt schon, dass es nichts Gutes war.

ZEHN

Wir beschlossen, erst einmal die Kanalisation zu verlassen. Später würde es nämlich auf den Straßen vor Menschen wimmeln und jemand hätte uns aus einer Abflussöffnung kommen sehen können. Außerdem behagte mir die Enge hier unten nicht – und der Geruch.

Nachdem wir uns noch einmal gründlich gewaschen hatten, erklommen wir eine Leiter in der Nähe des Pantheons. Dieser Tempel unterschied sich von anderen durch den überwölbten Rundbau. Als Radulf ihn mir letzten Monat gezeigt hatte, hatte er die Kuppelöffnung als Auge der Götter beschrieben. Unter diesen Umständen weigerte ich mich, heute das Pantheon zu betreten, denn ich konnte mir nur allzu gut vorstellen, welche Göttin mich beobachten würde.

Also setzten Aurelia, Livia und ich uns in der Nähe des Pantheons ins Gras, ließen uns von der Sonne trocknen und sahen zu, wie Rom zum Leben erwachte.

Als Erstes erschienen die Händler mit ihren Waren. Ich hätte besser schon am Vorabend daran gedacht, ein wenig Geld von Radulf zu stehlen. Auf ein weiteres Verbrechen wäre es nun auch nicht mehr angekommen, jedenfalls redete ich mir das ein, während ich mit knurrendem Magen die Waren anstarrte. Aber dafür war es nun zu spät, deshalb ließ ich den Gedanken fallen und konzentrierte mich auf Livia und Aurelia.

»Erzähl mir von unserer Mutter«, sagte Livia. »Wohnt sie hier in der Nähe?«

»Warum war sie wohl im *Circus*?«, fragte Aurelia. »Und auch noch genau zu Nics Übungsrennen!«

»Viele Patrizier schauen sich die Vorbereitungsrennen an«, sagte Livia. »So können sie sich schon ein Bild davon machen, auf welches Gespann sie später setzen wollen.«

»In Rom leben eine Million Menschen und eure Mutter wurde ausgerechnet zu Nics Übungsfahrt gebracht? Glaubt ihr wirklich, dass das Zufall war?«

»Warum sollte sie sonst …« Auf einmal traf mich das Offensichtliche mit unbarmherziger Härte. »Die Prätoren haben sie in ihrer Gewalt.«

»Decimus Brutus hat gleich nach deinem Kampf im Amphitheater nach deiner Mutter suchen lassen. Den Grund kannst du dir sicher denken. Vor ein paar Tagen hat er sie schließlich gefunden.«

Ich bekam einen trockenen Mund. »Um mich zu ködern. Brutus wollte, dass ich sie im *Circus* entdecke.«

»Als du das Rennen so plötzlich abgebrochen hast, war klar, dass du sie gesehen hattest. Dann hat man sie abgeführt.«

»Crispus hat schon gestern davon gewusst«, meinte ich. »Das war es, was er mir nicht sagen wollte.«

»Crispus hat Angst, dass du sie befreien willst.«

»Da hat er recht, genau das werde ich tun.« Ich blickte über die Schulter zu Livia, die einvernehmlich nickte.

»Dann hätte ich es dir lieber nicht sagen sollen.« Aurelia seufzte. »Hör zu. Die Prätoren wollen dich und nicht deine

Mutter. Wenn du aus Rom weggehst, haben sie keinen Grund mehr, deine Mutter festzuhalten. Vielleicht lassen sie sie dann einfach gehen.«

»Vielleicht aber auch nicht«, konterte ich. »Um Barmherzigkeit geht es diesem Brutus sicher nicht. Weder mir noch unserer Mutter gegenüber.«

Aurelia beugte sich vor. »Du kannst jetzt sofort von hier verschwinden und musst dich nie wieder mit Radulf oder den Prätoren abgeben. Ich weiß, was du auf dich genommen hast, um Livia zu beschützen, und was du alles riskiert hast, um herzukommen.«

»Dann weißt du auch, dass Nic unsere Mutter nie in den Händen der Prätoren zurücklassen würde«, sagte Livia.

»Eure Mutter wäre auf meiner Seite!«, entgegnete Aurelia. »Wenn Nic in Rom bleibt, nutzen ihn die Prätoren für ihre Zwecke. Und was wird dann aus dir, Livia?«

»Was wird aus Mutter, wenn wir gehen?« Livia hatte sich nun an mich gewandt. »Ohne Mutter verlasse ich Rom nicht. Und ich bin stärker, als ihr denkt.«

Livia sprach noch weiter, doch ich hörte es nicht mehr. Stattdessen schwappte eine vertraute Kälte über mich, vor der ich mich schon die ganze Zeit gefürchtet hatte.

»Vor mir kannst du nicht davonlaufen, Nic.«

Radulfs Stimme in meinem Kopf war mir so willkommen wie Lepra. Es war keine Frage gewesen, ob, sondern nur, wie lange es dauern würde, bis er mich mit seiner eisigen Präsenz beehren würde.

Ich stand auf und sah mich um. Es war Morgen, und die Straßen füllten sich mit Menschen, darunter viele Frauen und Kinder. »Macht alle, dass ihr wegkommt!«, brüllte ich.

»Sofort!« Im Fall, dass man mir kein Gehör schenken sollte, sandte ich magische Pfeile aus, um die Leute zu verscheuchen. Und zum größten Teil klappte es auch ganz gut. Die panischen Blicke kannte ich noch zur Genüge aus dem Amphitheater, das ich halb zerstört hatte.

Aurelia erhob sich, sie war offensichtlich beunruhigt. »Nic, was hast du vor?«

Ich nahm Livia bei der Hand und führte sie zu Aurelia. »Passt bitte aufeinander auf. Ihr müsst sofort von hier verschwinden.«

Aurelia schüttelte den Kopf. »Was ist denn los?«

»Radulf.«

In diesem Moment erschien er hinter Livia und legte gleich den Arm um sie, sodass sie sich nicht rühren konnte. Drohend hob ich die Hand; wenn ich mich nicht vorsah, würde ich gleich die halbe Straße wegsprengen, so viel Magie vibrierte in mir. Ich hatte schon vergessen, wie mächtig die *Bulla* war. Neben mir spannte Aurelia ihren Bogen, doch Radulfs Aufmerksamkeit galt allein mir.

»Gib mir die *Bulla*«, befahl Radulf.

Mein Blick huschte zu Aurelia. Wenn sie den Pfeil abfeuern würde, müsste Radulf sich bewegen, um ihn abzuwehren. Könnte ich ihn attackieren, ohne Livia zu treffen?

»Lasst meine Schwester gehen, dann reden wir«, sagte ich.

»Geh einfach«, sagte Livia. »*Pater* wird mir nichts tun.«

»Glaubst du das auch, Nic?« Mit seiner freien Hand schleuderte er Aurelia rückwärts zu Boden. Pfeile und Bogen kullerten übers Pflaster. »Ich will die *Bulla*.«

Ich machte ein paar Schritte zurück und versuchte zu verschwinden, so wie Radulf es gestern mit mir gemeinsam getan hatte. So hätte ich direkt hinter ihm wiederauftauchen und mir so einen Vorteil verschaffen können. Aber ich konnte mir die Straße im Kopf nicht vorstellen, auch wenn ich sie direkt vor Augen hatte.

Radulf schien zu spüren, was ich vorhatte. »Du verlässt dich zu sehr auf die *Bulla*«, sagte er. »Im Göttlichen Stern steckt viel mehr Magie, wenn du ihm nur trauen würdest.«

Es hatte mich viel Zeit gekostet, meinen Großvater zu verstehen. Warum ermunterte er mich, Magie zu benutzen, die er einst von mir gestohlen hatte? Warum gab er mir Tipps, ihn auszutricksen? Noch immer hatte ich keine Antwort darauf, aber eines wusste ich: Radulf war nur an den Amuletten gelegen, sodass er Rom in die Knie zwingen und über seine Trümmer herrschen konnte. Mit den Amuletten könnte er sich zu einem Gott erheben und dafür brauchte er mich.

Diesmal machte ich einfach die Augen zu, konzentrierte mich auf den Göttlichen Stern und darauf, wo ich sein wollte. Und vielleicht bin ich auch schon ein wenig verblasst, doch dann rief Aurelia meinen Namen und Livia schrie.

Als ich hinsah, lag Radulf am Boden. Männer in Prätorenkluft standen über ihm, einer von ihnen drückte ihm ein Schwert auf die Brust. Sie hatten sich so lautlos angeschlichen, dass ich sie nicht gehört hatte. Radulf offenbar auch nicht.

»Livia, lauf weg!«, brüllte ich.

Und das tat sie auch.

Sie stürmte zu Aurelia, die schrie: »Nic, hinter dir sind auch welche!«

Ich wandte mich um und schleuderte den fünf Männern, die sich mir hinterrücks genähert hatten, meine Magie entgegen. Wo sie einschlug, brach die Erde weg, und ein breiter Graben tat sich auf.

Doch wie im *Circus* rückten weitere Prätoren an und umzingelten uns. Die Männer, die sich Aurelia und Livia bis auf ein paar Schritte genähert hatten, katapultierte ich mit meiner Magie in die Luft, fast bis zum Pantheon. Trotz der brenzligen Situation genoss ich es, meine Magie wieder einzusetzen. Als wäre ich gelähmt gewesen und könnte nun endlich wieder laufen.

Ich rannte zu Aurelia und Livia. »Ihr müsst zusammen abhauen. Und wenn sich alles wieder beruhigt hat, komme ich euch suchen.«

Livia schüttelte den Kopf. »Lass uns zusammen fliehen.«

»Ich kann Radulf den Prätoren nicht überlassen.« Immer noch beschimpfte er sie lauthals, als sie ihn schon in Ketten legten. »Sie dürfen nicht gewinnen.«

»Nach allem, was Radulf dir angetan hat?«, fragte Aurelia. »Er hätte dich bestimmt zurückgelassen, wenn sie dich zuerst geschnappt hätten.«

»Nein, bestimmt nicht.« Davon war ich überzeugt.

»Du spielst ihnen in die Hände«, rief Aurelia. »Mit deiner Mutter, mit Radulf. Du tust genau das, was sie wollen!«

Damit könnte sie recht haben. Doch alles andere kam nicht infrage.

Aurelia ergriff meine Hände und betrachtete sie, als könnte sie das Knistern der Magie spüren. Dann sah sie mich an: »Wir machen es so, wie du wolltest, Nic. Lass uns aus Rom verschwinden, du und Livia.« Sie schluckte schwer. »Und ich.«

Ihre Worte lagen mir schwer auf der Brust, weil es mein sehnlichster Wunsch war, den ich ihr nun abschlagen musste.

»Bring Livia in Sicherheit«, murmelte ich. »Ich komme nach, sobald ich kann.«

Dann schlug ich eine Flammenschneise in die Erde, von der die Prätoren zurückweichen mussten. Sobald das Feuer erloschen war, hatten Livia und Aurelia freie Bahn. Wohin sie gehen würden, wusste ich nicht.

Ich würde sie schon finden. Doch erst einmal hatte ich etwas zu erledigen.

ELF

Mehr und mehr Prätoren strömten auf den Platz, manche ritten auf Pferden, einer hatte einen vergitterten Wagen dabei. Dort hinein wollten sie Radulf stecken und mich wahrscheinlich auch. Doch da würde mich keiner hineinbekommen. Keiner.

Über den Morgenwind flüsterte ich den Pferden zu. Und sie reagierten, indem sie bockten und ihre Reiter abwarfen. Die Männer landeten auf dem harten Pflaster und wunderten sich über den Ungehorsam ihrer Tiere.

»Ihr stinkt!«, brüllte ich den Prätoren zu. »Vielleicht haben es Eure Pferde nicht mehr ausgehalten.«

Als Nächstes umgab ich mich mit einem magischen Schutzschild. Es war äußerst wirksam, aber ermüdender, als ich es in Erinnerung hatte, und beim nächsten Schritt sank ich auf die Knie. In der kurzen Zeit ohne *Bulla* hatte ich verlernt, ihre Magie richtig einzusetzen.

»Nicolas Calva, wir wollen nicht gegen dich kämpfen.«

Decimus Brutus kam auf mich zugelaufen. Ich ballte die Fäuste. Er wollte vielleicht nicht, ich schon.

»Lauf weg, du Dummkopf!«, rief Radulf, wofür er sogleich einen Tritt in die Seite kassierte.

Ich war wirklich ein Dummkopf. Da hatte er recht.

»Das Mädchen, das gerade weggegangen ist«, sagte Brutus. »Wir wissen, was sie war, bevor sie das Vermögen ihres Vaters geerbt hat. Eine Kanalratte. Und das wird sie auch wieder werden, wenn du uns nicht hilfst.«

»Ihr kennt Euch also mit Kanalratten aus?« Grinsend schlug ich ein Loch, wo die Straße geborsten war. Der Gestank des freigelegten Abwassers stieg wie Nebel aus den Tiefen.

Brutus trat einen Schritt zurück. »Das wagst du nicht!«

Und ob ich es wagte. Bis auf Brutus ließ ich alle Prätoren in der Kanalisation verschwinden. Auch wenn es mich viel Kraft kostete, ließ ich Brutus über dem Abgrund baumeln. »Wo ist meine Mutter?«, fragte ich.

Nun hatte er allen Grund zu grinsen. »Was wir wollen, ist ganz einfach. Gib uns den Schlüssel zum Marsreif und wir lassen deine Mutter frei. Dann könnt ihr beide als freie Bürger leben.«

Das war gelogen. Schließlich brauchten sie mich, um die Kraft des Marsreifs zu entfesseln, und die *Bulla,* um den Jupiterstein zu erschaffen. Den Stein würden sie Diana geben, damit sie sich erfolgreich gegen die anderen Götter durchsetzen konnte. So einfach war es also nicht.

Brutus streckte die Hand nach mir aus. »Gib mir den Schlüssel, Nicolas. Gib ihn mir, dann bist du uns für immer los.«

Ich hatte den verfluchten Schlüssel nicht und auch keine Lust, das zum tausendsten Mal zu erklären, deshalb verpasste ich ihm nur einen magischen Stoß. Brutus ruderte mit den Armen, um nicht in den Abwasserkanal zu fallen.

Als er mich ansah, hatte sich sein Blick verfinstert, und seine Wut traf mich wie ein Schlag in die Magengrube. Dennoch zuckte ich nicht mit der Wimper.

»Du hast kein Recht auf Magie!«, schrie er. »Wie kannst du es wagen, als Sklavenjunge mit göttlichen Mächten zu kämpfen?«

»Mit den göttlichen Mächten kämpfe ich gegen die Feinde Roms«, brüllte ich. »Gegen Euch.«

Brutus lachte hämisch. »Hör mir gut zu. Du hast genau einen Tag, uns den Schlüssel zum Marsreif auszuhändigen. Andernfalls siehst du deine Mutter nie wieder. Und wenn ich mit ihr fertig bin, schnappe ich mir deine Schwester und das Kanalmädchen. Und danach jeden anderen, den ich vernichten muss, bis du mir hilfst. Am Ende werde ich siegen.«

»Unmöglich«, sagte ich. »Denn diesen Krieg werde ich gewinnen und ich teile meine Siege nicht mit Feiglingen.«

Brutus grinste. »Bevor die Woche um ist, habe ich dich in die Knie gezwungen. Du wirst mich anflehen, die zu verschonen, die du liebst.«

Damit breitete er die Arme aus und ließ sich in die Kanalisation fallen. Eigentlich war das ja ein Eingeständnis seiner Unterlegenheit, aber irgendwie kam ich mir auf einmal selbst unterlegen vor.

Jemand fasste mich an der Schulter. Ich wirbelte herum, hob die Hände, um mich dem nächsten Prätor entgegenzustemmen. Die Magie schoss mir in die Fingerspitzen, und ich konnte sie nur mit Mühe und Not zurückhalten, als ich sah, wer mich gepackt hatte.

»Es ist vorbei!« Radulf ließ mich los und trat zurück, um mir zu zeigen, dass er mir nichts Böses wollte. Die Ketten, mit denen man ihn gefesselt hatte, lagen zerrissen am Boden, als wären sie nur aus trockenem Schilf. Offenbar hatte er seine Magie wiedererlangt.

Als er näher kommen wollte, wich ich zurück. »Nimm die Hände runter«, sagte er. »Ich bin nicht dein Feind.«

»Nicht?« Noch immer war ich stinksauer wegen Brutus und um meine Mutter sorgte ich mich auch. Irgendwie musste ich die Magie in mir loswerden, da kam mir Radulf als Zielscheibe nur recht.

»Ich kann für deine Probleme nichts. Die hast du dir selbst geschaffen!«, sagte er.

»Ich habe das nie gewollt«, brüllte ich. »Nichts davon!«

»Vielleicht doch.« Wie eine scharfe Klinge schnitt mir seine Stimme durch die Brust. »Ich hatte dich gewarnt. Hatte dir verboten, die *Bulla* in Cäsars Höhle umzuhängen. Aber du hast sie einfach gestohlen und für dich beansprucht. Du hast dich zwischen mich und Horatio gestellt und den Schlüssel genommen, den er sonst mir gegeben hätte. Immer wenn ich versuche, dich aus dem Krieg herauszuhalten, stellst du dich mitten hinein.«

»Ihr wollt mich doch mittendrin!« Vor lauter Magie im Kopf konnte ich kaum noch klar denken.

»Ich hätte dich in der Arena töten können, habe ich aber nicht. Ich hätte dich den kaiserlichen Wachen überlassen können, aber auch das habe ich nicht. Ich will, dass du am Leben bleibst, Nic!«

»Ja, bis Ihr mich zwingt, den Jupiterstein zu erschaffen, das wird mich garantiert umbringen!«

Überraschenderweise verrauchte sein Ärger. Unter leisem Gelächter sagte er: »Ja, das stimmt wohl. Den Jupiterstein zu erschaffen, ist gefährlich, doch nicht gefährlicher, als den Prätoren gegenüberzutreten. Lass uns darauf einigen, dass die Prätoren der schlimmere Feind sind. Du brauchst mich.«

Ich wandte mich ab. »Ja, ich brauche Euch wie die Beulenpest.«

Er stellte sich mir in den Weg. »Beulenpest? Was Schlimmeres fällt dir nicht ein? Dann begreifst du die Prätoren nicht oder was sie deiner Mutter antun können, wenn du ihnen morgen den Schlüssel nicht bringst.«

»Ich habe keinen …«

»Ich weiß, wie du über den Schlüssel denkst.« Mit einem Seufzer verschränkte er die Arme vor der Brust. »Warum bist du nicht geflohen, als die Prätoren kamen? Du bist geblieben, um mich zu retten.«

»Natürlich nicht«, sagte ich, obwohl er ja recht hatte. Irgendwie ergab alles keinen Sinn mehr.

Radulf sah mich an, seine Augenlieder flatterten unentwegt. Ich kratzte mich am Kopf und wandte den Blick ab.

Radulf sagte: »Ich werde dir helfen, deine Mutter zu retten. Das bin ich dir schuldig, weil du mich eben gerettet hast. Alles in Ordnung mit dir?«

Ich war so müde, dass ich die Frage kaum verstand. Allmählich kam die Magie in mir zur Ruhe, es würde wohl eine Weile dauern, bis ich wieder kämpfen konnte. Hoffentlich war das für Radulf nicht offensichtlich.

»Warum musste ich Euch eben retten?« Ich legte die Stirn in Falten. »Warum habt Ihr Eure Magie nicht gegen die Prätoren eingesetzt?«

Auf einmal wurde mir bewusst, dass wir gerade dabei waren, zu ihm zurückzulaufen. Doch ich wollte Antworten, also folgte ich ihm.

»Die Prätoren verfügen über keine eigene Magie«, sagte Radulf. »Aber sie verfügen über Mittel, uns aufzuhalten. Hast du dich nie gefragt, warum Marcus Brutus Cäsar so einfach töten konnte? Hätte Cäsar nicht genug Magie haben sollen, um sich zu verteidigen?«

Ich zuckte mit den Achseln. Darüber hatte ich mir noch nie den Kopf zerbrochen, aber es war eine gute Frage.

Radulf nahm mir die Antwort ab. »Weil die Prätoren durch ihre Berührung Magie blockieren können. Die Armbänder verleihen ihnen diese Kraft. Als Brutus Cäsar vor dreihundert Jahren ermordet hat, packte er ihn als Erstes, sodass der Kaiser seine Magie nicht mehr einsetzen konnte. Danach hatte Brutus ein leichtes Spiel. Die Prätoren hätten mich eben getötet, wenn du sie nicht aufgehalten hättest. Ich habe zu spät gemerkt, dass sie hinter mir standen.«

»Gestern im *Circus* ging es mir genauso«, sagte ich. »Sobald sie mich gepackt hatten, war meine Magie erloschen.« Radulf grinste nur, natürlich wusste er längst, dass ich noch Kräfte hatte. Schnell sprach ich weiter: »Nachdem sie mich losgelassen hatten, hat es auch noch einen Moment gedauert, bis ich die Magie wieder gespürt habe.«

»Wir sind stärker als die Prätoren«, sagte Radulf. »Doch sie sind uns zahlenmäßig weit überlegen. Wenn sie uns beide gleichzeitig in die Finger kriegen, sind wir erledigt.«

ZWÖLF

Über dem Eingang zu Radulfs Domizil prangten zwei wie zum Kampf ineinander verschlungene Drachen. Ich fasste das als Warnung auf.

Gestern noch war dieses Haus mein Gefängnis gewesen, und bloß, weil ich jetzt im Besitz der *Bulla* war, hatte sich zwischen mir und meinem Großvater nichts geändert. Er hatte mir die *Bulla* schon einmal abgeknöpft und ein zweites Mal gelänge es mir sicher nicht, ihn auszutricksen.

Also hätte es Radulf nicht groß überraschen sollen, als ich vor dem Haus stehen blieb und mich weigerte, es zu betreten.

»Stell dich nicht so an«, sagte er. »Glaubst du wirklich, draußen auf der Straße bist du sicherer?«

»Sicherer vor Euch. Und Euer Domizil bietet mir keinen Schutz vor den Prätoren.«

»Mein Haus ist gut bewacht, das wissen alle, auch du. Meine Wachen werden jeden Prätor töten, der sich Einlass verschaffen will, aber auf der Straße …« Radulf grinste. »So gerne ich es auch täte, bloß ein Held des Römischen Reiches kann ja nicht die Leute mit Pfeilen beschießen, bloß weil sie an seinem Haus vorbeilaufen. Das wäre unhöflich.«

Unerwähnt ließ er dabei, dass er im Haus seinen Wachen aber ohne Weiteres hätte befehlen können, mich mit Pfeilen zu beschießen. Dass die *Bulla* wieder in meinem Besitz war, machte Radulf rasend. Bei der erstbesten Gelegenheit würde er sich das Amulett zurückholen. Und ich würde alles tun, um es zu behalten.

Ich trat ein paar Schritte zurück und schüttelte den Kopf. Valerius und Crispus hatten mich bereits hintergangen, den Prätoren konnte ich ganz offensichtlich nicht trauen. Doch das hieß nicht, dass ich Radulf traute.

Ich hielt die *Bulla* in der Hand, mit dem Zeigefinger strich ich über den in Gold gravierten Greif. Wie viel leichter wäre es jetzt mit Fortis. Wir könnten über Rom fliegen und meine Mutter ausfindig machen. Und vor den Prätoren müsste ich auch keine Angst mehr haben. Mit Fortis könnte ich jederzeit fliehen. Ich hatte schon daran gedacht, ihn zu rufen, nur um zu sehen, ob er reagiert.

Und als könnte er meine Gedanken lesen, sagte Radulf: »Der Greif kommt nicht zurück. Seine Aufgabe war es, die *Bulla* zu bewachen, und nun ist er zu den Göttern zurückgekehrt.«

»Mein Greif käme, wenn ich ihn riefe.« Keine Ahnung, ob das stimmte, es klang jedenfalls gut.

»Er hat dir nie gehört. Und es ist vermessen zu glauben, dass ein göttliches Wesen einem Menschen gehören könnte.«

»Dann habe ich ihm eben gehört!«, brüllte ich. Radulf hatte noch nie irgendetwas oder irgendjemanden geliebt. Er würde es nie verstehen. »Wenn Fortis hier wäre, würde ich mich nicht in deiner Nähe aufhalten.«

»Ist er aber nicht. Außer mir ist niemand da, um dir zu helfen.« Radulf wollte mir an die Schulter fassen, doch ich entzog mich ihm. »Hör endlich auf, dir zu wünschen, das alles wäre anders. Ob du willst oder nicht, bist du Teil des Prätorischen Kriegs. Die Prätoren werden nicht von dir ablassen, bis sie dir den Schlüssel zum Marsreif abgejagt haben. Oder du tot bist.« Radulf holte tief Luft. »Und auch wenn es dir nicht passt, bin ich deine einzige Chance, sie aufzuhalten. Komm jetzt endlich rein, Nic.«

»Lass uns hier draußen über alles sprechen.«

Radulf kam näher. »Wenn du dich den Prätoren widersetzen willst, musst du alles über den Marsreif wissen. Und über die Herrin, die ihn für die Götter schützt. Willst du das von mir oder lieber von Decimus Brutus lernen?«

»Wer ist die Herrin?«

Radulf sah sich auf der Straße um. »Du kannst nicht im Ernst glauben, dass ich das hier bespreche.«

Ich schloss die Hand fest um die *Bulla*. »Du wirst versuchen, mir das Amulett zu stehlen, um mir wieder die Magie zu rauben.« Noch immer wurde mir heiß und kalt, wenn ich an diesen Schmerz dachte.

»Was ich dir angetan habe, ist nichts im Vergleich zu dem, was die Prätoren anstellen werden, um an den Schlüssel zu gelangen.« Radulf lächelte. »Und um dir die Magie für immer zu nehmen, müsste ich dich wohl töten, und wie du weißt, brauche ich dich ja noch für den Jupiterstein.« Allmählich riss ihm der Geduldsfaden, er stöhnte. »Ich gebe dir mein Versprechen. Du kannst die *Bulla* fürs Erste behalten. Aus irgendwelchen Gründen funktioniert sie bei mir ja nicht, und wenn die Prätoren zurückkehren, sollte wenigstens einer von uns in der Lage sein, Zerstörung anzurichten.«

»Ich habe den Schlüssel zum Marsreif nicht.«

»Das hast du allein heute bestimmt schon tausend Mal gesagt. Du Dickkopf. Kapierst du nicht, dass ich dir helfen will?«

Als ich nicht reagierte, fügte er hinzu: »Im Haus wartet ein Geschenk auf dich. Eigentlich wollte ich es dir erst nächste Woche zu den *Ludi Romani* zeigen. Wenn dir der Greif fehlt, wirst du dieses Geschenk sehen wollen.«

Damit lockte er mich ins Haus. In manchen Teilen seines Domizils war ich noch nie gewesen, also verwunderte es mich nicht weiter, dass Radulf Geheimnisse hatte, die er hier verbergen konnte.

Wir gingen durchs Atrium zu den Bädern. Mit zufriedenem Grinsen stellte ich fest, dass sie ziemlich kaputt waren. Zerstört, musste man sagen. Außer einer kleinen Lache am Grund war das Becken trockengelegt, es fehlten große Brocken. Und es war unschwer zu erkennen, wo die Brocken aus dem Wasser geschossen und in die Wände geknallt waren. Den Schaden zu beheben, kam einem kompletten Neubau gleich.

»Was ist denn hier passiert?«

Radulf lachte. »Mein Enkel hat offenbar noch nicht gelernt, Türen zu benutzen.«

Erleichtert stimmte ich in sein Gelächter mit ein. Ich würde für die Zerstörung nicht bestraft, obwohl ich es verdient hätte.

Radulf führte mich zu einer Tür hinter den Bädern, die ich jedes Mal mit großer Neugier betrachtet hatte. Radulf klopfte: zwei kurze Schläge, Pause und ein dritter Schlag. Die Tür wurde von innen entriegelt und ein kleiner buckliger Mann in Gärtnerkluft öffnete.

Misstrauisch sah er mich an und sagte zu Radulf: »Callistus ist für ihn? Seid Ihr sicher?«

Ich versuchte, es ihm nicht krummzunehmen. Auch wenn

ich mich nach der Nacht in der Kanalisation gewaschen hatte, stank ich bestimmt immer noch. Und danach hatte ich mich gegen die Prätoren zur Wehr gesetzt, davon roch ich sicher nicht besser. *Callistus* bedeutete »wunderschön«. Wahrscheinlich brannte es *Callistus,* wer auch immer das war, bereits in der Nase. Mir brannte es ja schon.

Radulf nickte. Über einen schmalen Gang gelangten wir in einen eingezäunten Hof. Ich hörte das Schnauben eines Pferdes und erhaschte einen Blick auf einen weißen Schweif. Keine große Überraschung. Das Geschenk war ja fürs Wagenrennen gedacht, also hatte ich damit gerechnet, dass Radulf ein besonders starkes Pferd in seinen Besitz gebracht hatte.

Aber so war es nicht.

Radulf besaß ein Einhorn.

DREIZEHN

Wie ferngesteuert lief ich auf das Tier zu, als würde ich nicht meinem, sondern seinem Willen folgen. »Wie ist das möglich?«, murmelte ich.

Radulf legte mir die Hand auf die Schulter und presste auf meinen Göttlichen Stern. Ich zuckte zusammen, als Funken stoben, und rückte von ihm ab.

»Erinnerst du dich noch, wie ich meine Magie bekam?«, fragte er mich. »Meinen Göttlichen Stern?«

Nur göttliche Wesen konnten Magie verleihen. Mir wurde schlecht bei dem Gedanken, wie Radulf seine erhalten hatte.

»Ihr habt sie aus Versehen erhalten, als Ihr ein Einhorn getötet habt.«

»Das Einhorn war eine Mutter und das war ihr Fohlen. Ich habe es Callistus genannt.« In Radulfs Stimme schwang nicht die leiseste Reue mit. »Mich lässt er natürlich nicht an sich heran, nur mein ältester Diener darf ihm Futter und Wasser geben.« Radulf schob mich zum Einhorn. »Aber dich wird der Hengst wohl mögen.«

Argwöhnisch beäugte mich das Einhorn. Fell und Mähne waren weiß wie die Wolken, die Augen blau wie der Himmel, aus dem er kam. Doch am hervorstechendsten war das gewundene Horn auf seiner Stirn, golden wie die *Bulla*.

Seit ich Wagenrennen fuhr, war ich den Umgang mit Pferden gewohnt, wusste aber nicht, was ich von einem Einhorn zu erwarten hatte. Callistus scharrte mit den Hufen und beugte den Kopf zu mir herab, dann starrte er direkt auf die Stelle, wo die *Bulla* unter meiner Tunika verborgen war. Er wusste, dass sie dort war.

Als ich das Amulett hervorholte, spürte ich seine Macht intensiver als sonst. In Gegenwart eines solch prächtigen Geschöpfes war das auch nicht verwunderlich. Und Radulf hatte seine Mutter getötet. Ich funkelte das Einhorn an, es sollte meine Wut über diese schmähliche Tat spüren.

Radulf hingegen war jenseits aller Gefühle. Er deutete nur auf einen Ledersattel, der über dem Zaun hing. »Der Sattel wurde für Callistus gemacht. Aus den feinsten Stoffen des Reiches. Callistus gehört jetzt dir, Nic.«

Es stand ihm gar nicht zu, mir das Einhorn zu schenken. Callistus war ein Gefangener wie ich zuvor. Oder immer noch war.

Ich streckte die Hand nach Callistus aus, streichelte ihn erst am Hals und arbeitete mich dann behutsam bis zum Kopf vor. Das Horn traute ich mich nicht zu berühren. Es vibrierte vor Magie, die ich sowohl in der Schulter als auch in der sich erwärmenden *Bulla* spürte. Kurze Zeit später stupste Callistus mich, wie Fortis es immer getan hatte. Ich hatte das Gefühl, in seinen blauen Augen zu ertrinken.

Callistus war wirklich das schönste Geschöpf auf Erden, Radulf hatte den Namen passend gewählt. Aber vor allem war er so rein wie frisch gefallener Schnee, den mir die Leute aus dem hohen Norden beschrieben hatten. Und ich war schmutzig von der Kanalisation. Ich war ein Dieb, ein entlaufener Sklave und ein möglicher Rivale der Götter, die wahren Herren Callistus'. Ich war unwürdig, ihn zu reiten.

Ich zog die Hand weg und drehte mich zu Radulf um. »Ich kann Euer Geschenk nicht annehmen«, sagte ich. »Callistus sollte niemandem gehören und auch niemandem dienen. Nicht mir und Euch schon gar nicht.«

»Callistus' kann dir das Leben retten. Sein Horn heilt die schlimmsten Verletzungen.«

»Der Göttliche Stern kann heilen.«

»Unter großen Opfern. Den Greif zu heilen, hat dich fast das Leben gekostet. Der Göttliche Stern reicht womöglich nicht für das aus, was die Prätoren mit dir anstellen werden, wenn sie dich schnappen.« Radulf legte mir eine Hand auf die Schulter und steuerte mich aus dem Hof ins Haus zurück. »Aber wenn du das Geschenk nicht annehmen willst, dann kannst du dich erst einmal waschen. Danach essen wir. Du bist bestimmt hungrig.«

Da hatte er recht. Nachdem mich mindestens fünf Bedienstete sauber geschrubbt hatten, stürzte ich in den Speisesaal. Radulf wartete auf dem Sofa auf mich, doch bevor er sich auch nur einen Bissen in den Mund schieben konnte, hatte ich schon ein halbes Weintraubenbüschel gefuttert. Statt etwas zu essen, richtete Radulf sich auf und beobachtete mich.

Irgendwann hielt ich inne und schaute zu ihm herüber. »Ihr habt offenbar etwas mit mir zu bereden.«

»Ich weiß, was Brutus zu dir gesagt hat. Bis morgen musst du ihm den Schlüssel geben, sonst tötet er deine Mutter.«

Sofort verging mir der Appetit. »Ich habe den Schlüssel nicht. Ich schwöre es Euch bei den Göttern.«

»Und wenn der Schlüssel gar kein Gegenstand ist? Sondern eher ein Code?«

»Daran habe ich auch schon gedacht«, antwortete ich. »Aber Horatio hat mir gegenüber so etwas nie erwähnt. Nie.«

»Dann hat deine Mutter ein großes Problem.«

»Ihr habt doch gesagt, Ihr helft mir, sie zu retten. Sonst wäre ich überhaupt nicht mitgekommen.«

»Und das tue ich auch«, entgegnete Radulf. »Aber da du deine Mutter nicht gegen den Schlüssel eintauschen kannst, müssen wir die Prätoren austricksen.«

»Hier geht es um meine Mutter. Also keine falschen Tricks, die das Ganze aufs Spiel setzen können.«

»Tricks sind alles, was uns bleibt. Vertrau mir, Nic.«

Das könnte schwierig werden, denn bislang baute mein Plan darauf auf, ihm nicht zu vertrauen.

»Als Erstes musst du die *Bulla* in meiner Obhut zurücklassen.«

Ich schnaubte. »Ihr macht wohl Witze.« Da könnte ich ja gleich einem Löwen Frischfleisch zur Aufbewahrung anvertrauen.

»Wenn dich die Prätoren schnappen, schnappen sie sich auch die *Bulla* und alles, was du damit anstellen kannst.«

»Und wenn ich Euch das Amulett überlasse, dann weiß ich, was Ihr alles damit anstellen werdet.«

»Hör zu …«

»Was ist mit meiner Mutter?«

Seufzend beugte sich Radulf zu einer Kiste hinunter, die zu seinen Füßen stand. »Die Magie des ersten Amuletts steckt in einer *Bulla,* wie sie jeder römische Junge trägt. Beim Marsreif ist es auch nicht anders.«

Radulf förderte einen Reif zutage, der an die Armreifen der Gladiatoren erinnerte, nur, dass er aus Silber und nicht wie gewöhnlich aus Leder oder Bronze war. An vielen Marsstatuen in der Stadt sah man ähnliche Armbänder. In den Reif waren Abbildungen von Mars mit seinem Speer eingraviert, am markantesten aber war der Wolfskopf.

»Das ist doch nicht der echte«, sagte ich.

»Nein. Valerius hat ihn mir gestern gegeben. Er hat ihn nach einem Modell exakt nachbilden lassen.«

»Im Armreif steckt keine Magie. Die Prätoren werden wissen, dass wir sie täuschen wollen.«

»Die Prätoren haben kein Gespür für Magie, also kann man sie überzeugen. Außerdem ist es ja nur für kurze Zeit. Nur bis wir den echten Marsreif haben.«

»Ohne Schlüssel haben wir keine Chance.«

»Wir sollten es versuchen! Und in der Zwischenzeit probieren wir deine Mutter mit diesem Trick freizubekommen.«

Wütend erhob ich mich. »Wir können meine Mutter doch nicht in Gefahr bringen!«

»Der Marsreif lohnt das Risiko! In ihm stecken allmächtige Kräfte!«

»Dann hätte ich heute Morgen mal um Euch schachern sollen. Wärt Ihr bereit, Euer eigenes Leben zu riskieren?«

Radulf schüttelte den Kopf. »Habe ich doch schon. Vor dem Pantheon.«

»Nein, da habe ich mein Leben riskiert, um euch zu retten.«

Radulf machte den Mund auf, klappte ihn aber wieder zu. Nach einer Weile flüsterte er: »Das hast du, Nic. Warum?«

Unruhig huschten meine Augen hin und her. Auf diese Frage gab es eigentlich keine Antwort. »Ich habe schon meinen Vater verloren. Mit Eurer Hilfe kann ich vielleicht noch meine Mutter retten.«

»Deinen Vater – meinen Sohn – hast du bloß ihretwegen verloren! Er war zu vorschnell mit dem Jupiterstein. Und alles nur, weil er sie retten wollte. Was deinem Vater nicht geglückt ist, können wir schaffen.«

»Du irrst dich. Ich habe doch den Blitz gesehen, der ihn getötet hat. Dagegen haben wir keine Chance. Ich hätte nicht herkommen sollen.«

Ich stürmte aus dem Zimmer und eilte zu den Bädern. Mit der *Bulla* hatte ich keine Probleme, die Tür zum Hof zu öffnen, sie flog aus den Angeln. Callistus stand mitten im Hof, als hätte er auf mich gewartet.

Radulf rannte hinter mir her. »Alleine kannst du deine Mutter nicht retten. Und dich werden die Prätoren auch noch vernichten.«

Ich schnappte mir den Sattel und Zaumzeug vom Zaunpfosten und flüsterte Callistus ins Ohr, dass es mir leidtäte, ihn um solch niederen Dienst bitten zu müssen. Sogleich senkte er den Kopf und reckte sich mir entgegen, um mir das Aufzäumen leichter zu machen.

Radulf trat näher. »Ich bin der Einzige, der dir helfen kann.«

»Ihr habt mir schon zu viel geholfen«, sagte ich und stieg in den Sattel. »Und ich hoffe, dass Ihr mir nie wieder helft.«

Mit einer Handbewegung sandte ich Magie aus, um Radulfs Hofmauern zu durchbrechen. Die überschäumende Energie der *Bulla* machte gleich sämtliche Mauern und mehrere Bäume dem Erdboden gleich. Ich tätschelte Callistus' Mähne und wir ritten davon.

Radulf schickte uns noch eine magische Flamme hinterher,

die einen Baum in Brand setzte. Keine Ahnung, ob er einfach bloß wütend war oder sich ärgerte, weil er mich nicht kontrollieren konnte. War mir aber auch egal.

VIERZEHN

Ohne die Wagenrennen hätte ich nie so viel über Pferde gelernt, aber ich merkte schnell, dass Callistus keiner Führung bedurfte. Mit dem Hengst musste ich auch nicht sprechen wie mit Fortis. Callistus kannte meine Gedanken und wusste instinktiv, dass ich ihn bei der Suche nach Livia und Aurelia brauchte. Und danach … weiter hatte ich mir noch nichts überlegt.

Aurelia hatte immer schon alles von vorne bis hinten durchgeplant, bevor ich überhaupt auch nur einen Schimmer hatte. Also hatte sie garantiert ein sicheres Versteck für Livia ausgekundschaftet. Auch wenn ich ahnte, wo Aurelia nicht sein würde, hatte ich keine klare Vorstellung, wo sie sein könnte. Würden sie wieder in der Kanalisation untertauchen? Hoffentlich nicht, denn dort fand ich mich überhaupt nicht zurecht und verspürte keine große Lust, dort zu suchen. Mehr als einmal im Monat wollte ich der *Cloaka Maxima* keinen Besuch abstatten.

Aurelia kannte wahrscheinlich tausend Verstecke in Rom, was gut für sie und Livia war. Wenn ich den Prätoren morgen nicht den Schlüssel überreichte, müsste meine Mutter den Preis dafür zahlen. Livia stand als Nächste auf der Liste. Dann Aurelia.

Nachdem ich die verschiedenen Möglichkeiten im Kopf durchgespielt hatte, musste ich leider zugeben, dass Radulfs Idee gar nicht so verkehrt war. Ohne den Schlüssel blieb mir gar nicht anderes übrig, als die Prätoren zu täuschen. Ich schloss die Augen und überlegte. Die Prätoren waren keine Dummköpfe.

Aber ich, das wurde mir immer schmerzlicher bewusst.

Ob Callistus vom Schlüssel gehört hatte? Eigentlich bestand dafür kein Grund, doch sowohl der Schlüssel als auch das Einhorn kamen von den Göttern. Vielleicht wusste er etwas. Auf meine Frage schnaubte Callistus nur, also eher nicht.

Mein größtes Problem bestand eigentlich darin, die anderen zu überzeugen, dass sich der Schlüssel nicht in meinem Besitz befand. Wenn sie mitbekommen hätten, wie verächtlich Horatio mich immer behandelt hatte, kämen sie nie auf die Idee, dass er ihn mir gegeben haben könnte. Von Horatio hatte ich nichts erhalten als niederträchtige Beschimpfungen und eine üble Schwertwunde von seinen Soldaten. Selbst nachdem ich ihn gewarnt hatte, dass Valerius ihm nach dem Leben trachtete, war er in die Arena gestiegen. Und trotz all meiner Bemühungen war Valerius' Plan aufgegangen. Sollte Horatio den Schlüssel vor seinem Tod weitergegeben haben, dann nicht an mich.

Warum hatte er das im Amphitheater nur behauptet?

Kurz bevor Horatio mich in die Arena geschickt hatte, hatte er mir noch verraten, dass er den Schlüssel immer bei sich trage. Danach hatten wir noch ein paar Worte gewechselt, aber nichts von Bedeutung. Keine Codes oder Chiffren und garantiert nichts, was einem Schlüssel gleichkäme. Eigentlich hatte Horatio ihn Radulf aushändigen wollen, sofort nach meinem Tod. Doch zu Horatios Leidwesen hatte ich ja überlebt.

Und in der Arena hatte Horatio dann behauptet, er hätte mir den Schlüssel gegeben, und ihn gleichzeitig für sich selbst behalten. Was sollte das nur heißen?

Ich war so in Gedanken versunken, dass ich Callistus' klappernde Hufe gar nicht mehr wahrgenommen hatte. Als das Geklapper jedoch ausblieb, bemerkte ich, dass wir die gepflasterte Straße verlassen hatten und uns weitab von Radulfs Haus befanden. Callistus war in eine Gegend außerhalb des Stadtzentrums galoppiert, die den meisten Leuten wohl nicht bekannt war, mir aber schon. Hier lag Valerius' *Villa*.

Dorthin wollte ich nicht, was Callistus längst wusste, doch er ließ sich partout nicht von seinem Kurs abbringen. Da fiel mir auch ein, warum. Wenn jemand in Rom wusste, wo Aurelia war, dann Crispus.

Dieser Gedanke bohrte sich mir wie ein Messer ins Herz. Offenbar lebte sie ja hier bei ihm. Wenn sie bei Crispus in einem eigenen Zimmer wohnte, würde das gebilligt ... wenn man sie als seine zukünftige Frau sah.

Doch das schien Aurelia ja genauso wenig zu wollen wie ich. Immerhin hatte sie angeboten, Rom mit mir zu verlassen. Vielleicht hatte sie das auch nur so gesagt, um mich von den Prätoren loszueisen. Aber vielleicht auch nicht.

Nur eines wusste ich: Crispus hatte sie nicht verdient.

Und ich auch nicht. Dennoch hatte sie mit *ihm* täglich gemeinsam gespeist und war mit *ihm* im *Circus* erschienen.

Callistus bäumte sich plötzlich auf. Ich hatte die Zügel so fest um die Finger gewickelt, dass sie ihn beengten. Warum war ich nur so wütend? Offenbar war ich eifersüchtig.

Dianas Eifersucht Venus gegenüber floss durch die *Bulla* in mich hinein.

Womöglich hatte Diana auch gar nichts damit zu tun. Und das Herzklopfen, das ich bei Aurelias Anblick immer bekam, hatte keine magische Ursache.

Ich entschuldigte mich leise bei Callistus und er setzte sich wieder in Bewegung. Kurz darauf erreichten wir den Hintereingang zu Valerius' Anwesen, wo ich seit zwei Monaten nicht gewesen war. In der Ferne erblickte ich die *Villa*, innen brannte Licht. Wenn sich Aurelia dort befand, wollte ich sie sofort finden. Und im nächsten Moment nie wiedersehen. In dem Fall wäre ich allerdings mit meiner eigenen Dummheit konfrontiert gewesen. Keine Ahnung, was jetzt schlimmer war.

Jedenfalls konnte ich mich hier in den Weinbergen zwischen den Reben gut verstecken. Ein paar Monate früher hätte ich mir den Bauch mit Trauben vollgeschlagen, doch jetzt musste ich mich mit dem köstlichen Aroma zufriedengeben.

Valerius verfügte über riesige Ländereien. Zum großen Teil bestanden sie aus Weinbergen, aber auf einer Seite erstreckte sich auch ein bewaldeter Hügel, und näher bei der *Villa* lag ein braches Feld. Dort hatte ich mit meiner Magie experimentiert. Damals hielt ich Crispus und seinen Vater noch für Freunde. Und hatte ganz naiv geglaubt, bald frei zu sein.

Am Feldrand bat ich Callistus, stehen zu bleiben. Ich hätte schwören können, dass ich etwas gehört hatte. Sanft wie der Wind, doch tief verstörend.

Eine Frau weinte. Keine Schluchzer, sondern untröstliche Tränen, als hätte jemand schon lange Kummer. Testweise hielt ich mir die Ohren zu, was das Weinen noch verstärkte.

Offenbar fand es nur in meinem Kopf statt, sonst hörte niemand diese Frau.

Sanft glitt ich vom Rücken des Einhorns. »Warte auf mich«, sagte ich. »Und zeig dich niemandem.«

Nach ein paar Schritten blieb ich stehen und nahm die *Bulla* ab. Auch in dieser Hinsicht war Radulfs Plan durchdacht. Wenn mich die Prätoren erwischten, wollte ich nicht, dass ihnen auch noch das Amulett in die Hände fiel. Ich knotete die *Bulla* an einer Gurtstrippe fest und schob sie unter den Sattel. Selbst wenn jemand Callistus entdeckte, würde ihm die *Bulla* nicht auffallen, und Callistus würde ohnehin niemanden an sich heranlassen.

Die Nacht brach herein, doch noch konnte ich den Weg erkennen. Ich folgte dem Geräusch, das Weinen wurde lauter, also war ich auf der richtigen Fährte. Nach der Frau zu rufen, traute ich mich nicht, denn falls es eine Falle war, wollte ich mich nicht auch noch ankündigen. Nun hörte ich sie deutlicher, ihre Verzweiflung fraß sich noch tiefer in mein Herz. Es war das Traurigste, was ich je gehört hatte, als hätte man der Frau alles genommen, was sie je geliebt hatte.

Meine Mutter könnte so geweint haben, als mein Vater vor unseren Augen starb oder als man sie von mir und Livia getrennt und verkauft hatte. Auch morgen würde sie so weinen, wenn ich nicht kam, um sie zu retten.

War es meine Mutter?

Hörte ich sie weinen?

FÜNFZEHN

Sollte meine Mutter wirklich in der Nähe sein, musste das Gespräch mit Aurelia warten. Ich duckte mich hinter der letzten Rebreihe weg und blickte auf das brache Feld. Der Baum, den ich vor zwei Monaten aus Versehen gefällt hatte, war verschwunden, nur ein paar unschuldige Zweige waren von den massigen Ästen übrig geblieben. Etwas weiter entfernt lagen noch immer die Trümmer des Tempels. Mich wunderte, dass Valerius die Überreste des Baums hatte wegräumen lassen, nicht aber die Trümmer des Tempels. Vielleicht hatte es etwas mit der Götterverehrung der Römer zu tun. Wenn ihnen die Tempel heilig waren, waren es möglicherweise auch deren Trümmer.

Wieder begann das Weinen in meinem Kopf, diesmal ein wenig lauter. Ich schaute mich um. Woher kam es? Hier gab es weit und breit nichts, wo man sich hätte verstecken können. Um einen besseren Blick zu haben, bewegte ich mich vorwärts, bis ich mitten auf dem Feld stand. Deutlicher hätte ich mich wohl nicht zu erkennen geben können, wenn mich denn jemand beobachtete. Doch die Traurigkeit der Frau bohrte sich immer tiefer in mich, höhlte mich von innen aus. Und dass es womöglich meine Mutter war, machte es nur noch schlimmer.

Ganz gleich, in welche Richtung ich ging, das Weinen wurde leiser. Wie konnte das sein? Hier war doch nichts. Niemand.

Ich ging hinüber zur Ruine, die nur aus einem Haufen von Trümmern bestand. Eine Säule lag am Boden, wenn es eine zweite gegeben hatte, war diese verschwunden. Auf jeden Fall konnte sich hier niemand verstecken.

Warum klang es nur so, als würde das Wehklagen von diesem Ort kommen?

Zu den Schluchzern kam nun noch ein weiteres Geräusch, ein tiefes Knurren. Als ich mich umdrehte, blieb mir fast die Luft weg. Vor mir stand ein mächtiger schwarzer Wolf mit glühend gelben Augen. Seine leicht gebückte Lauerstellung und sein gesträubtes Fell signalisierten nicht unbedingt, dass er sich mit mir anfreunden wollte.

Wenn ich die *Bulla* bei mir gehabt hätte, hätte ich mit ihm sprechen können, ihn vielleicht überreden können, seine scharfen Zähne nicht zu blecken. Doch das Amulett hatte ich bei Callistus zurückgelassen. Crispus hatte mir auch mal gesagt, dass sich hier auf dem Gelände ein Wolf herumtreibe. Daran hätte ich mal denken und etwas vorsichtiger sein sollen. Natürlich hatte ich noch die Magie des Göttlichen Sterns, aber die wollte ich nicht so gerne einsetzen, ich hätte den Wolf damit verletzen können. Ich war in sein Territorium eingedrungen, nicht umgekehrt.

Also senkte ich den Blick, zeigte dem Wolf, dass ich keine Bedrohung war, und schlich langsam davon. Der Wolf knurrte weiter, verfolgte mich aber nicht.

»Nic?«

Lichter tanzten über den Hang der *Villa*. Kurz darauf stand Valerius mit einer Fackel auf dem Feld. Er hatte mich gerufen.

Crispus trat neben ihn, auch mit einer Fackel in der Hand. Ich drehte mich zum Wolf um, doch der war verschwunden.

»Was machst du hier draußen?«, fragte Crispus.

Darauf fiel mir keine Antwort ein. Mir kam es dämlich vor, nach Aurelia zu fragen, und noch dämlicher, ihm zu sagen, dass ich mich mit einem Einhorn gekommen war.

»Du musst sofort von hier verschwinden«, sagte Valerius. »Die Prätoren beobachten das Anwesen.«

»Wegen der weinenden Frau?«, fragte ich. »Ist es meine Mutter?«

»Du hast jemanden weinen gehört?« Crispus sah seinen Vater an. »Er hört die Herrin.«

»Wen?« Auch Radulf hatte eine Herrin erwähnt. Aber ich war davongelaufen, bevor er mir von ihr erzählen konnte. Wenn ich mir die verkniffenen Gesichter von Crispus und Valerius so ansah, hätte ich wohl doch etwas geduldiger zuhören sollen.

Valerius löschte seine Fackel sofort und wies Crispus an, das Gleiche zu tun. Dann nahm er mich beim Arm und schob mich vorwärts, bis wir in den Weinbergen standen.

»Du hast den Schlüssel zum Marsreif«, sagte Valerius.

»Habe ich nicht!«

»Nicht so laut.« Nervös blickte er sich um. »Komm mit zu mir nach Hause. Dort ist es sicherer.«

Ich schnaubte. »Nicht für mich.«

»Es wäre sicherer, dich über Bord eines Schiffes zu werfen, als dich hier auf dem Feld zurückzulassen.« Er nickte Crispus zu. »Führ du uns an, aber halte dich geduckt.«

Eigentlich ging ich nur mit, weil ich mehr über die Herrin erfahren wollte. In vollkommener Dunkelheit und Stille liefen wir zur *Villa*. Das Wehklagen der Frau riss nicht ab, mir war es ein Rätsel, dass Crispus und Valerius es nicht hörten. Die Schreie wurden nun von einem Hämmern untermalt, als würde jemand mit Fäusten gegen eine Tür schlagen. Bei so viel Verzweiflung fiel es mir schwer, zu denken.

Ich blieb stehen und fasste mir an die Stirn. Mir kam es vor, als würde es direkt in meinem Kopf hämmern.

Valerius nahm meinen Arm. »Sie schläft, Nic.«

»Tut sie nicht.«

»Lauf weiter. Wir sind gleich außerhalb ihrer Reichweite.«

Als wir die *Villa* erreichten, waren die Schreie der Frau verklungen. Valerius forderte seine Diener sofort auf, uns Essen und Trinken zu bringen, doch ich war zu aufgewühlt. Selbst wenn Valerius recht hatte und die Frau schlief, fand ich es unpassend, zu essen und es sich gut gehen zu lassen, wo sie offensichtlich Hilfe brauchte.

»Wir können dir alles erklären«, meinte Crispus. »Mein Vater wird alle deine Fragen beantworten. Komm herein und iss mit uns.«

»Ich habe keinen Hunger.« Das stimmte nicht ganz, ich hatte immer Hunger. Ich hätte wohl eher sagen sollen, dass ich gerade nicht am Verhungern war.

»Drinnen sind wir ungestört«, meinte Valerius. »Komm herein.«

Ich folgte ihnen in ein kleines Esszimmer, in dem Diener eifrig Speisen auftrugen. Ich setzte mich auf meinen alten Platz, wo ich in meiner Zeit bei ihnen immer gesessen hatte. Aurelia hatte den Platz rechts von mir. Wo waren sie und Livia jetzt wohl?

Kaum war die Tür zu, begann Valerius zu reden. »Hör gut

zu und antworte möglichst ehrlich. Als du vor zwei Monaten auf dem Feld warst, hast du noch nichts gehört, oder?«

»Da war sie noch nicht da.«

»Auf dem Feld hat sich nichts geändert, aber du hast dich geändert. Wenn du den Schlüssel nicht hättest, könntest du sie nicht hören. Denk nach. Was könnte Horatio dir gegeben …«

»Nichts, ich schwöre es Euch!«

»… oder zu dir gesagt haben? Selbst wenn es dir in dem Moment unbedeutend vorkam. Vielleicht war es einfach nur eine ungewöhnliche Wortwahl.«

Es gab da was. Seit meinem Ritt auf Callistus nagte es an mir. Doch was Horatio auch zu mir gesagt haben mochte, es war mir entglitten. Vor meinem Kampf hatten wir noch ein paar Minuten vor dem Amphitheater gestanden, aber in dem Moment war ich zu sehr auf Radulf konzentriert gewesen. Hätte ich Horatios Worten mal mehr Beachtung geschenkt.

»Vater, Nic sollte über die Herrin Bescheid wissen«, flüsterte Crispus.

Valerius schaute mich an. »Hörst du sie jetzt?«

»Nein, nur auf dem Feld.«

»Was du hörst, ist nur ein Echo, eine Erinnerung, die in den Träumen der Herrin gefangen ist.«

»Wer ist die Herrin?«

»Sie war eine Vestalin«, sagte Crispus. »Eine Heilige, wie die Frau, die dir und Aurelia in Cäsars Tempel Zuflucht gewährt hat. Doch die Vestalin, die du jetzt gehört hast, heißt Atroxia, und sie lebte vor dreihundert Jahren zu Zeiten Julius Cäsars. Atroxia schloss sich den Prätoren an und unterstützte Diana im Krieg gegen die Götter. Sie half bei der Ermordung Cäsars mit.«

»Atroxia musste für ihre Verbrechen bestraft werden«, sagte Valerius. »Niemand wird in Rom mehr verehrt als die Vestalinnen. Gleichzeitig heißt es aber auch, dass niemand so hart bestraft wird wie sie.«

Von den Schreien in meinem Kopf zu schließen, hatte ich schon eine ziemlich genaue Vorstellung von der Strafe, die Atroxia empfangen haben musste, dennoch fragte ich nach. Hoffentlich irrte ich mich. »Was ist mit ihr passiert?«

»Atroxia wurde bei lebendigem Leib begraben, und um den Frieden zwischen den Göttern wiederherzustellen, hat Jupiter ihr den Marsreif mit ins Grab gelegt. Die Prätoren glauben, dass Diana sie aus Dankbarkeit in einen Schlaf versetzt hat, aus dem sie erst erwacht, wenn ihr Grab geöffnet wird.« Valerius schaute mich an, um sicherzugehen, dass ich auch zuhörte. »Sie darf nicht geweckt werden.«

»Warum nicht?«

»Um sie all die Jahrhunderte am Leben zu halten, musste Diana sie verfluchen. Atroxia ist keine demütige Vestalin mehr. Sie ist die Herrin über den Marsreif und dazu verdammt, Diana den Reif zurückzubringen. Wenn wir den Prätoren den Schlüssel geben, können sie sich den Marsreif vielleicht holen, ohne Atroxia aufzuwecken.«

»Ich habe keinen Schlüssel«, sagte ich. »Und wenn, würde ich ihn nicht den Prätoren geben.«

»Nicht einmal deiner Mutter zuliebe?«, fragte Valerius.

Mit klopfendem Herzen wich ich seinem Blick aus. Ja, um meine Mutter zu retten, würde ich den Prätoren alles geben.

SECHZEHN

Danach unterhielten wir uns noch eine ganze Weile, wobei das meiste in etwa dem entsprach, was Radulf mir bereits erzählt hatte. Es ging um den Mord an Cäsar, Dianas Rebellion und Jupiters Versuch, einen Krieg unter den Göttern zu verhindern. Niemals hätte ich mir ausgemalt, dass ich als Sklave es einmal mit solch großen Dingen zu tun haben würde. Damals im Bergwerk war ich nur für meine Schwester verantwortlich gewesen und musste zusehen, dass ich unserem Herren Sal immer zwei Schritte voraus war. Nun war ich auf einmal in den Zwist der Götter verwickelt. Und dann hing auch noch das Leben meiner Mutter davon ab, dass ich den Prätoren einen Schlüssel gab, den ich gar nicht hatte.

»Radulf hat vorgeschlagen, die Prätoren morgen auszutricksen«, sagte ich zu Valerius. »Indem wir ihnen den gefälschten Marsreif von Euch unterjubeln.«

Doch Valerius schüttelte bloß den Kopf. »Das funktioniert nicht, sonst hätte ich es selbst versucht. Mir wurde erzählt, dass Magie einen besonderen Duft habe. Er soll so schwach sein, dass kaum jemand in Rom ihn wahrnimmt, aber wie auch schon seine Vorväter hat es sich Decimus Brutus zur Lebensaufgabe gemacht, den Marsreif in seinen Besitz zu bringen. Er wird wissen, dass der Reif nicht echt ist, weil er keinen Geruch verströmt.«

»Was kann ich dann tun?«, fragte ich. Die hereinbrechende Nacht hatte keine Antworten gebracht. In mir staute sich der Frust, und wenn ich die *Bulla* jetzt bei mir gehabt hätte, wäre sicher irgendetwas in meiner Nähe in die Luft geflogen. Bei Callistus war das Amulett besser aufgehoben, sofern er es noch hatte.

Valerius seufzte. »Nach dreihundert Jahren ist die *Bulla* endlich aufgetaucht, und nun sind die Prätoren wie besessen von der Idee, den Marsreif zu entfesseln. Ich habe versucht, vernünftig mit ihnen zu reden, und sie gebeten, dich in Ruhe zu lassen. Doch die hören nicht mehr auf mich.«

»Ihr habt es angezettelt«, sagte ich. »Ihr habt Horatio töten lassen, um den Schlüssel zu bekommen.«

»Ansonsten hätte Horatio den Schlüssel Radulf gegeben und Rom läge inzwischen in Schutt und Asche.«

Beschämt schaute ich weg. Das stimmte. Irgendjemand hatte Horatio aufhalten müssen.

Crispus fügte hinzu: »Wir hätten nie damit gerechnet, dass Horatio verkünden würde, dir den Schlüssel gegeben zu haben. In dem Moment wurde den Prätoren klar, dass sie meinen Vater nicht mehr brauchten, ja nicht einmal mehr Radulf brauchten. Nun müssen sie nur noch dich unter ihre Kontrolle bringen.«

Mit pochendem Herzen fragte ich: »Wo ist der Eingang zum Grab der Herrin?«

»Du darfst das Grab nicht öffnen«, sagte Valerius. Womit er allerdings meine Frage nicht beantwortete. Wenn Valerius mir etwas verschwieg, zuckte sein rechtes Augenlid, und gerade flatterte es wie ein Kolibri. Ich war zweifellos ein schlechter Lügner, aber Valerius übertraf mich noch.

»Ich kann nicht ewig vor den Prätoren davonlaufen«, sagte ich. »Doch wenn ich den Marsreif zerstören würde, wäre ich endlich frei.«

»Das ist zu riskant.« Valerius stand auf. »Zu deinem Besten und zum Besten Roms werde ich dir nicht helfen, den Eingang zu finden. Es tut mir leid, dass du in diesen Krieg hineingeraten bist, Nic. Bitte verzeih mir, dass ich dich da nicht herausgehalten habe.«

Ich tat seine Entschuldigung mit einem Kopfschütteln ab. »Ich habe die *Bulla* gestohlen. Dafür trage ich allein die Verantwortung. Und alles andere ist eine Folge der Entscheidung, die ich an jenem Tag in der Höhle getroffen habe.«

Valerius seufzte. »Nicolas Calva, du hast mehr Ehre im Leib als jeder Patrizier.«

Ich lehnte mich vor. »Dann helft mir. Bitte. Wo ist der Eingang?«

Doch Valerius wollte damit nichts zu tun haben. Er klatschte in die Hände und gähnte, wobei er sich noch nicht einmal Mühe gab, es echt wirken zu lassen. »Es ist spät und ich bin müde. Crispus, Nics altes Zimmer ist frei. Bitte bring ihn dorthin, wenn er so weit ist.«

Crispus erhob sich und nickte. »Ja, Vater.«

Nachdem Valerius gegangen oder, besser gesagt, vor weiterer Unterhaltung geflohen war, setzte sich Crispus wieder. »Keine Ahnung, wo der Eingang liegt«, meinte er noch, bevor ich fragen konnte. »Ich bin mir nicht einmal sicher, dass mein Vater es weiß. Jedenfalls hat er es mir gegenüber nie zugegeben.«

»Du hast ihn doch eben erlebt«, sagte ich. »Offenbar weiß er mehr, als er zugibt.«

Crispus nickte, er machte ein finsteres Gesicht. »Die Prätoren werden meinen Vater umbringen. Brutus hat das schon so gut wie versprochen. Er meinte, sobald sie dich hätten, würden sie ihn nicht mehr brauchen.«

»Warum?«, fragte ich. »Ich bin eine Bedrohung für die Prätoren und Radulf ebenfalls. Aber dein Vater doch nicht.«

»Er versucht, dir zu helfen. Nach den Vorfällen im Amphitheater hat er das Gefühl, es dir schuldig zu sein. Den Prätoren passt das nicht.« Crispus knüllte die Zipfel seiner Toga in seiner Faust. »Mein Vater hat jetzt schon im Senat angefragt, ob ich als Schüler dort anfangen kann, bis ich alt genug bin, um ein Amt zu bekleiden. Er macht sich Sorgen um meine Zukunft.«

»Möchtest du denn Senator werden?«, fragte ich. Die einzigen beiden Senatoren, die ich kannte, waren Horatio und Valerius. Horatio war in meinen Augen eine Schlange, auch wenn er Aurelias Vater gewesen war. Und Valerius versuchte zumindest, ein guter Mensch zu sein, was ihm nicht immer gelang. Immerhin war er Rom treu.

»Spielt doch keine Rolle, was ich will«, sagte Crispus.

Ich zuckte die Achseln. »Und wenn du kein Senator wirst?«, fragte ich. »Was kann da Schlimmes passieren?«

Nun zuckte er mit den Achseln. »Weiß nicht. Am liebsten würde ich wie du Rom verlassen.«

Das konnte ich so gar nicht nachvollziehen. Wenn es hier für mich und Livia nicht so gefährlich wäre, würde ich nicht aus dieser wundervollen Stadt weggehen. Derweil konnte Crispus bleiben, umgeben von jeglichem Komfort, ohne sich zu sorgen, woher die nächste Mahlzeit käme. Livia und ich hätten diese Sicherheit bestimmt nicht, wenn wir das Reich verließen.

»Warum willst du weg?«, fragte ich.

»Genau wie du sehne ich mich nach Freiheit.« Dabei ließ er den Blick in die Ferne schweifen, dann sah er mich direkt an. »Ich möchte selbst über mein Leben bestimmen.«

»Das solltest du auch«, sagte ich. »Wenn meine Familie Rom verlässt, kommst du einfach mit.«

»So hast du dich nach dem Amphitheater aber nicht ausgedrückt. Du hast Aurelia gefragt, ob sie mitkommen will, mich nicht.«

»Ja, weil sie hübscher ist als du.« Ich legte den Kopf schief und grinste. »Außerdem war ich ein bisschen sauer, weil ich wegen deines Vaters fast ins Gras gebissen hätte.«

Crispus kicherte, wurde aber gleich darauf wieder ernst. »Als Sklave hast du die Ketten gehasst. Ich kann das gut verstehen. Manchmal habe ich das Gefühl, selbst welche zu tragen. Unsichtbare Ketten aus Ehre und Pflichtgefühl.«

»Auch ich trage jetzt andere Ketten«, sagte ich. »Eine magische Narbe auf der Schulter und einen Schlüssel zu einem Amulett, den ich nicht habe.« Seufzend blickte ich zu Crispus hinüber. »Vielleicht sind wir uns ähnlicher als gedacht.«

»Wir sind uns überhaupt nicht ähnlich«, entgegnete Crispus. »Nie werde ich so stark und mutig sein wie du.«

»An mir ist nichts besonders. Schau dir doch mein Leben mal an!«

Crispus lächelte mich an. »Vielleicht hat dich dein ganzes Leben genau an diesen Punkt geführt. Ich könnte mir vorstellen, die unglaublichsten Dinge liegen noch vor uns.«

SIEBZEHN

Nach einer Weile führte Crispus mich zu meinem Zimmer. Wäre nicht nötig gewesen, ich war vielleicht nicht der Klügste in Rom, aber die zwölf Schritte hätte ich wohl noch alleine geschafft. Und ehrlich gesagt wäre es mir auch lieber gewesen, er wäre nicht mitgekommen. Ich hatte nämlich nicht vor, lange zu bleiben.

Auf dem Weg fragte ich ihn: »Hast du eine Idee, wo Aurelia stecken könnte? Meine Schwester ist bei ihr.«

»Seit dem *Circus* habe ich sie nicht mehr gesehen.« Crispus zuckte mit den Schultern. »Aurelia erzählt mir nie etwas.«

Das hörte ich gerne. Mir erzählte sie schließlich auch kaum etwas über sich, aber hin und wieder hatte sie mich schon hinter ihre Fassade blicken lassen. Und je mehr ich über die wahre Aurelia erfuhr, desto näher wollte ich sie kennenlernen.

»Ihr beide seid doch gut befreundet«, sagte ich.

»Sind wir ja auch«, antwortete Crispus schnell. »Jedenfalls mag ich sie sehr. Keine Ahnung, was sie von mir hält.«

»Ich dachte, alles wäre arrangiert, dass ihr … beide … bald …«

»Heiraten würden?« Crispus gab ein schnaubendes Lachen von sich. »Mein Vater wollte das zur Bedingung für ihre Erbschaft machen, weil er sich für Horatios Tod schuldig fühlt.

Aber Aurelia hat noch nicht zugestimmt.« Er sah mich von der Seite an. »Du weißt bestimmt, warum.«

»Nein, weiß ich nicht.« Natürlich war das gelogen. Im Abwasserkanal hatte mich Aurelia ja fast angefleht, um ihre Hand anzuhalten. Vielleicht dachte sie, dass ich ihre Bitte überhört hätte, weil wir noch so jung waren, aber daran lag es gar nicht. Auch wenn ich mich noch so abstrampelte, standen die Chancen für meine Zukunft schlecht. Die Leute, die mich unter ihre Kontrolle bringen oder sogar töten wollten, waren mächtig, und die Liste mit Namen schien täglich länger zu werden. Sollte mir etwas zustoßen, musste ich mir bereits Sorgen um Livia und meine Mutter machen. Ich wollte Aurelia nicht auch noch von meinem Schicksal abhängig machen.

»Würdest du sie denn heiraten, wenn sie einverstanden wäre?«, fragte ich. »Oder ist das alles nur auf dem Mist deines Vaters gewachsen?«

»Sie ist wunderschön«, sagte Crispus. »Wenn sie denn Zeit findet, ihren Bogen abzulegen und sich wie ein anständiges Mädchen anzuziehen.«

Für mich brauchte Aurelia kein anständiges Mädchen zu sein, mir stand so ein Urteil ohnehin nicht zu. Wenn jemand gegen anständiges Benehmen verstieß, dann wohl am ehesten ich. Vielleicht schweißte es uns ja zusammen, dass wir beide nicht viel von Benimmregeln verstanden. Zu gerne hätte ich gewusst, was sie wirklich für mich empfand. War ich bloß Mittel zum Zweck, damit sie ihre Erbschaft behalten konnte? Oder war es mehr?

»Egal, wo sie ist, deine Schwester ist bei ihr in Sicherheit. Ganz bestimmt«, sagte Crispus. »Und für die beiden ist es besser, nicht in deiner Nähe zu sein, jedenfalls solange es nicht vorbei ist.«

Aber es würde nie vorbeigehen. Damit musste ich mich allmählich abfinden, deshalb brauchte ich mir auch keine Zukunft mit Aurelia auszumalen. Gefühle waren hier nicht das Problem. Ehrlich gestanden wäre es für Aurelia das Beste gewesen, wenn sie sich von mir so fern wie möglich gehalten hätte und nicht nur im Moment, sondern für immer. Das traf genauso auf Livia, meine Mutter und Crispus zu. Am liebsten wäre ich mir sogar selbst ferngeblieben und hätte jemand anderen diese Katastrophe von Leben übernehmen lassen. Doch im Guten wie im Schlechten musste ich wohl die Konsequenzen für alles tragen, was ich falsch gemacht hatte. Und noch machen würde.

Ich wartete eine Stunde, bis sich alle im Haus zur Nachtruhe begeben hatten und Valerius und Crispus garantiert schliefen. Dann schlich ich mich wie schon so oft in diesem Haus nach draußen, nur diesmal begab ich mich in die Weinberge.

Der Marsreif war irgendwo hier auf dem Grundstück versteckt. Nicht nur Valerius' unglaubwürdige Beteuerungen, er wüsste nicht, wo der Armreif sei, deuteten darauf hin, auch die Tatsache, dass ich die Herrin hörte, die mit ihm vergraben war.

In der Dunkelheit brauchte ich eine Weile, um zu den Weinbergen zu gelangen. Der Himmel war dunkler als sonst, es bahnte sich wohl ein Unwetter an. Mir war das nicht geheuer. Mein Vater war von einem Blitz erschlagen worden, außerdem hatte ich bei meinem Kampf im Amphitheater einen Gewittersturm ausgelöst. Für Radulf war damit der eindeutige Beweis erbracht gewesen, dass ich den Schlüssel zum Marsreif besaß. Mit dem Blitz stand ich jedenfalls auf Kriegsfuß, und ich wollte nicht unbedingt draußen sein, wenn das Gewitter losbrach.

Ich hatte vor, mir die *Bulla* von Callistus zu holen, der sich hoffentlich immer noch irgendwo am Feldrand befand. Mit der Kraft des Amuletts würde ich mit dem Wolf sprechen, den ich vorhin gesehen hatte. Wenn der Marsreif hier versteckt war, gehörte der Wolf sicher zu Mars. Er würde mir schon den Eingang zeigen. Den Schlüssel hatte ich zwar nicht, aber die *Bulla*, und in der steckte große Magie. Wenn ich meine gesammelten Kräfte auf ein einzelnes Schloss konzentrierte, sollte ich es aufbekommen. Natürlich würde ich mit einer Explosion, die heftig genug wäre, um ein von den Göttern versiegeltes Grab zu öffnen, halb Rom aus dem Schlaf reißen und dazu jeden Prätor weit und breit. Allein das wäre schlimm. Eventuell würde ich dazu auch noch die Herrin aufwecken, was ich ja nicht sollte.

Zugegebenermaßen war mein Plan nicht ideal. Aber ich hatte keine Wahl. Der Morgen würde bald hereinbrechen und ich konnte den Prätoren nichts im Tausch für meine Mutter bieten.

Sobald ich den Garten der *Villa* hinter mir gelassen hatte, blieb ich eine Weile zögernd im Schatten der Bäume stehen. Valerius hatte mich gewarnt, dass die Prätoren das Anwesen beobachteten. Also vermuteten sie ebenfalls, dass der Marsreif irgendwo hier lag.

Ich trat hinaus aufs offene Feld, alle Sinne geschärft. Im Schilf hinter mir raschelte es.

Der Wind oder ein kleines Tier? Schwarze Schatten

schmiegten sich an noch schwärzere Schatten. Lauerten die Prätoren schon auf mich?

Um zu Callistus zu gelangen, musste ich das Feld überqueren und mich in die Weinberge schlagen, wo ich mich besser verbergen konnte. Instinktiv wollte ich über das Feld rennen, um mich nur möglichst kurz zu zeigen. Doch mir fiel es schwer, überhaupt einen klaren Gedanken zu fassen. In meinem Kopf weinte die Herrin schon wieder und hämmerte gegen die Wände ihres Grabes. Mir schien es unvorstellbar, dass ich nur einem Echo aus der Vergangenheit lauschte. Denn wenn das Wehklagen echt war, wenn es in diesem Moment geschah, wollte ich, allen Warnungen zum Trotz, diese Frau nur möglichst schnell befreien.

Als ich mich mit dem Fuß in einem Netz verfing, das unter dem Gras verborgen war, wusste ich sofort, dass ich in der Klemme saß. Über eine Feder wurde eine Falle ausgelöst, die sich um mein Bein schloss. Ich schrie auf und wollte mich mit Magie befreien. Doch bevor ich überhaupt reagieren konnte, schlang sich ein Seil um meine Beine und riss mich zu Boden. Ich sandte Magie, um das Seil zu kappen, aber entweder verfehlte ich es, oder es gab mehrere Seile.

Ich wurde über das halbe Feld gezerrt, bis es mir endlich gelang, das Seil zu durchtrennen, nur die Falle am Bein wurde ich nicht so leicht los. Ich setzte mich auf und trennte die beiden Metallbügel voneinander. Zum Glück waren die Zähne kurz und hatte mir nicht allzu tief ins Fleisch geschnitten.

Und dann schickte ich einen Magieball ins Gestrüpp vor mir. Dort hatte jemand an dem Seil gezogen. Drei oder vier Männer schrien auf. Zufrieden lächelte ich. Am liebsten hätte ich noch härter zugeschlagen.

Ich sammelte weitere Magie in mir, doch dann sagte eine Stimme hinter mir: »Wir haben dich, Nicolas.«

Und Brutus legte mir eine Hand auf die Schulter. Jegliche Magie in mir zerfiel zu Staub.

ACHTZEHN

Ich hatte zwar keine Magie mehr, aber meinem Kampfgeist tat das keinen Abbruch. Ganz im Gegenteil, ich teilte aus wie nie zuvor. Ich trat, boxte und fluchte, vielleicht half das ja. Doch jedes Mal, wenn ich eine Hand abgeschüttelt hatte, packte mich die nächste, mehr und mehr Prätoren rückten an.

Schließlich waren so viele da, dass sie mich mit dem Gesicht nach unten auf den Boden drückten. Ich wand mich wie ein Wilder, damit sie mich nicht gleichzeitig an Händen und Füßen greifen konnten, aber ich hatte keine Chance.

»Legt eine Hand direkt auf seine Schulter«, befahl Brutus. »Dort trägt er das Zeichen.«

Jemand riss mir die Tunika am Kragen auf und eine Hand senkte sich wie ein Felsbrocken auf den Göttlichen Stern. Schmerz durchfuhr mich, mir wurde richtig übel und sofort erlahmte meine Abwehr. Ich konnte mich kaum noch bewegen.

Brutus kniete sich hin, und die Prätoren drehten mich auf die Seite, sodass wir uns anschauen konnten. Nach wie vor lag die Hand auf dem Stern. Der Schmerz trieb mir die Tränen in die Augen. Schnell blinzelte ich sie weg, damit ja keiner auf den Gedanken kam, ich würde leiden.

»Das war leichter als gedacht«, sagte Brutus.

»Es ist noch nicht vorbei«, antwortete ich. »Ich gönne Euch eine Verschnaufpause, bevor ich kurzen Prozess mit Euch mache.«

»Oh, das hast du ja schon mal versucht und bist gescheitert.« Brutus schnalzte mit der Zunge. »Von dir habe ich ehrlich gesagt mehr erwartet. Nachdem du meine Männer in die Kanalisation geworfen hast, gab es zahlreiche Verletzte.«

»Nur Verletzte?«, murmelte ich. »Da hätte ich sie wohl härter stoßen sollen.«

»Etwas hat es schon bewirkt«, antwortete Brutus. »War gar nicht so leicht, die Männer zu überreden, heute Nacht herzukommen. Nachdem sie gesehen hatten, zu was du imstande bist, wollten sie dir nicht gegenübertreten.«

»Dann habt Ihr also nur die Dummen mitgebracht«, entgegnete ich. »Die haben ja nicht einmal die Hälfte von dem gesehen, was ich kann.«

»Was du könntest«, sagte Brutus. »Bis wir es dir genommen haben. Und wenn du mir nicht verrätst, was ich wissen will, nehme ich dir auch noch alles andere. Wo ist der Schlüssel?«

»Wo ist meine Mutter?«, fragte ich. »Ihr habt versprochen, sie gegen den Schlüssel zu tauschen, also muss sie ganz in der Nähe sein.«

»Das ist sie.« Er wischte mir das verschwitzte Haar aus der Stirn. »Der Schlüssel, Nicolas. Wir haben beinahe dreihundert Jahre auf jemanden mit Magie gewartet, der den Schlüssel hat. Glaubst du ich könnte ihn nicht bei dir spüren?«

»Bevor ich ihn Euch gebe, will ich meine Mutter sehen. Und zwar allein.«

»Unmöglich«, sagte Brutus. »Sobald ich meine Hand wegnehme, kehrt deine Magie zurück. Und du wirst ja wohl verstehen, dass mir das einen Nachteil verschaffen würde.« Damit presste er seine Hand noch fester auf den Göttlichen Stern und erinnerte mich daran, wie schnell Macht verschwinden konnte.

Verschwinden. Wenn ich zu meiner Mutter gelänge, könnten wir gemeinsam verschwinden.

»Macht mit mir, was Ihr wollt«, sagte ich mit zusammengebissenen Zähnen. »Den Schlüssel bekommt Ihr erst, wenn ich mit meiner Mutter allein gesprochen habe!«

»Es geht nicht darum, was ich mit dir tun werde!« In seiner Stimme lag eine zunehmende Spannung. »Denk daran, was mit deiner Mutter geschieht, wenn du dich widersetzt!«

»Wehe, Ihr rührt sie an!«, brüllte ich. »Bringt mich zu meiner Mutter!«

»Niemals!«, rief Brutus.

»Ich bleibe solange bei Euch.« Das war Aurelia. Als ich aufschaute, stand sie auf einem Sandhügel mit gespanntem Bogen. Den Prätoren war anzusehen, dass sie Aurelia am liebsten gleich gepackt hätten, aber keiner wollte einen Pfeil riskieren.

»Ah, das Kanalmädchen«, sagte Brutus. »Ich freue mich, dich zu sehen.«

Ich hingegen freute mich kein bisschen. Warum war sie gekommen? Warum gerade jetzt?

»Behaltet mich als Pfand bei Euch, solange Nic bei seiner Mutter ist«, sagte Aurelia. »Nachdem er Gelegenheit hatte, mit ihr zu sprechen, löst er mich wieder aus.«

Ich verdrehte die Augen. Sinn und Zweck des Plans war es ja gerade, mich nicht wieder Brutus auszuliefern. Vielleicht sah Aurelia in der Dunkelheit nicht, wie ich jedes Mal zusammenzuckte, wenn Brutus auf den Göttlichen Stern presste, aber die Anspannung in meiner Stimme hörte sie bestimmt.

»Also gut.« Brutus nahm die Hand von meinem Mal und ich atmete auf. Doch er hielt mich nach wie vor am Arm fest und zerrte mich hoch. Mir war so schwindelig, dass ich fast wieder umgefallen wäre.

Die Prätoren schnappten sich Aurelia und knöpften ihr Pfeile, Bogen und Messer ab. Aurelia protestierte lautstark, aber mir tat sie nicht leid. Was hatte sie denn erwartet?

Brutus führte mich fort von der *Villa* und auch von den Weinbergen, zu einem bewaldeten Gebiet, in dem ich noch nie gewesen war. Hochgewachsene Zypressen standen dicht an dicht, ein schmaler Pfad schlängelte sich durch undurchdringliches Gestrüpp. Kaum waren wir in das Wäldchen eingetaucht, blickten mir von einer kleinen Lichtung wenigstens hundert Prätoren entgegen, bewaffnet und bereit, alles für den Schlüssel zu tun. Und das waren bloß die Männer, die ich sah. Zweifellos lauerten in der Dunkelheit des Waldes weitere.

Aurelia wurde es gestattet, zu mir aufzuschließen, doch ich würdigte sie kaum eines Blickes.

»Du bist sauer«, meinte sie.

»Du hättest dich nicht opfern müssen«, murmelte ich. »Hast du geglaubt, das würde mir helfen?«

»So gut sah es nicht für dich aus. Da dachte ich, schaden kann es nicht. Warum bist du nur allein aufs Feld raus?«

»Um die …« Ich stockte, eigentlich wollte ich nichts preisgeben.

Doch Brutus, der mich nach wie vor gepackt hielt, wusste

es bereits. »Du wolltest dir die *Bulla* holen, die du zuvor ans Einhorn gebunden hattest. Ich hatte schon von Radulfs Einhorn gehört, wusste aber nichts Genaues. Wir haben es entdeckt, als wir das Gelände abgesucht haben.

Erschrocken drehte ich mich zu ihm herum.

Brutus lachte nur. »Wir haben das Amulett gesehen, aber das Einhorn hat uns nicht an sich herangelassen, auch unseren Pfeilen ist es ausgewichen. Eine Weile hatten wir es aus den Augen verloren, doch als wir das Tier wiederfanden, war die *Bulla* verschwunden. Ist wohl unterwegs abgefallen. Meine Männer suchen danach. Es ist nur eine Frage der Zeit, bis sie das Amulett finden.«

Mir rutschte das Herz in die Hose. Also hatte die *Bulla* nicht unter dem Sattel gehalten, und der Knoten war auch nicht fest genug gewesen, jedenfalls nicht für eine wilde Verfolgungsjagd. Deshalb hatte Radulf mir geraten, die *Bulla* nicht einmal in die Nähe der Prätoren kommen zu lassen.

Neben mir wand sich Aurelia im Griff des Mannes, der sie begleitete. »Könntet Ihr etwas lockerer lassen? Ihr braucht mir nicht wehzutun, ich kooperiere ja.«

Keine Ahnung, ob er ihrem Wunsch nachkam, jedenfalls beschwerte sie sich nicht weiter. Ich konnte ihr ohnehin nicht helfen. Und sauer war ich auch nicht auf sie, nicht so richtig. Schließlich versuchte sie nur, mir zu helfen. Aber ich fand es schrecklich, so hilflos zu sein.

Vor uns liegend, entdeckte ich einen vergitterten Wagen, um den mindestens fünfzig Prätoren standen. Dorthin gingen wir also. Das Herz schlug mir bis zum Halse. Ich war aufgeregt und ängstlich. Und überzeugt, dass ich mich sehr vorsehen musste, sonst würde hier ein Unglück geschehen.

»Wir stehen zu unserem Wort und lassen Nicolas einen Moment ungestört«, sagte Brutus zu den Männern am Wagen. »Aber stellt das Kanalmädchen so hin, dass er sie sehen kann.«

Aurelia wurde weggezerrt, Brutus wandte sich mir zu. »Das sind meine Bedingungen. Wenn du deine Mutter berührst oder ihr erlaubst, dich zu berühren, stirbt das Kanalmädchen. Wenn du die Hand gegen meine Männer erhebst, sei es auch nur, um ihnen freundlich zuzuwinken, stirbt das Kanalmädchen. Und wenn ich dich zurückrufe, gehorchst du umgehend, selbst wenn es mitten im Satz ist. Wenn nicht ...«

»Und anschließend spielen wir alle gemeinsam Ball. Ich habe Eure Regeln kapiert, Brutus.«

Er grinste blöd und ließ meinen Arm so vorsichtig los, als wollte er jeden Augenblick wieder zupacken. Auch wenn die Magie des Göttlichen Sterns wieder durch mich hindurchfloss, würde ich sie nicht einsetzen. Nicht jetzt. Hinter mir befand sich Aurelia und irgendwo vor mir ...

Eine Frau presste das Gesicht gegen die Stäbe und streckte einen Arm durch. Sie war angekettet, ihre Ketten rasselten, als sie versuchte, mir näher zu kommen. Trotz allem, trotz des Drecks in ihrem Gesicht, der schäbigen Tunika und der Gitterstäbe, hinter denen man sie wie ein Tier in der *Venatio* eingepfercht hatte, war sie wunderschön. Eleganter als die reichen Frauen, zu denen die Prätoren jeden Abend heimkehrten.

Als ich an den Wagen herantrat und ihr Lächeln erwiderte, verblasste alles andere ringsum.

NEUNZEHN

Meine Mutter weinte. Das merkte ich aber erst, als ich so nah vor ihr stand, dass ich ihr tränenüberströmtes Gesicht sah. Braune Schlieren zogen sich über ihre Wangen, was ihrer Schönheit aber keinen Abbruch tat. Zweifellos würde auch Livia eines Tages so hübsch sein.

»Du lebst«, flüsterte sie.

Ich nickte. Tränen traten mir in die Augen, doch das sollte sie nicht sehen. Meine Mutter sollte glauben, dass ich stark genug war, den bevorstehenden Kampf zu gewinnen. Vielleicht wollte ich es mir auch nur selbst weismachen.

»Und Livia?«

»Ihr geht es besser denn je.« Jedenfalls hoffte ich das. Bislang hatte ich Aurelia noch nicht fragen können. Ich wollte nicht riskieren, dass Brutus mithörte.

Meine Mutter lächelte unter Tränen. »Ich wusste, dass du dich um sie kümmern würdest. Daran habe ich nie gezweifelt.« Dann wurde sie ernst. »Die Leute reden von deiner Magie, von dem Göttlichen Stern auf deiner Schulter. Wie dein Vater. Ich habe gehört, was du im Amphitheater, auf den Straßen und in den Bädern am Stadtrand getan haben sollst. Alles nur Geschichten, ich weiß.«

Ich holte tief Luft. Aber es half nichts. »Nein, das sind keine Geschichten.«

Sie schüttelte den Kopf. »Wie ist das möglich? Dein Vater war zu großen Taten imstande, aber nichts im Vergleich zu dem, was man sich über dich erzählt.«

»Ich besitze eines der Amulette.« Besaß. Die *Bulla* war verloren und wahrscheinlich längst in den Händen der Prätoren.

Meine Mutter machte große Augen. »Die sind verflucht.«

»Weiß ich doch. Ich will ja …« Ich schluckte schwer. »Ich will ja auch alles wieder in Ordnung bringen. Aber ich kann nicht einfach aufgeben. Wenn die Prätoren gewinnen, werden sie nicht nur das Reich in die Knie zwingen. Sie werden die Götter wieder zum Krieg anstiften. Alles wird zerstört werden!«

»Und was ist, wenn stattdessen du zerstört wirst?« Wieder flossen die Tränen. »Dich und Livia zurückzulassen, war das Schwerste überhaupt. Lass es nicht umsonst gewesen sein.«

»Ich versuche, alles wieder geradezubiegen«, sagte ich. »Nur weiß ich nicht, wie. Je mehr ich mich bemühe, desto schlimmer wird es.«

Sie nickte. »Du bist genau wie dein Vater. Er hat uns von ganzem Herzen geliebt. Hat dich so sehr geliebt, dass er sein Leben bedenkenlos geopfert hat, in der Hoffnung, uns zu retten.«

»Er hat versucht, einen Jupiterstein zu erschaffen«, sagte ich. »Warum nur? Ohne die Amulette konnte es doch nur schiefgehen.«

»Dein Vater hatte keine Amulette, aber er begriff, dass man den Jupiterstein nur zum Wohle anderer herstellen kann und nicht für sich selbst.« Sie wischte sich eine Träne weg. »Und er wollte bloß seine Familie retten.« Meine Mutter winkte mich zu sich. »Ist es wirklich schon fünf Jahre her? Du bist so groß geworden. Komm näher, dass ich dich besser sehen kann.«

Ich rührte mich nicht vom Fleck. »Ich darf nicht, Mutter.«

Obwohl ich nichts lieber getan hätte. Es zerriss mir das Herz, ihr so nah zu sein und doch nur schauen zu dürfen. Immer wenn sich früher ein Gewitter zusammenbraute und ich mich am Boden in der Ecke zusammenrollte, zitternd vor Angst, dass mich das gleiche Schicksal wie meinen Vater ereilen könnte, spürte ich ihre Hand auf meinem Rücken. Meine Mutter wusste immer, wie sie mich trösten konnte, immer. Als Livia und ich dann auf uns allein gestellt waren, trösteten wir uns gegenseitig, indem wir uns vorstellten, was Mutter getan hätte. Selbst das half schon.

Wenn ich gewusst hätte, wie schwer mir das fallen würde, hätte ich vielleicht nicht darauf bestanden, sie zu sehen. Nun hatte ich meine Mutter direkt vor mir, durfte sie aber nicht berühren. Schrecklich. Andererseits hätte ich diesen Moment auch nicht missen wollen.

Ich senkte die Stimme. »Die Prätoren verlangen etwas von mir für deine Freilassung.«

»Den Schlüssel zum Marsreif, ich weiß.«

Überrascht riss ich die Augen auf, wenigstens musste ich ihr nun nicht noch alles groß und breit erklären. »Ich habe den Schlüssel nicht, jedenfalls nicht wissentlich. Ich werde einen Weg finden, dich zu befreien.«

Meine Mutter schüttelte den Kopf. »Du darfst ihnen den Schlüssel nicht geben.« Sie presste sich an die Stäbe. »Ich kenne ihre Bedingungen, aber ich weiß auch, wie die Prätoren arbeiten. Brutus hat mich nicht nur gefangen genommen, er hat mich auch gekauft. Ich bin mit seinen Plänen vertraut.«

»Ich befreie dich, Mutter.«

»Nein. Die Prätoren geben niemals, sie nehmen nur. Gibst du ihnen den Schlüssel, werden sie Wege finden, dich wegen des Marsreifs zu bedrohen, und dich dann so lange unter Druck setzen, bis du den Jupiterstein erschaffst. Wenn du Rom nicht umgehend verlässt, blüht dir das gleiche Schicksal wie deinem Vater.«

Die Magie rauschte durch meine Adern. Ich hätte nur wenig gebraucht, um meine Mutter aus dem Käfig zu befreien. Doch dann würden die Prätoren angreifen, alle, die hier waren. Ich drehte mich zu Aurelia um. In der Dunkelheit konnte ich sie nicht klar ausmachen, aber dass sie mich beobachtete, wusste ich.

»Ich befreie dich«, wiederholte ich.

»Nein«, sagte meine Mutter. »Schnapp dir deine Schwester und flieh so schnell du kannst. Verlass das Reich, solange es noch eine Welt außerhalb gibt. Geh und lebe in Freiheit. Nichts anderes habe ich mir für dich gewünscht.«

»Nicolas Calva!«, rief Brutus. »Komm zurück.«

»Ich liebe dich«, sagte ich im Gehen. »Gib nicht auf.«

»Gib nicht nach«, entgegnete sie. »Denn sonst sind alle meine Opfer umsonst gewesen.«

Als ich nur einen Schritt von Brutus entfernt stand, hob ich die Hand. Aurelia wurde von drei Prätoren gehalten.

»Lasst meine Freundin gehen. Dann ergebe ich mich.«

Brutus grinste heimtückisch. »Lass uns doch gleich Nägel mit Köpfen machen. Du gibst mir, was ich will, und ihr seid alle frei.«

Natürlich log er. Meine Mutter hatte recht, die Prätoren nahmen bloß. Brutus hatte nicht vor, uns alle gehen zu lassen.

»Steht zu Eurem Wort«, sagte ich. »Dann erfülle ich auch meinen Teil der Abmachung und ergebe mich.«

Brutus überlegte einen Moment. »Lasst das Mädchen frei. Niemand rührt sie an.«

»Nic?«, rief Aurelia mir zu.

»Ruf einfach, wenn du aus dem Wald raus bist«, sagte ich. »Ich höre dich dann.«

»Du solltest mit mir kommen.«

»Lauf einfach los.«

Und das tat sie auch. Die ganze Zeit über hatte ich die Hand erhoben und sammelte die Magie in mir. Die Prätoren umringten mich, doch ich war bereit. Ich wollte nur kurz Aurelias Stimme hören, dass sie in Sicherheit war.

Aurelia war gerannt, denn schon bald rief sie mir zu: »Ich bin aus dem Wald raus, Nic.«

Da senkte ich die Hand. »Kein Schild?«, fragte Brutus. »Kann ich dich anfassen?«

»Ja.« Ich verzog keine Miene. »Wenn Ihr wollt.«

Das tat er auch, zog die Hand aber mit einem Aufschrei sofort wieder weg.

»Was ist denn?« Lächelnd streckte ich ihm meinen Arm entgegen. »Wollt Ihr nicht? Also mehr als einmal liefere ich mich nicht aus.«

Weitere Prätoren griffen nach mir. Funken flogen, als sie versuchten, mir die Magie zu rauben. Keiner hielt es lange genug aus.

»Seine Haut brennt wie Feuer.« Mit finsterem Blick hielt sich einer der Männer die verbrannte Hand.

Mir wurde schlecht von der Hitze, die ich selbst erzeugte, Schweiß troff mir aus jeder Pore. Doch im Moment konnte mich keiner anrühren.

Ich drehte mich um und wollte zum vergitterten Wagen laufen. Sobald ich meine Mutter bei mir hatte, könnte ich zwar mit der Hitze nicht weitermachen, aber wir könnten irgendwohin verschwinden. Ihr zuliebe würde ich Radulfs Trick schon hinkriegen.

Nur war sie verschwunden. Der Wagen stand zwar noch da, aber die Tür war offen, und ich hatte keine Ahnung, wohin sie gebracht worden war. Weitere Prätoren kamen den Hang hinter dem Wagen heruntergeeilt. Wo immer meine Mutter war, ich konnte ihr nicht folgen. Nur noch hoffen, über das Feld zu entkommen.

Ich sandte Magiestöße aus und vertrieb die Prätoren, die sich mir in den Weg stellten. Für Brutus sparte ich mir einen besonders heftigen Stoß auf und katapultierte ihn ins Gebüsch. Mit Glück würde er auf dem Rücken einer Bärenmutter landen. Die würde ihm schon beibringen, warum es nicht ratsam war, eine Mutter zu bedrohen.

Und dann lief ich los. Ich ließ die Hitze verglühen, während ich durch den Wald sprintete und mir mit der Magie freie Bahn verschaffte. Im Wald wimmelte es nur so von Prätoren, von der Truppenstärke her konnten sie es mit Radulfs Armeen aufnehmen. Wie sollten wir uns nur gegen so viele wehren?

Ich gelangte zurück aufs Feld und scheuchte die dort noch versammelten Prätoren auf. Aurelia sah ich nirgends, hoffentlich war sie heil entkommen.

Die Prätoren machten sofort Anstalten, mich einzukesseln, doch ich war längst noch nicht fertig mit dem Kampf.

Ich lief in die Mitte des Feldes. Mindestens vierzig Prätoren umzingelten mich und weitere rückten aus dem Wald nach. Ich ließ mich auf die Knie fallen, legte die Faust auf den Boden und ließ alles aus mir herausströmen. Die Magie löste Erdwellen aus. Mit der *Bulla* hätte ich wahrscheinlich das gesamte Feld in die Luft gesprengt und mich gleich mit, doch der Göttliche Stern sandte nur kleine Wogen, die jedoch sämtliche Männer umrissen.

Sobald sie am Boden lagen, versuchte ich, einen Schutzschild zu errichten, doch ich hatte schon zu viel Kraft eingebüßt.

Nein, so schnell würde es nicht enden. Als ich mich auf die Beine zwang, spürte ich, wie ein Pfeil mir den Oberschenkel durchbohrte. Genau deshalb hätte ich den Schild ja gebraucht!

Unter dem Gelächter der Prätoren brach ich zusammen; alle, die noch aufstehen konnten, eilten zu mir. Ich riss mir den Pfeil aus dem Bein und legte die Hand auf die Wunde, suchte nach genügend Magie, sie zu heilen. Doch die Zeit war zu knapp, gleich würden sie mich wieder packen.

»Rührt ihn nicht an!« Valerius kam angehastet. »Prätoren von Rom, ich bin der Oberste Senator, Euer Vorgesetzter. Ihr werdet meinen Befehlen gehorchen. Lasst den Jungen gehen!«

ZWANZIG

In dem Moment tauchte Decimus Brutus aus dem Wald auf, zu meiner Enttäuschung hatte er keine Bärenkratzer, wobei er etwas zerzaust wirkte.

Brutus stellte sich Valerius gegenüber auf der anderen Seite des Feldes auf. »Geht, Senator. Ihr seid für uns nutzlos. Und wenn Ihr am Leben hängt, solltet Ihr nutzlos bleiben.«

»Einen römischen Senator zu bedrohen, ist Verrat«, sagte Crispus, der mit seinen Wachen gekommen war. »Ihr werdet Euch sofort zurückziehen, ansonsten werden unsere Wachen Euch verhaften und dem Kaiser persönlich übergeben.«

Ich kam auf die Beine. Die Wunde war noch nicht komplett verheilt, aber ich konnte ohne Schmerzen laufen, die Magie sparte ich mir lieber auf.

»Das sind die Privatwachen deines Vaters und keine römischen Soldaten«, antwortete Brutus. »Ihren Befehlen muss ich mich nicht beugen.«

»Legt Eure Waffen nieder«, sagte Crispus. »Wenn Ihr sehen wollt, welche Fähigkeiten unsere Wachen im Vergleich zu römischen Soldaten haben, werdet Ihr beeindruckt sein, das verspreche ich Euch.«

»Und das verspreche ich Euch.« Brutus zückte das Schwert und zeigte damit drohend auf Valerius. »Wenn Ihr Eure Wachen nicht abzieht, werde ich meine Drohung deinem Vater gegenüber wahr machen.« Brutus stürmte los und holte mit dem Schwert weit aus.

»Lauft, Valerius!«, schrie ich und attackierte den Prätor, der ihm am nächsten stand, mit einer Magiewelle. Dann rannte auch ich los.

Crispus schickte seine Männer aufs Feld, wo sie sich auf die Prätoren stürzten. Ich nutzte den Moment, lehnte mich gegen eine Weinrebe und sammelte meine Magie. Ich musste die *Bulla* finden. Wenn ich zu Callistus gelangte, konnte er mich vielleicht an den Ort führen, wo das Amulett heruntergefallen war. Bislang hatten es Brutus' Männer wohl noch nicht gefunden, sonst hätten sie es sicher groß verkünden lassen. Nur, wie viel Zeit würde es mich kosten, Callistus aufzutreiben? Valerius brauchte meine Hilfe.

Ich lief zu Valerius, der auf dem Pfad zur *Villa* kauerte. Crispus kniete neben ihm, drängte ihn, zurück ins Haus zu gehen.

»Komm mit uns«, sagte Valerius.

»Aurelia ist hier«, antwortete ich. »Habt ihr sie gesehen?«

»Ich finde sie schon«, meinte Crispus. »Du solltest mit meinem Vater gehen.«

Das Mal auf meiner Schulter erwachte zum Leben, doch statt mir Schmerzen zu bereiten, schenkte es mir Kraft. Wieder erstaunte mich der Unterschied zur *Bulla*. Der Göttliche Stern diente mir und nicht umgekehrt.

»Das ist mein Kampf«, sagte ich zu Crispus. »Aber wir müssen deinen Vater hier wegschaffen, zu seiner eigenen Sicherheit.«

»Wir können dich nicht zurücklassen«, sagte Valerius. »Dein Leben ist wichtiger als alles andere.«

Ich schaute mich um. Fäuste, Schwerter und Pfeile flogen kreuz und quer, doch es sah nicht gut aus für uns. Valerius' Männer fielen der Reihe nach und viel zu viele Prätoren standen noch.

Entschlossen wandte ich mich an Valerius. »Die Schlacht ist nur wegen mir ausgebrochen, lasst sie mich nun auch beenden. Bitte, Herr. Euer Leben ist in Gefahr. Bringt Euch in Sicherheit.«

»Wo bist du, Nicolas Calva?« Das war Brutus' Stimme. »Zeig dich und setze dem Kampf ein Ende.«

Radulf musste es auch gehört oder über den Göttlichen Stern gefühlt haben. Zwar sprach er nicht zu mir, aber ich spürte seine Sorge, ja seine Panik. Wenn ich hier nicht schleunigst verschwand, sah es schlecht für mich aus, das wussten wir beide.

Mit meiner Mutter zu verschwinden hatte ich nicht die Gelegenheit gehabt, aber vielleicht hatte ich sie jetzt. Ich musste mir nur in Gedanken einen Ort ausmalen. Valerius könnte ich mitnehmen und womöglich Crispus. Ich würde sie in Sicherheit bringen und für Aurelia zurückkehren. Und für Livia, falls sie mit Aurelia hergekommen war. Hoffentlich befand sie sich nicht in der Nähe des Feldes.

Ich suchte das Gelände ab: keine Aurelia in Sicht. Es war eine dunkle Nacht, Regen lag in der Luft. Vielleicht war Aurelia mittlerweile bereits am anderen Ende der Stadt, aber um das zu glauben, kannte ich sie zu gut.

»Wo können wir schon hin?«, fragte Valerius. »Die Prätoren würden uns zur *Villa* folgen.«

Ins *Hypogeum* unter dem Amphitheater, dorthin würde ich die beiden bringen. Kein Regierungsbeamter würde sich freiwillig in dieses Drecksloch begeben, nicht einmal meinetwegen. Ich stellte mir die Käfige vor, die labyrinthartigen Gänge und das Gesicht, das Felix machen würde, wenn wir direkt vor ihm auftauchen würden.

»Nehmt meinen Arm«, sagte ich und kniete mich neben Crispus und Valerius. »Ich bringe Euch von hier weg.«

»Hörst du Atroxias Weinen denn nicht?«, brüllte Brutus. »Die Herrin muss gerettet werden. Nur du kannst ihr helfen, Nicolas.«

»Er lügt«, flüsterte Valerius. »Blende sie aus.«

Das war leichter gesagt als getan. Denn das Weinen in meinem Kopf hatte von Neuem begonnen und war lauter als zuvor. Je mehr Männer im Kampf fielen, desto klarer hörte ich die Herrin die Götter anflehen, sie mögen ihr vergeben.

Kaum hatte ich die Augen geschlossen, tauchte das *Hypogeum* vor mir auf. Radulf hatte gemeint, es sei einfachste Magie, warum kam ich damit nicht zurecht?

»Drei sind zu viel für dich«, sagte Radulf. »Lass den Senator und seinen Sohn los. Bring dich lieber selbst in Sicherheit.«

Auf keinen Fall. Ich murmelte, er solle aus meinem Kopf verschwinden und sich lieber mal nützlich machen. Wenn er mir schon nicht half, sollte er wenigstens die Klappe halten, damit ich mich konzentrieren konnte.

»Sie kommen näher«, sagte Crispus. »Was immer du auch vorhast, Nic, beeil dich!«

Das *Hypogeum*. Allmählich sah ich es nicht nur in Gedanken vor mir, sondern als wäre ich tatsächlich vor Ort. Ich roch die Tiere und den beißenden Schweiß der schuftenden Sklaven. Spürte die erdrückende Hitze.

In dem Moment ließ Crispus meinen Arm los, stürzte sich

mit einem Schrei auf einen Angreifer und ging mit ihm zu Boden. Mich riss es zurück aufs Feld, ich sprang auf. Prätoren schwärmten über den Acker wie Ameisen über verschütteten Honig. Crispus' Wachen unterstützten uns nach Kräften, aber es reichte nicht.

Valerius brauchte einen Moment, um zu reagieren. Er rollte sich zwischen die Weinpflanzen und hielt schützend die Hände über den Kopf.

Ich attackierte den Prätor, in den sich Crispus verkeilt hatte, und half Crispus auf die Beine. »Schütze deinen Vater«, sagte ich. »Ich tue mein Bestes, um dem Kampf hier ein Ende zu setzen.«

Ich rannte los, weg von Crispus, weg von den Weinbergen. Für ein Ablenkungsmanöver stellte ich mich gerne zur Verfügung.

Ich schickte einen Feuerball in Richtung Weinberge, einen ähnlichen hatte ich einmal bei Radulf gesehen. In der Luft lag schon so viel Feuchtigkeit, dass es reichlich Magie forderte, das Feuer am Brennen zu halten, aber mir ging es um den Rauch. Ich brauchte einen Schutzschild, denn ich wollte durchs Feuer zu Callistus durchbrechen. Dorthin würden mir die Prätoren nicht folgen können.

Doch ich war geschwächt und stolperte mit dem verletzten Bein über eine lose Ranke. Dichter Rauch hing in der Luft und raubte mir den Atem.

Ich ließ mich auf alle viere fallen und kratzte noch meine letzten magischen Reserven zusammen.

Notfalls würde ich über den Boden krabbeln, bis ich die *Bulla* gefunden hatte.

Tief in mir drin entdeckte ich noch einen Funken Magie,

genug, um mich einen kurzen Moment zu schützen. Wenn ich mich beeilte, würde ich es durchs Feuer schaffen.

Crispus eilte direkt hinter seinem Vater den Hang hinauf. Nicht weit von mir hatte ein Prätor den Bogen auf die beiden gerichtet. Statt auf einen Schutzschild verwandte ich die verbliebene Magie, um den Prätor zu treffen, doch ich war einen Tick zu spät.

Durch mein Einwirken änderte der Pfeil die Flugbahn und verfehlte Crispus. Doch er traf jemand anderen.

Valerius.

EINUNDZWANZIG

Ich rannte durch die Reihen der Prätoren, in Schweiß gebadet und entschlossen, mich nicht gefangen nehmen zu lassen. Wie gerne hätte ich ihnen meine Magie entgegengeschleudert, um ihnen den gleichen Schmerz zuzufügen, den ich jetzt empfand. Doch im Augenblick verspürte ich nicht das geringste Wispern vom Göttlichen Stern.

Als ich endlich die Stelle erreicht hatte, zu der Valerius nach dem Schuss gerollt war, kniete Crispus bereits neben ihm.

»An der Grenze zu Eurem Anwesen steht ein Einhorn«, keuchte ich. »Hol es her … sein Horn … ich kann die Wunde nicht allein heilen.«

Crispus nickte und verschwand.

Valerius ergriff meine Hand. »Verzeih mir, Nic. Für alles, was ich dir angetan habe. Für alles, was noch geschehen wird. Es tut mir so leid.«

»Ich muss den Pfeil herausziehen«, sagte ich. »Es wird wehtun, aber nur dann kann ich Euch heilen.«

»Nein, lass es … Nutz die Kraft … Kämpfe.«

Ich schüttelte den Kopf und packte den Pfeil mit beiden Händen, doch Valerius legte seine Hände auf meine und hielt dagegen.

»Crispus … wird dir helfen«, raunte Valerius. »Vertrau ihm. Du musst lernen, zu vertrauen.«

»Ich muss den Pfeil herausziehen.«

Valerius schüttelte den Kopf. »Weck die Herrin nicht auf. Wenn sie dich zwingen … den Marsreif … weck die Herrin nicht.«

Die Prätoren rückten näher. Wie Aasgeier umschwirrten sie uns.

»Wo ist der Eingang? Wo liegt der Marsreif versteckt?«

Ein Pfeil flog durch die Luft, streifte mich um ein Haar. Ich duckte mich, und er traf einen Prätor, der sich an uns herangeschlichen hatte.

»Ich habe genügend Pfeile für jeden Einzelnen von euch!«, brüllte Aurelia. Also war sie noch in der Nähe, etwas tiefer im Weinberg. Wahrscheinlich hatte sie eine Weile gebraucht, um einen neuen Bogen aufzutreiben. Aurelia schien überall Bögen zu finden, während ich immer noch vergebens nach der *Bulla* suchte.

»Ich muss Euch jetzt helfen«, sagte ich. »Ich heile Euch und Aurelia …« Ich verstummte. Der Senator hatte die Augen geschlossen und sein Kopf hing leblos zur Seite.

Ich zog den Pfeil aus seiner Brust, presste die Hände auf die Wunde und gab alles, was ich hatte. Und der Göttliche Stern brannte so kalt, als würde mir ein Prätor die Hand auf das Mal legen. Doch diesmal raubte mir niemand Magie, diesmal gab ich sie Valerius.

»Genug, Nic«, flüsterte Radulf. »Du kannst ihm jetzt nicht mehr helfen.«

»Was wisst Ihr schon von Hilfe?«, murmelte ich. »Wo seid Ihr?«

»Auf dem Weg. Aber spar dir Magie für den Kampf auf, den können wir nämlich gewinnen. Valerius ist verloren.«

Wo blieb Crispus nur mit dem Einhorn? Der sollte längst zurück sein. Es sei denn, Callistus war nicht mehr da. Angeblich hatten die Prätoren ihn fortgejagt.

Aus mir rann das Leben, trotzdem rührte sich Valerius nicht. Warum nicht? Ich gab ihm alles. *Alles*.

»Schluss jetzt, Nicolas!« Radulfs scharfe Stimme riss mich von Valerius weg.

Ich ließ den Senator los und schaute ihm ins Gesicht, das noch lebloser wirkte, als ich mich fühlte.

Er war tot.

Als ich aufblickte, sah ich etwas Weißes im Augenwinkel aufblitzen. Callistus. Livia saß vorne im Sattel, Crispus hinter ihr.

Nein, Livia sollte nicht in diese Schlacht verwickelt werden. Ich stand auf und lief zu ihnen. Bevor ich noch etwas sagen konnte, stieg Crispus ab: »Das Einhorn wollte mich nicht reiten lassen. Nur mit ihr zusammen. Wie geht es meinem Vater?«

Mir brach es das Herz. Schlimm genug, dass ich wusste, was passiert war, jetzt musste ich es auch noch aussprechen. Ich schüttelte den Kopf. »Es tut mir so leid, Crispus. Ich habe getan, was ich konnte.«

Crispus nickte und wandte den Blick ab. Sofort glitt Livia aus dem Sattel und legte ihm eine Hand auf den Arm, um ihn zu trösten.

Dankbar drückte er ihre Hand.

»Tut mir leid«, murmelte ich wieder. Ich musste mich nicht nur dafür entschuldigen, dass ich Valerius nicht hatte retten können, sondern auch dafür, dass er überhaupt Opfer geworden war in diesem Kampf.

»Mein Vater hatte es sich selbst zuzuschreiben.« Crispus kämpfte mit den Tränen. »Und er würde wollen, dass wir die Schlacht gewinnen. Wir müssen weiterkämpfen.«

Ich nickte. In der Zwischenzeit war Livias Blick auf mein Bein gefallen. »Nic, dein Bein!«

Sie riss einen Streifen aus ihrer Tunika, um die Wunde zu verbinden, aber mich kümmerte es nicht. Ich untersuchte Callistus' Sattel nach der *Bulla*. Das Lederband, mit dem ich sie festgebunden hatte, hing noch dort, nur ohne Amulett. Es war wirklich verschwunden.

Panik ergriff mich. Wo sollte ich anfangen zu suchen und wie, wenn der Kampf hier tobte?

»Aurelia hat das Einhorn als Erste entdeckt. Dann hat sie mich gerufen, damit ich es beschütze und sie sich wieder dem Kampf widmen kann«, sagte Livia, während sie mir das Bein verband. »Wir wussten, dass es dir gehört. Wer sollte sonst ein Einhorn reiten?«

»Hing die *Bulla* noch am Sattel, als ihr Callistus gefunden habt?«, fragte ich.

Livia schüttelte den Kopf. In dem Moment brach am anderen Ende des Feldes, wohin sich der Kampf zwischen Prätoren und Valerius' Wächtern verschoben hatte, ein weiteres Feuer aus. Dafür gab es nur eine Erklärung.

Radulf hatte versprochen, zu helfen. Offenbar war er inzwischen angekommen.

ZWEIUNDZWANZIG

Bring meine Schwester in Sicherheit«, sagte ich zu Crispus. »Nach allem, was heute Nacht passiert ist, kann ich das nicht von dir verlangen, aber ich bitte dich trotzdem.«

Crispus legte mir eine Hand auf die Schulter. »Ich bin derjenige, der nichts von dir verlangen kann. Ich beschütze deine Schwester, Nic.«

Und das tat er auch. Ich traute ihm, genauso, wie Valerius es mir nahegelegt hatte. Während sich Crispus und Livia in die eine Richtung aufmachten, kletterte ich auf Callistus' Rücken und ritt entschlossen in die andere Richtung, dem Kampf entgegen.

Radulf befand sich irgendwo mittendrin und bedachte jeden Prätor, der ihm lästig wurde, mit einem Feuerball. Nach und nach sprang ein Widersacher nach dem anderen in einen nahe gelegenen Teich, um die Flammen zu löschen. Also konzentrierte ich meine Magie auf den Teich, schuf ein steiles und schlüpfriges Ufer. Nun konnten die Männer zwar noch hinein, bloß bedurfte es mehrerer Leute mit Seilen, sie wieder herauszuziehen.

Vor lauter Anstrengung musste ich mich im Sattel vorlehnen und erholen. Die Männer, die nun im Teich festsaßen, verfluchten mich, aber ich hörte weg. Wenn sie nicht gleich aufhörten, herumzubrüllen, würde ich ihnen noch etwas Bissiges in den Teich setzen.

Während ich mich ausruhte, beobachtete ich Radulf. Um ihn leerte sich der Kampfplatz, und als ich genauer hinschaute, erkannte ich noch etwas anderes. Radulf war gar nicht wirklich anwesend. Es war nur ein Trick, eine Lichtspiegelung, wie damals vor den Bädern.

Radulf war präsent genug, um Magie auszusenden, und aus Erfahrung wusste ich, dass ihn magische Stöße treffen konnten. Bloß die Schwerter der Prätoren konnten ihm nichts anhaben und ihre Berührung machte ihm garantiert nichts aus. Wäre ich doch nur so schlau gewesen und hätte den Trick heute angewendet. Wäre ich doch nur so schlau und wüsste, wie er funktionierte.

Jemand berührte mein verletztes Bein. Ich riss es zurück, war aufs Schlimmste gefasst.

»Warum trittst du mich?«, rief Aurelia. »Au!«

Ich glitt zu Boden, sie stand mit dem Rücken zu mir und hielt ihr Gesicht.

»Tut mir leid«, sagte ich. »Woher sollte ich denn wissen, dass du es bist?«

»Muss ich mich vorher ankündigen, bevor ich mich dir nähere?«

»Lass mich mal sehen.« Sanft schob ich ihre Hand beiseite. Ihr Gesicht schwoll an. »Tut mir echt leid. Ich kann dich heilen, du musst dich nur ein paar Minuten gedulden.«

Ehrlich gesagt, wohl eher eine Woche, so ausgelaugt, wie ich mich gerade fühlte. Mit dem bisschen Magie in mir hielt ich mich gerade noch so auf den Beinen.

»Würde dir das helfen?« Aurelia hielt mir die *Bulla* vor die Nase.

»Du hast sie?« Ich war so erleichtert, dass ich Aurelia fast in den Arm genommen hätte. Fast. »Seit wann?«

»Seit ich hier bin. Warum habe ich mich wohl Brutus als Pfand zur Verfügung gestellt? Um dir die *Bulla* zu geben!«

»Warum hast du denn nichts …«

»Wann hätte ich es dir denn sagen sollen? Zwischen Brüllen und Drohen und all den bekloppten Abmachungen?«

»Ich hatte einen Plan.«

»Und ich hatte einen besseren Plan«, sagte sie. »Ich wollte dir die *Bulla* zustecken, damit du deiner Mutter helfen und das gesamte Lager der Prätoren erledigen könntest.«

»Dich inmitten der Feinde als Pfand zur Verfügung zu stellen, war jetzt nicht gerade hilfreich.«

»Du hättest mich natürlich als Erstes retten sollen. Und nicht Wort halten und mich wegschicken.«

»Bei meinem Plan ging es aber ums Worthalten!«, sagte ich.

»Und bei meinem solltest du es brechen«, entgegnete sie. »Manchmal ergeben wir wirklich ein katastrophales Team.«

Ich lächelte. »Manchmal auch ein gutes.« Mich freute einfach, dass sie uns überhaupt als Team sah. Ich nahm ihr die *Bulla* ab. »Hast du sie am Sattel gefunden?«

»Da konnte ich sie nicht einfach hängen lassen. Das war wirklich leichtsinnig von dir, Nic.«

»Callistus hätte keine Feinde an sich herangelassen.« Nur Radulf war es ja auch gelungen, ein Einhorn einzufangen – Callistus' Mutter. Aurelia hatte mal wieder recht! Ich war ein ziemliches Risiko eingegangen, doch hätte ich die *Bulla* vorhin beim Kampf dabeigehabt, hätte man sie mir sicher abgeknöpft. Aber anscheinend hatte ich ein Händchen für falsche Entscheidungen.

Kaum hatte ich das Amulett umgebunden, erfüllte es mich mit seiner Kraft. Sofort legte ich die Finger auf Aurelias verletzte Wange und heilte sie mit dem Göttlichen Stern.

Aurelia kicherte. »Das kitzelt!«

Nach dem Heilen nahm ich die Finger nicht weg, sondern streichelte ihre weiche Haut. Irgendwann lag meine ganze Hand an ihrer Wange, keine Ahnung, wie ich die wieder zurückziehen sollte. Aurelia schaute mich an, bis wir uns schon zu lange angeschwiegen hatten. Dann trat sie einen Schritt zurück und sagte: »Wir sollten uns lieber in Sicherheit bringen. Wo ist Livia?«

»Bei Crispus«, sagte ich. Höchste Zeit, dass ich mich wieder für das Kampfgeschehen interessierte. Ich deutete nach rechts. »Lass uns da lang gehen. Ich habe noch was zu erledigen.«

Wir überließen es Radulf, den Kampf zu beenden, was er zweifellos erfolgreich erledigen würde. Viel konnten ihm die Prätoren nicht anhaben und er schien es offensichtlich zu genießen. War das womöglich sein Erfolgsrezept als General? Vielleicht war er in all den Schlachten, die er siegreich gewonnen hatte, nie wirklich dabei gewesen.

»Beherrschst du diese Form der Magie auch?«, fragte Aurelia.

»Ich habe es noch nie ausprobiert«, sagte ich. In Wirklichkeit brannte ich darauf. Ich würde üben, bis ich es perfekt konnte.

Abgesehen von Callistus, der ganz in der Nähe graste, lag das Feld verlassen da. Ich zeigte Aurelia, wohin Crispus und Livia verschwunden waren. »Bitte, such sie«, sagte ich zu

Aurelia. »Und dann haltet ihr euch so lange versteckt, bis ich euch rufe.«

»Kann ich dir nicht beim Kampf helfen?«, fragte Aurelia

»Ich bin nicht zum Kämpfen hier«, antwortete ich. »Und ich weiß nicht, was gleich passiert. Du musst gehen.«

Sie nickte, auch wenn es nicht die Antwort war, die sie hören wollte. Dann bat ich Callistus, sie zu begleiten. Nach einem verärgerten Schnauben unterbrach Callistus das Fressen und zusammen liefen sie davon.

Kaum war ich allein, horchte ich wieder nach Atroxia. Ihr Tränenstrom legte meine Nerven blank. Wie zuvor ließ ich mich von dem Weinen leiten und lief dorthin, wo es lauter wurde.

Und wieder landete ich bei den Tempeltrümmern.

Die Herrin war eine Vestalin. Deshalb wäre es nicht weiter verwunderlich, wenn sie im Tempel bestraft worden wäre. Wobei ich mir nicht erklären konnte, warum er dem Erdboden gleichgemacht wurde.

Ich kniete mich hin, schloss die Augen und wartete. Kurz darauf hörte ich das Knurren eines Wolfes. Der Wolf des Mars.

Doch diesmal war ich im Besitz der *Bulla* und hatte keine Angst. Oder nicht mehr so große Angst. Ich konnte mich mit dem Wolf unterhalten, musste ihn nicht zwingen, mir zu gehorchen. Dennoch sagte ich zu ihm: »Zeig mir den Tempel«

In meinem Kopf, über das Weinen der Herrin hinweg, sprach der Wolf. Oder jedenfalls eine Stimme. Es musste Mars sein, der durch sein erwähltes Tier antwortete.

»Hast du den Schlüssel, Nicolas Calva?«

Ich hatte keine Ahnung, was der Schlüssel war oder wie ich ihn haben konnte, aber Valerius sollte nicht umsonst sein

Leben dafür gegeben haben, dass ich ihn immer noch bei mir hatte.

»Bist du wegen des Amuletts gekommen?«

Mein Herz pochte. »Ja.«

»Bist du würdig, ein heiliges Amulett der Götter zu tragen, Nicolas Calva?«

Nein. Ich war zwar im Besitz der *Bulla*, des ersten der drei Amulette, aber ich hatte es gestohlen. Würdigkeit konnte ich nicht für mich in Anspruch nehmen.

Also sagte ich: »Das müsst Ihr entscheiden.«

Fell streifte mich. Als ich die Augen öffnete, stand der Wolf neben mir. Er tauchte unter meine Hand, als wollte er gestreichelt werden. Ich grinste. In der furchterregenden Bestie steckte auch nur ein liebesbedürftiges Hündchen. Ich kraulte ihn hinter dem Ohr, doch das wollte er gar nicht.

Der Wolf schaute nach oben und ich folgte seinem Blick. Direkt vor mir stand ein reich verzierter Tempel.

Er war klein, dafür kunstvoller als das Pantheon oder Cäsars Tempel oder irgendein anderer Tempel in Rom. Nur drei Marmorstufen führten zum Eingang, der mit goldberingten Säulen umgeben war. Die weißen Marmorblöcke waren so sorgsam aufeinandergesetzt, dass die Wände wie eine einzige Fläche wirkten, und die gewölbte Decke war so sorgfältig verziert, dass ich nicht den geringsten Fehler entdecken konnte. Kein Wunder. Dieser Tempel war nicht von Menschenhand gemacht.

Die Götter hatten ihn geschaffen.

DREIUNDZWANZIG

Nicolas Calva, endlich sind wir allein.«

Erschrocken fuhr ich herum, die Hände abwehrbereit. Nicht weit von mir entfernt stand Decimus Brutus. Der Wolf neben mir knurrte Brutus warnend an, nicht näher zu kommen, falls er nicht gebissen werden wollte. Außerdem hing mir die *Bulla* gut sichtbar um den Hals. Und Brutus war allein.

Ich schaute zum Tempel, doch der lag wieder in Trümmern und der Wolf verzog sich in den Wald. Brutus verlor kein Wort darüber, bestimmt hatte er den Tempel nicht gesehen. Dieses Privileg war nur mir vergönnt.

»Ihr schon wieder«, sagte ich unbegeistert. »Gebt Ihr denn nie Ruhe?«

»Und du?«, fragte er und zog amüsiert eine Braue hoch.

»Erst, wenn ich gewonnen habe«, antwortete ich.

Brutus lächelte. »Leider ist heute nicht der Tag dafür. Es dämmert bereits und wir haben zu reden.«

»Gebt den Kampf auf«, sagte ich. »Dank General Radulf sind die meisten Eurer Leute schon gefallen.«

»Du hast doch im Wald meine Armee gesehen«, sagte Brutus wegwerfend. »Es gibt Hunderte von uns, Tausende, wenn man bis an die Reichsgrenzen geht. Heute hast du eine Biene erschlagen, aber wir haben einen ganzen Stock, der bereit ist, zu stechen.«

Ich war nicht in der Stimmung für Vergleiche mit Bienen. »Kommt her und stecht mich!« Mit der Magie der *Bulla* ließ ich die vom Feuer noch unversehrt gebliebenen Weinranken sich um Brutus wickeln.

Am Ende schaute nur noch das Gesicht heraus und das war inzwischen fast so blau wie die Trauben. Ich machte einen Schritt auf ihn zu und zerquetschte eine Traube, die in Höhe seines Ellenbogens hing. Diesen Vergleich konnte er sich jetzt mal durch den Kopf gehen lassen.

»Wie kannst du es wagen?«

»Wie könnt Ihr es wagen?«, entgegnete ich. »Ihr habt Senator Valerius ermordet, der Euch nichts getan hat und der Euch nichts hätte geben können. Ich werde Euch dem Kaiser ausliefern und dann werde ich ihm jede Einzelheit Eures Verrats am Römischen Reich berichten!«

Brutus machte Anstalten zu antworten, doch dann wanderte sein Blick neben mich, wo sich ein Lichtfleck bildete. Ich spürte die Veränderung in der Luft und wusste, was als Nächstes kam. Ich rückte zur Seite, als Radulfs Silhouette erschien. Keine Ahnung, was alles Merkwürdiges passieren würde, wenn Radulf genau dort erschien, wo ich war, aber ich war nicht scharf darauf, irgendwelche Gebeine mit meinem Großvater zu teilen.

Radulf war nun tatsächlich hier, nicht nur eine Lichtreflexion wie vorhin. Er sah mich an und fragte: »Ist nur noch Brutus übrig?«

»Auf dem Feld hier ja.« Den nächsten Teil brachte ich nur schwer über die Lippen, denn ohne Radulfs Hilfe wäre ich heute Nacht hier gescheitert. »Danke … dass Ihr gekommen seid.«

»Ich hätte eher kommen sollen, aber deine Magie war so unbeständig, dass ich mir vom Geschehen kein klares Bild machen konnte.«

Brutus reckte trotzig den Kopf. »Außer dass Nicolas und ich uns gerade einigen wollten, geschieht hier gar nichts. Und das geht Euch wirklich nichts an.«

Radulf wandte sich Brutus zu. »Alles, was meinen Enkel betrifft, geht mich etwas an, Decimus Brutus. Wenn er den Marsreif findet, werde ich mir als Erstes jeden einzelnen Prätor des Römischen Reiches vorknöpfen.«

Aus diesem Grund durfte Radulf den Marsreif nie in die Hände bekommen. Die Prätoren zu vernichten, war nur der Anfang. Radulf hasste das Römische Reich, weil es unsere Heimat Gallien unterworfen und versklavt hatte. Mir ging es nicht so. Trotz aller Brutalität gefiel mir das Leben in Rom besser als das in Gallien.Radulfs Absichten waren offensichtlich. Nachdem er mit den Prätoren abgerechnet hätte, würde weitere Zerstörung folgen.

»Ich habe Kaiser Florian von Euren Plänen berichtet«, sagte Brutus. »Eine Schar von Soldaten wird Euch zu ihm bringen, notfalls auch mit Gewalt.«

Bei dem Wort »Gewalt« lachte Radulf in sich hinein. »Die Soldaten halten mir die Treue«, entgegnete er. »Ich habe den Kaiser gewarnt, er möge mir nicht drohen.«

Der Blick in Radulfs Augen flößte mir Angst ein. Ich kannte ihn gut genug. Radulf meinte immer genau, was er sagte.

»Ist es vorbei, Nic?« Aurelia erschien auf dem Feld, dahinter tauchte Callistus auf. Crispus und Livia folgten.

»Bis auf den hier«, antwortete ich und zeigte auf Brutus.

Livia kam auf mich zugelaufen und umarmte mich. »Den Göttern sei dank, du bist unverletzt.«

»Deine Schwester ist schön«, sagte Brutus. »Ganz die Mutter, findest du nicht?«

Mir wurde kalt ums Herz. »Stell dich hinter mich«, sagte ich zu Livia. Von den Weinranken würde er sich nicht befreien können, die hatte ich mit Magie verschlossen, aber sein Ton gab mir Anlass zur Sorge.

Aurelia stellte sich neben mich. »Mit dem würde ich nicht mal reden, Nic.«

»Reden ist auch nicht nötig.« Brutus deutete mit dem Kopf Richtung Osten, wo sich die Morgensonne hinter den Bergen zeigte. »Der Junge weiß, was geschieht, wenn er mir den Schlüssel nicht aushändigt.«

»Er hat ihn nicht«, sagte Radulf. »Sonst hätten wir uns den Marsreif längst geschnappt.«

»Vielleicht weiß er nur nicht, dass er den Schlüssel hat«, entgegnete Brutus. »Und vielleicht seid Ihr auch nicht imstande, ihm bei der Suche zu helfen, aber ich. Liefere dich mir jetzt gleich aus, ich kitzle den Schlüssel schon aus dir heraus. Andernfalls werden die Männer, die deine Mutter festhalten, den Befehl vollstrecken.«

Ihr Todesurteil vollstrecken. Ich sah ihr Gesicht ganz deutlich vor mir, was die Vorstellung, sie für immer zu verlieren, noch unerträglicher machte.

Livia legte mir von hinten die Hand auf den Arm und wisperte: »Du musst etwas tun.«

»Er wird nicht mit Euch gehen!«, rief Radulf. »Das lasse ich nicht zu.«

»Und ich auch nicht!« Crispus schaute zu mir herüber. »Als angehender Lehrling im Senat gilt meine Loyalität Rom. Ich kann nicht zulassen, dass du dem Reich schadest, nicht einmal, um deine Mutter zu retten.«

»Hör auf sie, Nic«, sagte Aurelia. »Geh nicht mit den Prätoren. Es tut mir so leid, Nic, aber eine andere Möglichkeit sehe ich nicht.«

Ich schaute mich zu Livia um, die Callistus streichelte.

Sie war so rein wie das Einhorn, kein Wunder, dass die beiden so gut zueinanderpassten. Tränen liefen ihr über die Wangen, sie schüttelte den Kopf, bat mich, zuerst an unsere Familie zu denken. Ich wusste nicht mehr ein noch aus.

Es war falsch, sich Brutus zu unterwerfen, und genauso falsch, unsere Mutter zu opfern. Livia konnte ja nicht wissen, dass ich sie eben gerade noch gesehen hatte und wie mir das zusetzte.

»Entscheide dich«, sagte Brutus. »Entweder kommst du jetzt mit mir, oder deine Mutter ist in der nächsten Stunde tot, und ich widme mich dem nächsten Ziel, bis du endlich kooperierst.« Brutus' Blick wanderte zu Livia.

»Ich habe keine Angst vor ihm«, flüsterte Livia mit zitternder Stimme. »Rette unsere Mutter.«

»Nic wird Euch nicht begleiten«, sagte Radulf.

»Dann stirbt seine Mutter«, konterte Brutus.

»Ihr und ich hatten eine Abmachung«, brüllte ich. »Lasst uns eine weitere Abmachung treffen.«

»Nein«, entgegnete Brutus. »Du hast mich reingelegt.«

»Ihr müsst einwilligen«, sagte ich. »Euch bleibt nichts anderes übrig.«

»Oh?« Brutus schien sich zu amüsieren. »Wundert mich,

dass du das Leben deiner Mutter so auf die leichte Schulter nimmst.«

»Mir ist es mit ihrer Rettung absolut ernst«, sagte ich. »So ernst wie Euch mit dem Marsreif.«

»Nein, Nic.« Radulf machte einen Schritt auf mich zu, aber ich kehrte ihm den Rücken zu.

»Mit der Abmachung habt Ihr nichts zu tun«, sagte ich zu Radulf. »Das ist allein meine Entscheidung.«

»Der Sklavenjunge kann also selbst denken«, meinte Brutus lächelnd. »Dann lass mal hören.«

»Ich habe den Schlüssel. Damit hole ich den Marsreif« – ich funkelte Radulf böse an –, »allein. Ich bin der Einzige, der weiß, wo er liegt. Der Marsreif wurde von den Göttern geschaffen und kann nicht von Menschenhand zerstört werden.« Ich hielt die *Bulla* in die Höhe und Brutus verging das Grinsen.

Brutus sagte: »Wenn ich also deine Mutter verschone, verschonst du den Marsreif. Dann herrscht Patt.«

Nun war es an mir zu lächeln. »In vier Tagen beginnen die *Ludi Romani* zu Ehren Roms und Julius Cäsars, der von einem feigen Senator namens Marcus Brutus umgebracht wurde. Vielleicht kennt Ihr ihn.«

Decimus Brutus schüttelte den Kopf. »In meiner Familie gibt es keine Feiglinge.«

Ich sah ihm unverwandt in die Augen. »In dem Fall ist das Wagenrennen doch die beste Gelegenheit unseren Streit beizulegen.«

Brutus lachte. »Du willst ein Wagenrennen? Aber du verfügst über Magie.«

»Die würde ich nicht einsetzen, um mir einen Vorteil zu

verschaffen oder Euch zu schaden. Das soll ein faires Rennen werden. Ihr dürft Euch aussuchen, gegen wen und welches Gespann ich antreten soll. Gewinne ich, lasst Ihr meine Mutter frei und schwört, mich und meine Familie fortan in Ruhe zu lassen. Die Prätoren werden ihre Suche nach dem Marsreif aufgeben.«

»Und wenn du verlierst?«

Ich mied Radulfs Blick, der mich wie die Sonne versengte. Und Aurelia traute ich mich auch nicht anzusehen. Mit Sicherheit war sie auch sauer, wenngleich aus anderen Gründen. »Wenn ich verliere, bekommt Ihr den Marsreif, und ich helfe Euch den Jupiterstein zu erschaffen.«

»Den Jupiterstein zu erschaffen, wird Euch wahrscheinlich das Leben kosten«, sagte Brutus.

»Das weiß ich. Deshalb ist die Abmachung für Euch günstiger als für mich.«

»Keine Tricks?«

»Keine Tricks.«

Brutus hätte nicht zufriedener aussehen können. »Also schön, Nicolas Calva. Wir treffen uns in vier Tagen wieder. Ich bin einverstanden.«

VIERUNDZWANZIG

Sobald die Bedingungen geklärt waren, ließ ich Brutus frei, der sich schleunigst aus dem Staub machte, bevor ich es mir noch einmal anders überlegte. Doch ich hatte nicht vor, es mir anders zu überlegen. Ich hatte nur vier Tage Zeit gewonnen, den Schlüssel zu suchen.

»Du aufgeblasener Dummkopf!« Radulfs Gesicht war wutverzerrt, da blieb ich lieber auf Abstand, auch mit Schild. »Du weißt, wo der Marsreif versteckt ist? Woher?«

»Valerius hat es mir vor seinem Tod verraten.« Ganz stimmte das ja nicht, aber so musste ich nicht preisgeben, dass er quasi direkt auf dem Versteck stand.

Radulf versuchte es nun anders. »Und jetzt setzt du alles beim Wagenrennen aufs Spiel? Bislang bist du nur Proberennen gefahren, das kann man mit richtigen Rennen gar nicht vergleichen und mit den *Ludi Romani* schon gar nicht. Die Prätoren werden den besten Wagenlenker des Reiches auswählen, einen, der wahrscheinlich Tausende von Konkurrenten in den Tod geschickt hat.«

»Ich bin gut!«, entgegnete ich.

»Gute Fahrer spuckt der *Circus* bei jeder Wende aus! Du hast die denkbar schlechteste Abmachung überhaupt getroffen.«

»Trainiert mit mir«, sagte ich. »Uns bleiben noch vier Tage.«

»Das reicht nie.«

»Aber mehr Zeit haben wir nicht.« Nun musste ich auch noch betteln, was ich hasste, doch vorzugeben, keine Hilfe zu brauchen, wäre noch armseliger. »Radulf, ich verstehe besser als jeder andere, was passiert, wenn ich verliere. Helft mir bitte.«

»Sag mir nur eines«, flüsterte Radulf. »Hast du den Schlüssel?«

Ohne ihn direkt anzusehen, nickte ich. Ich hatte ihn, was oder wo auch immer er war. Mehr konnte ich nicht dazu sagen.

»Dann werde ich dich so gut wie möglich trainieren. Doch am Ende sitzt du allein im Wagen.«

Endlich schaute ich Aurelia und Crispus an. Crispus hatte ganz rote Augen. Kein Wunder, er hatte ja gerade seinen Vater verloren, bestimmt schmerzte es wie eine offene Wunde. Und trotzdem hatte ich ihn gebeten, sich um meine Schwester zu kümmern, was er tapfer und ehrenvoll getan hatte.

Dankbar umarmte ich Crispus, klopfte ihm auf den Rücken. »Valerius war ein guter Mann und ein guter Senator«, sagte ich. »Aber eines Tages wirst du ein noch viel besserer werden.«

»Ich muss für meinen Vater einstehen und im Interesse Roms handeln«, meinte Crispus. »Verstehst du das? Wenn du das Reich bedrohst, muss ich die Prätorianergarde nach dir aussenden.«

Ich grinste. »Kannst du ja versuchen, aber die Garde hört auf Radulf, und ich bin im Besitz der *Bulla*. Glaub mir, ich werde das Reich nie bedrohen.«

Crispus schüttelte den Kopf. »Du bist doch jetzt schon eine Bedrohung, Nic. Und du merkst es nicht einmal. Deshalb warne ich dich lieber.«

Mein Grinsen wurde noch breiter, bis mein Blick auf Aurelia fiel. Ihre Augen hatten einen feuchten Glanz. Sonst brachte ich sie immer nur in Rage; dass ich sie auch traurig machen konnte, fand ich unerträglich. Leise fragte ich: »Können wir mal kurz alleine reden?«

Als sie nickte, führte ich sie am Arm ein Stück fort. »Ich weiß, dass du dagegen bist«, sagte ich. »Aber so habe ich wenigstens eine kleine Chance. Was Besseres fiel mir nicht ein, um meine Mutter zu retten und Brutus vom Marsreif fernzuhalten.«

»Erinnerst du dich noch, als ich im Amphitheater zu dir meinte, dass ich ein ungutes Gefühl hätte? Du bist trotzdem in die Arena gestiegen, und mit was für Folgen? Du wärst fast gestorben!«

Ich versuchte es mit einem zuversichtlichen Lächeln. »Ich habe das Amphitheater überlebt.«

»Mein Vater nicht.«

Das Lächeln kam mir albern vor, ich ließ es. »Tut mir leid, Aurelia. Ich habe versucht, ihn zu retten.«

»Dafür gebe ich dir ja gar nicht die Schuld. Aber diesmal habe ich ein noch schlechteres Gefühl. Bitte lass das mit dem Wagenrennen.«

»Diesmal ist es anders. Im Amphitheater hatte ich keine Ahnung, was mich erwartet, aber mit Wagenrennen kenne ich mich aus.«

»Du hörst mir nicht zu, Nic! Wenn du da mitmachst, geschieht etwas Schlimmes!«

»Und was passiert, wenn ich nicht mitmache? Glaubst du, ich habe mich auf den Handel eingelassen, weil ich so gut dastehe?«

»Uns bleiben vier Tage Zeit. Vier Tage, in denen wir nach deiner Mutter suchen können, statt mit dem Training für ein Wagenrennen Zeit zu verschwenden.«

»Damit ist das Problem aber nicht aus der Welt. Selbst wenn ich bis ans Ende des Reiches laufen würde, den Prätoren kann ich nicht entkommen, da hat Radulf schon recht. Die Prätoren knöpfen sich der Reihe nach alle vor, die ich liebe, bis ich nachgebe. Nicht nur meine Mutter, auch Livia und …« Mir versagte die Stimme. Leise fügte ich hinzu: »Alle eben.«

Aurelia sah mich an, als hätte es auch ihr den Atem verschlagen. Ihr Blick wanderte zu Crispus, der uns beobachtete, den Quatsch aber zum Glück nicht hören konnte, den ich von mir gab. Wenigstens dafür war ich dankbar.

»Die Abmachung steht«, flüsterte ich.

»Sei nur vorsichtig«, sagte sie schließlich und schlang die Arme um meinen Hals. Sie schniefte, als würde sie weinen, doch ich fragte nicht nach. Bestimmt wäre es ihr peinlich gewesen.

Als wir uns verabschiedeten, waren ihre Augen trocken, aber so genau sah ich auch nicht hin. Ich scharrte mit den Sandalen im Sand und sagte: »Komm mit mir zu Radulf. Dort bist du in Sicherheit. Livia würde sich sehr freuen.«

»Ich soll also wegen Livia mitkommen. Ist das der einzige Grund?«

Ich schüttelte den Kopf. »Nein, natürlich nicht.«

»Warum dann?«

Weil ich sie in meiner Nähe haben wollte, wo sie sicher war, ich ihr Ratschläge geben und ihre Gesellschaft genießen konnte. Doch statt das einfach zu sagen, geriet ich in Panik. »Ähm, Radulf hat guten Käse.«

Guten Käse. Hatte ich wirklich gerade so etwas Hirnrissiges gesagt?

Aurelia ließ mich los und trat einen Schritt zurück. Selbst dieser kleine Abstand zwischen uns kam mir riesig vor, aber was sollte ich machen?

Aurelia blickte besorgt zu Crispus hinüber und schüttelte den Kopf. »Er hat gerade seinen Vater verloren. Seine Mutter wird am Boden zerstört sein. Von Crispus wird erwartet, dass er gleich als Lehrling im Senat anfängt und sich um die Ländereien seines Vaters kümmert. Vielleicht würde Livia sich freuen, doch hier werde ich gebraucht. Ich muss Crispus zur Seite stehen.«

Mir schnürte sich die Kehle zusammen, und ich muss recht verbittert geklungen haben, wenn man bedachte, was Crispus heute alles verloren hatte. »Crispus hat doch genügend Diener um sich.«

»Ja, aber was er braucht, sind Freunde«, sagte sie. »Ich bleibe bis nach der Beerdigung. Und zu deinem Rennen komme ich ebenfalls – auch wir sind Freude.« Sie leckte sich über die Lippen. »Und am Ende werde ich dabei sein, wenn du deinen Preis forderst. Deine Freiheit.«

Aurelia entfernte sich. Wenn es mir gelänge, mein Leben zurückzugewinnen, könnte ich vielleicht auch mit ihr eine Abmachung aushandeln.

FÜNFUNDZWANZIG

Gleich nach unserem Gespräch machte sich Aurelia mit Crispus auf, um seiner Mutter die schreckliche Nachricht zu überbringen. Mir tat es für die Familie leid, ich wünschte, es wäre heute Nacht anders gekommen. Ich wünschte, alles wäre anders gekommen. Und auch wenn es mir wie immer einen Stich versetzte, als Aurelia mit Crispus verschwand, wusste ich, dass auch ich ihr etwas bedeutete.

Livia lief auf dem Nachhauseweg zu Radulf neben mir. Sie hakte sich bei mir unter, drückte meinen Arm.

»Ich habe dich noch nie beim Wagenrennen gesehen«, sagte sie. »Aber das muss ich auch gar nicht. Ich kenne dich, das reicht mir. Du wirst gewinnen.«

»Ich gebe mein Bestes«, antwortete ich.

»Nein, Nic. Du musst gewinnen. Es gibt keine andere Wahl.«

Ihre Nägel bohrten sich in mein Fleisch, ein Zeichen, dass sie insgeheim doch Angst hatte. Aber Livia brauchte sich keine Sorgen zu machen. Ich hatte einen Plan, mit dem ich das Rennen garantiert gewinnen würde. Sobald wir allein waren, würde ich meine Schwester einweihen. Und nur sie.

Callistus trabte neben ihr, was nicht weiter verwunderlich

war. Mir gehorchte er, aber zu ihr fühlte er sich hingezogen. So wie alles Gute.

Auf unserem Marsch durch die Vorstädte unternahm ich mindestens dreimal einen Anlauf, Livia von der Begegnung mit unserer Mutter zu berichten. Livia war ja schon sauer gewesen, weil ich ihr nicht gleich erzählt hatte, dass ich im *Circus* einen Blick auf unsere Mutter erhascht hatte. Natürlich würde sie auch wissen wollen, dass ich mit Mutter gesprochen hatte. Dass sie sich um Livias Sicherheit sorgte und uns liebte.

Doch Mutter hatte mich auch angefleht, mich auf keinen Handel mit Brutus einzulassen, was ich trotzdem getan hatte. Mutter wollte, dass ich mit Livia aus Rom fliehe und sie zurücklasse, was ich verweigerte.

Wenn ich Livia von unserer Mutter erzählte, müsste ich ihr alles sagen. Und ich wollte meiner Schwester diese Gewissensbisse nicht zumuten. Mir brannte die Brust, als hätte ich gerade den größten Fehler meines Lebens gemacht; dieses Gefühl wollte ich Livia ersparen.

Denn je länger wir liefen, desto mehr zweifelte ich an der Richtigkeit meiner Entscheidung. Livia hatte recht: Mir blieb nichts anderes übrig, als das Rennen zu gewinnen. Verlieren würde mein Ende sein.

Beim dritten Anlauf gesellte sich plötzlich Radulf zu uns und ich klappte den Mund schnell wieder zu. Vielleicht wusste er, dass ich mit Mutter gesprochen hatte – keine Ahnung, ob er so etwas durch den Göttlichen Stern spürte – ich würde es ihm gegenüber jedenfalls mit keinem Sterbenswörtchen erwähnen. Nach wie vor hielt ich eine Armlänge Abstand. Ich misstraute Radulf, verstand auch, dass ich sein

Vertrauen noch viel weniger verdiente. Doch da ich im Besitz der *Bulla* war und gerade gedroht hatte, mit ihr den Marsreif zu zerstören und somit Radulfs Pläne, die er ein Leben lang verfolgt hatte, zunichtezumachen, hatte ich wohl mehr Grund, Abstand zu halten.

Radulf sah mich von der Seite an. »Erst hast du Bedenken, Brutus mit einem gefälschten Amulett zu täuschen, und dann das. Was genau soll an deinem Plan besser sein?«

Valerius zufolge hätte Brutus die fehlende Magie gespürt. Doch das erklärte noch lange nicht, warum das Wagenrennen eine bessere Idee war. Also zuckte ich nur mit den Achseln. Meine Abmachung mit Brutus kam mir mehr und mehr wie ein Fehler vor.

»Hättest du den Marsreif tatsächlich zerstört, wenn Brutus sich nicht darauf eingelassen hätte?«, fragte Radulf.

»Ich habe immer noch vor, den Marsreif zu vernichten«, sagte ich. »Selbst wenn ich dabei die *Bulla* zerstöre.«

»Du wärst mittendrin, wenn alles in die Luft geht«, entgegnete Radulf. »Es würde dich umbringen.«

»Einen Jupiterstein zu erschaffen, auch«, sagte ich. »Wenigstens hat mein Tod so einen Sinn.«

»Womöglich würde dich der Jupiterstein gar nicht umbringen. Dein Vater hatte es ohne Amulette versucht. Vielleicht schützen sie dich.«

Vielleicht auch nicht. Amulett hin oder her, jeder, der bisher den Versuch unternommen hatte, einen Jupiterstein zu erschaffen, zahlte dafür mit dem Leben, so kam es mir jedenfalls vor.

Auf diese Weise schützten die Götter ihre Magie.

»Sobald du die Magie des Marsreifs spürst, würdest du ihn

nicht mehr zerstören wollen«, fügte Radulf hinzu. »Du würdest ihn nie wiederhergeben wollen.«

»Man würde mich umbringen, um an ihn heranzukommen.« Ich schielte zu Radulf hinüber. »Oder schlimmer noch.«

»Können wir mal über etwas anderes reden?« Livia ließ meinen Arm los. »Du sprichst über deinen Tod, als wäre es irgendeine Theorie, eine Idee ohne Folgen. Es wäre aber real, Nic, und dann würde ich dich verlieren. Ich wäre ganz allein.« Die Stimme entglitt ihr und wurde zu einem verzagten Kieksen. »Was würde dann aus mir werden?«

Radulf trat neben sie und redete ungewohnt sanft auf sie ein. »Du bist meine Enkelin und genießt lebenslangen Schutz. Ganz gleich, was mit Nic geschieht, du hast nichts zu befürchten. Du musst nie wieder als Sklavin leben oder dich um die nächste Mahlzeit sorgen.«

»Glaubt ja nicht, dass es mir um mein eigenes Wohlbefinden geht!« So wütend hatte ich meine Schwester noch nie erlebt. »Ich sorge mich um meinen Bruder. Ihr müsst ihm helfen, das Rennen zu gewinnen!«

»Dann sollten wir keine Zeit verlieren«, sagte Radulf. »Es ist noch früh. Wenn wir uns beeilen, können wir noch ein paar Stunden schlafen, um dann nach dem Frühstück auf die Rennstrecke zu gehen. Nehmt meinen Arm. Meine Magie bringt uns nach Hause.«

Livia gehorchte, doch ich verschränkte die Arme vor der Brust und wich zurück.

»Tu gefälligst, was ich dir sage«, meinte Radulf zu mir.

»Ich reite auf Callistus nach Hause«, antwortete ich. »So bekomme ich schon mal ein bisschen Praxis.«

Zu meiner Überraschung widersprach Radulf nicht. Er

murmelte nur: »Wenn du unbedingt willst. Offenbar kann ich dich ja zu gar nichts zwingen.« Dann schloss er die Augen und ohne ein weiteres Wort verschwand er mit Livia.

Ungläubig starrte ich auf die Stelle, wo die beiden eben noch gestanden hatten. So frei hatte ich mich noch nie gefühlt. Zum ersten Mal in meinem Leben musste ich mich vor niemandem verstecken, musste nicht fliehen oder Angst haben, erwischt zu werden. So mussten sich die römischen Bürger immer fühlen!

Ich wendete mich Callistus zu. Der Blick in seinen Augen erinnerte mich daran, dass etwas Unabhängigkeit nicht das Gleiche war wie Freiheit.

»Ich weiß, was du denkst, mein Junge.« Ich klopfte Callistus den Hals und ging weiter neben ihm her. Zum Glück konnte er nicht antworten, denn ich ahnte schon, was er sagen würde, jedenfalls nichts, was meiner Intelligenz oder Weisheit schmeicheln würde.

Vier Tage. Ich musste komplett den Verstand verloren haben. Wie hatte ich Brutus so etwas vorschlagen können? Bestimmt lachte er sich jetzt mit den anderen Prätoren eins ins Fäustchen. Nach dem Rennen würden sie mich vors Tribunal schleifen und den Schlüssel zum Marsreif fordern.

Einen Schlüssel, den ich offenbar besaß, ohne ihn nutzen zu können. Bislang hatte ich mir über den Marsreif nicht so viele Gedanken gemacht. Für mich war es leichter, zu glauben, Horatio hätte den Schlüssel mit ins Grab genommen. Doch Livia hatte recht. Der Marsreif war keine graue Theorie mehr, sondern ein Amulett, das ich entweder finden und vernichten musste oder das mich vernichten würde, wenn die Prätoren es mir aus den Händen reißen würden. Die Folgen im Falle einer Niederlage waren schrecklich und sehr real. Ich musste mir jedes Wort vergegenwärtigen, das Horatio vor zwei Monaten zu mir gesagt hatte. Oder ob er mir anderweitig den Schlüssel hatte zukommen lassen.

Ich brauchte den Schlüssel genauso notwendig wie den nächsten Atemzug. Vielleicht noch dringender.

Schließlich schwang ich mich auf Callistus' Rücken. Callistus hatte die Kraft von vierzig Pferden, seine Grenzen auszutesten, würde mich an meine eigenen Grenzen bringen.

»Lauf«, flüsterte ich ihm zu.

Und das tat er. Er schoss so schnell vorwärts, dass ich fast aus dem Sattel geflogen wäre. Statt weiter in Richtung Radulfs Haus zu galoppieren, machte Callistus kehrt, und wir bewegten uns entlang des Stadtrandes. Noch war die neue Stadtmauer nicht vollends errichtet. Callistus nutzte das und wir ließen Rom hinter uns: Wie oft hatte ich mir schon gewünscht, die Stadt als freier Mensch zu verlassen.

Der Wind peitschte mir ins Gesicht und trocknete mir die Augen so aus, dass ich sie zwischendurch immer wieder schließen musste. Als wir endlich freies Feld erreichten, setzte ich mich im Sattel auf und kniff die Augen zusammen, um Callistus zu lenken.

Callistus hatte beim Galoppieren die gleiche Kraft wie Fortis beim Fliegen. Doch weil sich das Einhorn auf der Erde bewegte, erlebte ich intensiver, wie elegant es sich trotz der Geschwindigkeit fortbewegte. Ich lehnte mich in die Richtung, in die ich wollte, und der Hengst folgte.

Als ich mich umschaute, hatten wir uns schon recht weit von der Stadtmauer entfernt. Callistus zeigte keinerlei Anzeichen von Ermüdung und würde vielleicht auch niemals eine Pause brauchen. Ob er mich wohl zu den Grenzen des Römischen Reiches bringen könnte? Was würde mich dort erwarten?

Sklaven, die mit mir im Bergwerk gearbeitet hatten, waren aus so fernen Ländern gekommen, dass mir ihre Beschreibungen vollkommen fremd erschienen waren. Männer mit dunkler Haut hatten vom Dschungel und der Wüste berichtet, vom Überleben in wasserarmen Regionen. Andere mit heller Haut stammten aus dem Norden, wo die Sommer kälter waren als in Rom und die Winter so viel Schnee brachten, dass man manchmal wochenlang das Haus nicht verlassen konnte.

Bevor ich ins Bergwerk kam, hatte ich weder von solchen Orten gehört, noch gewusst, wie ich mit Livia und Mutter dort hätte überleben sollen. Auch wenn ich fest davon überzeugt war, dass ich Rom verlassen musste, um endlich Frieden zu finden, konnte ich mir keinen schöneren Ort auf der Welt vorstellen.

Wir waren nach Süden geritten, die Umgebung flog so schnell vorbei, dass ich einen Moment brauchte, um mir klarzumachen, wohin es ging. Und es gefiel mir gar nicht.

»Kehr um«, sagte ich laut zu Callistus. »Lass uns zurückreiten.«

Doch das Einhorn stellte sich stur, auch mit den Zügeln ließ es sich nicht zum Umkehren bewegen. Mit Magie wollte ich Callistus nicht zwingen. Nicht dass die *Bulla* ihm am Ende noch schadete, das wollte ich auf keinen Fall riskieren. Jedoch hatte Callistus offenbar keine Probleme damit, meine Sicherheit zu riskieren.

Vor uns lagen die Minen. Fünf Jahre meines Lebens hatten sie mir geraubt und im Gegenzug Hunger, Dreck und harte

Arbeit beschert, die mich fast das Leben gekostet hätte. Mein damaliger Herr war ein Schwein namens Sal, der nun den Haushalt im Haus von Senator Horatio führte, ein weiterer Grund für Aurelia, sich so wenig wie möglich dort aufzuhalten. Nun hatte ein neuer Herr das Bergwerk übernommen und der würde mich bestimmt erkennen und wusste über mich und meine Flucht Bescheid. Dorthin würde ich nie wieder zurückgehen. Unmöglich.

Zum Glück verließen wir schon bald die Straße, die zu den Minen führte. Callistus steuerte auf den Nemisee zu, den wir Bergarbeiter »Dianas Spiegel« nannten, weil ihr Tempel am nördlichen Seeufer lag. Inzwischen begriff ich Diana besser, ihre Kräfte, ihre Wut und ihre Eifersucht. Zum See zu reiten, war nur wenig besser, als zu den Minen zu gelangen, was wiederum nur wenig besser war, als mir die Zähne von Wildschweinen ausschlagen zu lassen.

So meine Gedanken, bis ich verstand, warum Callistus mich auf Biegen und Brechen hatte herbringen wollen. Denn als wir zum Ufer gelangten, sah ich einen goldenen Flügel hinter einem Felsen flattern, den ich im Nu erkannte.

Ich sprang von Callistus' Rücken und stürmte um den Felsen herum – zum Greif, der mich mit einem Seitenhieb fast umriss, aber gleichzeitig liebevoll in seine Pfoten schloss.

Zu Fortis, den ich schmerzhaft vermisst hatte und an den ich unentwegt hatte denken müssen.

Ich schlang die Arme um seinen Hals und grub die Finger in sein Fell, bis der Löwe in ihm schnurrte. Dank der *Bulla* konnte ich mich mit Tieren verständigen; so zeigte ich dem Greif meine Zuneigung und ließ ihn wissen, wie sehr er mir in den letzten beiden Monaten gefehlt hatte. Dann ging Fortis in die Knie, lud mich ein, aufzusteigen. Es war kein Zufall, dass Callistus mich hergebracht hatte, also würde ich mit Fortis fliegen, wohin er wollte.

Kaum hatte ich mich auf Fortis' Rücken geschwungen und Callistus versprochen, bald zurückzukehren, waren wir auch schon in der Luft.

SECHSUNDZWANZIG

Ich hatte bereits vergessen, wie es war, mit Fortis zu fliegen. Beim letzten Flug war ich halb tot vom Kampf mit Radulf gewesen, wütend auf Crispus und Valerius und todunglücklich, weil es mir nicht gelungen war, Horatio zu retten. An das Gefühl des Fliegens konnte ich mich kaum noch erinnern.

Bis jetzt.

Fortis flog hoch über dem Nemisee; im hellen Mondlicht war das Wasser schwarz und spiegelglatt. Ebenso undurchdringlich dunkel waren die Berge ringsum, man sah nur die Schatten der Zypressen auf den Bergkämmen und die Umrisse des Tempels, in dem Kerzen flackerten. Als wir näher kamen, bemerkte ich eine Frau, die vor dem Tempel stand und mich beobachtete. Sie wartete auf mich. Mir wurde mulmig. Fortis hatte mich nicht bloß auf einen Spazierritt entführt.

Er landete neben dem Tempel, und die Frau, eine Vestalin, kam zu uns und streichelte ihn, als wären sie alte Freunde. Die Vestalin flüsterte Fortis etwas ins Ohr. Kurzerhand buckelte er und beförderte mich unsanft auf den Boden. Dann sortierte er seine Flügel und flog, ohne sich noch einmal umzudrehen, davon.

Ich rappelte mich auf und rief ihm nach, doch die Vestalin

fasste mich am Arm. »Keine Sorge, Nicolas. Er kommt zurück, wenn ich ihn rufe.«

Ich kniff die Augen zusammen. »Ihr besitzt Magie?«

Sie lächelte. »Du hast vielleicht die Kraft der Götter, aber ich habe ihr Ohr und das reicht. Erinnerst du dich an mich?«

Demütig nickte ich. Das war die Vestalin, die Aurelia und mir in Cäsars Tempel Asyl gewährt hatte. Mit Haaren so weiß wie ihr Gewand, vom Alter her hätte sie meine Großmutter sein können, aber sie war schön wie eine Göttin. Ihr Gesicht und ihre Stimme strahlten Güte aus, doch auch Entschlossenheit – mit Narren hätte sie keine Geduld.

»Ich habe dich schon damals gewarnt, keinen Ärger zu machen«, sagte sie. »Du hast nicht auf mich gehört.«

»Habe ich. Ihr hättet das Reich warnen sollen, mir keinen Ärger zu machen.«

Ihr Lächeln währte nur kurz. »Vielleicht. Ich befürchte, dass das Sterben weitergeht.«

Von Valerius wusste sie wahrscheinlich noch nichts. Ich wollte ihn ja retten. Und war gescheitert, so wie ich auch bei Horatio gescheitert war. Jeder Tote ein Schnitt ins Herz. Nicht auszudenken, wenn sich die Prätoren an Crispus, Aurelia, Livia oder meiner Mutter vergriffen. Und wenn ich das Wagenrennen in vier Tagen verlor, würden alle dafür büßen müssen.

»Du musst es aufhalten«, sagte die Vestalin.

Inzwischen war mir das wichtiger als alles andere, wichtiger sogar als meine Freiheit. »Wie soll ich das anstellen?«, fragte ich. Wenn es jemand wusste, dann sie.

Die Vestalin schnappte sich eine Fackel, die an der Tempelwand lehnte. »Folge mir, Nicolas.«

Seit ich die *Bulla* gestohlen hatte, war mir mein Leben wie ein einziges dunkles Loch vorgekommen. Dabei hatte ich alles Erdenkliche getan, um herauszukommen, doch ich war immer nur noch tiefer gesunken. Wenn die Vestalin mir auch nur einen Stein reichen konnte, der mir half, etwas höher zu stehen, würde ich ihn gerne annehmen.

Ein Kieselstein war es zwar nicht, aber es kam dem schon sehr nahe.

Hinter dem Tempel lag ein großes Feld am Hang, auf dem überall lose Gesteinsbrocken herumlagen, so groß wie meine Faust und so weiß wie Callistus' Fell.

»Der Jupiterstein liegt hier«, sagte die Vestalin.

Ich schüttelte den Kopf. »So einen werde ich nicht herstellen, weder für die Prätoren noch für Radulf, nicht einmal für Euch, Herrin.«

Die Vestalin schloss die Augen und nickte zustimmend. »Schmiede nie einen Jupiterstein für die Prätoren. Sie würden ihn nur dazu benutzen, die Götter zu lenken. Und Radulf würde damit die Götter auslöschen. Für dich selbst darfst du auch keinen erschaffen. Denn er würde dich zerstören.«

Ich warf ihr einen Blick zu. »Wie steht es mit Euch?«

Daraufhin lächelte sie. »Ich habe nicht gefragt.«

»Ich habe den Marsreif nicht«, erwiderte ich. »Ohne den kann ich keinen Jupiterstein erschaffen, selbst wenn ich wollte.« Von wollen konnte gar keine Rede sein. Zur Herstellung eines Jupitersteins müsste ich mich einem Blitz stellen, und wie das enden würde, konnte ich mir lebhaft vorstellen.

Da würde ich mich lieber von Körperteilen trennen, als mich dem zu unterwerfen.

»Dafür ist die Zeit noch nicht reif. Noch sollst du das Amulett nicht erschaffen«, sagte die Vestalin, »nur den Stein bekommen, der dafür gedacht ist.« Dann deutete sie auf die Steine. »Einer davon ist der Jupiterstein. Die anderen sind lediglich Felsbrocken. Du musst lernen, sie zu unterscheiden, denn wenn man dich hierher zurückbringt – und das wird man –, weißt du, welchen Stein du deinen Geiselnehmern nicht präsentieren wirst.«

»Meinen Geiselnehmern?«, fragte ich. »Wer wird das sein?«

»Das hängt allein von dir ab.« Sie zuckte mit den Achseln. »Ich weiß es nicht. Du hast dich noch nicht entschieden.«

Ich würde mich für niemanden entscheiden, deshalb hatte ich doch die Abmachung mit Brutus getroffen. Niemand würde mich gefangen nehmen, das war der Plan.

»Woher wisst Ihr das alles?«, fragte ich. Insgeheim hoffte ich, sie würde zugeben, dass sie im Grunde gar nichts wusste und nur wild spekulierte.

Ihr Lächeln erstarb und sie zeigte auf die Felsbrocken. »Such den Jupiterstein, Nicolas. Und bringe ihn mir in die Grotte.«

Und dann lief sie den Hang hinunter, das Licht nahm sie mit sich. Das einzige Licht, wie mir schnell klar wurde, als ich im Stockdunkeln zurückblieb.

Ich wollte nicht unbedingt die Magie nutzen, um Licht zu erschaffen.

Mit der *Bulla* würde ich womöglich noch ein Feuer entfachen und den Tempel in Schutt und Asche legen. Damit würde ich Dianas Herz ganz sicher nicht gewinnen, wo sie mich ohnehin schon zur Genüge hasste.

Und mit dem Göttlichen Stern würde ich gleich Radulf auf den Plan rufen. Abgesehen von Decimus Brutus war Radulf so ungefähr der Letzte, der wissen sollte, dass ich nach dem Jupiterstein suchte.

Also bewegte ich mich durch die Dunkelheit und ließ mich allein vom Mondlicht leiten. Die Priesterin hatte mir keinerlei Anhaltspunkte gegeben, woran ich den Jupiterstein erkennen sollte. Wahrscheinlich war es wie bei der *Bulla,* in dem Moment weiß man es einfach.

Es lagen Hunderte von Steinen herum, die sich irgendwie alle ähnelten. Ich sammelte einen auf, wartete, ob etwas geschah, legte ihn dann wieder zurück und lief weiter. So sammelte ich einen Stein nach dem anderen auf, bis mir vom vielen Herunterbeugen schon der Rücken wehtat und meine Hände so sandig waren wie früher im Bergwerk. Ich war müde und irgendwie kam mir meine Methode dämlich vor. Vielleicht war ich bereits vor einer Stunde am Jupiterstein vorbeigelaufen, und selbst wenn ich noch ein weiteres Jahr suchte, würde außer einem Buckel und aufgeschürften Händen nichts dabei herauskommen.

Das reichte jetzt. Was hatte ich davon, dass mir die *Bulla* um den Hals baumelte, wenn ich ihre Kräfte nicht nutzen konnte?

Ich richtete mich mit erhobenen Händen auf und befahl sämtlichen Steinen auf dem Hang, sich in die Luft zu erheben.

Der Berg unter mir ächzte, gleich würde er in zwei Teile bersten, was hatte ich mir da nur gewünscht? Nein, nicht jeder Stein sollte sich erheben, damit würde ich ja den Berg aushöhlen. Nur der Jupiterstein sollte aufsteigen.

Unter mir rumpelte es weiter, aber anders. Ich machte mir keine Sorgen um mich oder den Tempel. Das Rumpeln stammte von den Steinen, die sich alle umordneten. Ich trat einfach einen Schritt zurück, um nicht überrollt zu werden.

Als das Poltern aufhörte, stutzte ich einen Moment. Ich hatte dem Jupiterstein befohlen, in die Luft zu steigen, doch falls ein Stein in der Luft schwebte, konnte ich ihn nicht sehen. Ich brauchte mehr Licht.

Auf meinen stummen Befehl hin funkelten die Steine so silberhell, dass ich mir die Hand schützend vor die Augen halten musste. Grell wie ein Blitz, nur ohne zu verblassen. Als ich die Hand von den Augen nahm und hinsah, hatten sich die Felsbrocken am Himmel blitzförmig angeordnet,

Natürlich war es ein spektakulärer Anblick, aber wozu? In seiner erschreckenden Schönheit brachte mich dieser steinerne Blitz kein Stück weiter.

Der Schrei eines Adlers ließ mich aufschauen, ich erwartete Fortis am Himmel. Doch er war es nicht. Es war bloß ein Adler.

Kein gewöhnlicher Adler, so viel stand fest. Dieser war viel größer, in seinen Augen spiegelte sich das Mondlicht und sein Blick durchbohrte mich.

Blitz und Adler. Jupiters Symbole.

Der Adler stieß Schreie aus, vor denen selbst Fortis Respekt hätte, und er schien mich zu rufen. Als der Adler direkt über mir schwebte, sah ich, dass er etwas in den Klauen hielt. Einen Stein.

Ich streckte die Hände aus, doch statt den Stein fallen zu lassen, rammte der Adler mich und stieß mich über die Bergkuppe.

Unaufhaltsam kugelte ich den Abhang hinunter, immer wieder versuchte ich, mit Magie meinen Fall zu bremsen, aber ich löste nur Steinschläge aus, eine magische Katastrophenlawine.

Passte irgendwie zu meinem Leben.

Jupiters Adler flog neben mir her, sein Gekrächze klang nach Gelächter. Als amüsierte er sich prächtig. Nein, als amüsierte sich Jupiter prächtig.

Nun, ich war nicht aus freien Stücken gekommen. Ich wollte den Jupiterstein nicht, weder jetzt noch später, und so sterben wollte ich schon gar nicht.

Die Steine, die vor mir den Hang hinunterkullerten, krachten in einen Baum, der sich unter der Last bog. Ich grapschte nach seinen Ästen, bis ich endlich einen fand, der mich hielt. Größere und schwerere Steine kamen nach und drohten den Baum zu entwurzeln, ich wickelte mich um den Stamm.

Ich war übersät von Schrammen und Schrunden, doch mit der Kraft der *Bulla* robbte ich am Baum hoch. Als der Adler mit ausgefahrenen Krallen auf mich zugeflogen kam, machte ich einen Satz und packte ihn am Bein.

Kreischend vor Wut stieg er auf, hackte nach mir, grub den Schnabel in mein Fleisch, versuchte mich abzuschütteln. Das war kein Spaß, aber immer noch besser, als in die Tiefe zu stürzen. Die *Bulla* schenkte mir Kraft, der Göttliche Stern Heilung, nur vor absoluter Dummheit konnten sie mich nicht bewahren.

Denn was ich tat, war richtig dumm.

Mit einer Hand hielt ich mich am Bein des Vogels fest, mit der anderen versuchte ich, ihm den Stein aus den Krallen zu pfriemeln. Als ich den Stein hatte, ließ ich den Adler los und bat die *Bulla* um eine weiche Landung.

Von wegen. Die Erde war so hart wie immer. Zum Glück

war der Adler aufgrund meines Gewichts nicht so hoch geflogen und wenigstens war ich nicht im Dornbusch gelandet. Hätte mich aber nicht überrascht.

Ich kullerte noch eine Weile den Abhang hinunter, bis auch die Steine um mich herum zur Ruhe kamen, dann lag ich ein paar Minuten reglos da und versuchte, eine Position zu finden, in der nicht alles wehtat.

Den Göttlichen Stern sollte ich besser nicht nutzen, Radulf würde es mitbekommen, aber ich hatte keine Wahl. Ich ließ seine Magie durch mich hindurchspülen und den schlimmsten Schmerz mit sich nehmen.

Radulf spürte, was ich tat, er war neugierig, vielleicht sogar besorgt. Sicher hätte er jetzt gerne nachgefragt, verkniff es sich aber.

Die Vestalin kam kichernd angelaufen. Erst jetzt wurde mir bewusst, dass der Adler mich ganz in ihrer Nähe fallen gelassen hatte. »Nun«, sagte sie und musterte meine Blessuren und blauen Flecken, »das lief ja nicht besonders gut.«

Ich löste die Finger und betrachtete den Stein in meiner Hand. Die anderen Felsbrocken waren spitz und rau, dieser war kleiner, vollkommen rund und so glatt wie Marmor. Magie ging von dem Stein nicht aus, vielleicht hatte er keine Magie … noch nicht.

Aus diesem Kiesel sollte der Jupiterstein werden? Ich hatte ihn gerade Jupiter entrissen.

Ein weiterer Diebstahl.

Ein weiterer Sieg.

SIEBENUNDZWANZIG

Das war kein richtiger Jupiterstein, noch nicht, denn er enthielt nicht mehr Magie als ein vertrockneter Apfelbutzen. Doch ich hielt ihn in derselben Weise in der Faust wie sonst die *Bulla*.

Mühsam rappelte ich mich auf und folgte der Vestalin einen Pfad entlang. Dianas Tempel lag über uns, hoffentlich führte uns der Pfad weit weg von allem, was mit der Göttin zu tun hatte.

Aus meiner Zeit im Bergwerk wusste ich, dass in diesem Tempel seltsame Rituale abgehalten wurden, gewalttätige, manchmal hatte ich nachts Schreie gehört. Und obwohl mich die Magie schützte, fühlte ich mich dennoch unwohl. Sicher wusste Diana, dass ich mit ihrer Magie den Prätorianischen Krieg nicht anfeuern, sondern aufhalten wollte.

Schon bald gelangten wir in einen dichten Wald. Dort standen gewaltige Eichen, so alt wie die Erde selbst. Die Priesterin setzte sich auf eine Marmorbank gegenüber einer hochgewachsenen Eiche, die etwas abseits stand.

Der Mond schien hell durch die dicken Äste. Obwohl wir uns ziemlich weit von Dianas Tempel entfernt hatten, wurde ich von Ehrfurcht erfüllt.

Vielleicht auch gerade weil wir so weit entfernt waren. Diana hatte sich dem Krieg verschworen. Die Vestalin nicht und ich sicher auch nicht.

»Setz dich zu mir, Nicolas.«

Um den Stein bat sie mich nicht und ich bot ihn ihr auch nicht an. Aber ich nahm Platz neben ihr.

Die Vestalin schwieg so lange, dass ich dachte, sie sei eingeschlafen. Ich war selbst schon versucht, ein wenig zu dösen, denn dieser schreckliche Tag schien kein Ende nehmen zu wollen.

Allmählich verblasste das Mondlicht, genauer gesagt, die Sonne ging gerade auf. Es war noch früh am Morgen, doch die ersten Strahlen setzten bereits die Astspitzen in Flammen. Nie könnte ich mit Worten beschreiben, wie unglaublich schön dieser Anblick war.

»Ich fühle, was in dir vorgeht«, sagte sie schließlich. »Angst und Kummer machen dir das Herz schwer, auch Liebe schlägt darin.«

»Zu meiner Mutter und Schwester.«

Die Vestalin sah mich an. »Für Mutter und Schwester, ja. Ist das alles?«

»Nein.« Auch wenn ich mich selbst ständig belog, die Priesterin durfte ich nicht anlügen.

Sie wendete sich wieder dem Baum zu. »Du begehrst Freiheit, Nicolas Calva. Auch das spüre ich. Bei jeder Entscheidung fragst du dich, ob sie dich der Freiheit näher bringt.«

Ich traute mich kaum noch zu atmen. »Könnt Ihr mir Freiheit schenken? Dafür würde ich Euch den Stein geben und die *Bulla*. Und den Schlüssel zum Marsreif, wenn ich wüsste, wie ich ihn weitergeben könnte.«

Ohne Amulette könnte ich keine Freiheit erlangen. Und

mit Amuletten nicht in Freiheit leben. Das wurde mir in diesem Moment klarer denn je.

Die Vestalin lächelte verhalten. »Freiheit kommt nicht zu denen, die ihren Problemen ausweichen. Um dir deinen Traum zu erfüllen, musst du durchs Feuer gehen. Und dafür wirst du deine Magie brauchen.«

Dann wusste sie also von meinem Handel mit den Prätoren. Musste sie wohl, denn im Wagenrennen gegen den besten Wagenlenker anzutreten kam einem Gang oder Ritt durchs Feuer schon ziemlich nahe.

Seit meiner Begegnung mit der Vestalin brannte mir eine Frage auf den Nägeln, die ich nun endlich stellen musste. »Eine Frau namens Atroxia …«

Mit einem Seufzer schnitt sie mir das Wort ab. »Die Vestalin, die für Cäsars Tod mitverantwortlich ist. Zur Strafe wurde sie bei lebendigem Leib begraben.«

»Ja. Wisst Ihr etwas über sie?«

Die Priesterin stand auf und stellte sich mit dem Gesicht in die Sonne. »Sie wird dich unverhofft auf die Probe stellen, Nicolas. Was du über die Liebe noch nicht weißt, wird sie dich lehren.«

Ich verstand weitaus mehr von der Liebe, als die Vestalin glaubte. Hatte ich doch jetzt schon so viel für die aufgegeben, die ich liebte.

Was wollte mir das Leben denn noch alles über den Preis der Liebe beibringen?

Außerdem hatte ich nicht vor, mich von der Herrin auf die Probe stellen zu lassen, denn sie schlief, und wenn es nach mir ginge, würde das auch so bleiben. »Ich soll sie nicht wecken. Mir wurde gesagt, sie sei böse.«

Mit traurigem Blick sah mich die Vestalin an. »Dann hast du ihr vielleicht auch etwas beizubringen.«

Nein, die Priesterin musste sich irren. Bestimmt. Hoffte ich jedenfalls.

Die Sonne ging immer weiter auf und mittlerweile waren ganze Äste am Baum auszumachen.

»Brich niemals diese Äste«, sagte die Vestalin. »Erst wenn die Zeit reif ist.«

Verständnislos sah ich sie an. Warum sollte ich Zweige vom Baum abbrechen oder ihm sonst wie schaden? Ich hatte die Nase voll davon, Dinge zu zerstören.

Und wir saßen noch auf der Bank, bis die Sonne den gesamten Baum entzündet hatte. Erst brannten nur die Astspitzen, jetzt stand der ganze Baum in Flammen.

Die Priesterin erhob sich und ich folgte ihr. »Jetzt ist es so weit«, sagte sie. »Leg den Stein auf einen Ast, egal welchen.«

Ich umklammerte den Stein noch fester. »Dort ist er nicht sicher. Jeder könnte sich den einfach nehmen.«

»Niemand wird ihn sehen. Denn er gehört nun dir und wird so lange vom Baum geschützt, bis du ihn holst. Falls du dich dazu entschließen solltest.«

Also ging ich zur Eiche, streckte mich, so sehr ich konnte, und legte den Jupiterstein auf einem Ast dicht am Stamm ab. Was die Vestalin sagte, kam mir unwahrscheinlich vor, dennoch klang ihre Stimme so überzeugend, dass ich es nicht anzuzweifeln wagte.

Als ich wieder vor der Priesterin stand, nahm sie mein Gesicht in die Hände und hob mein Kinn, um mich anzuschauen.

»Sieg bedeutet, die zu beschützen, die man liebt, und nicht, die zu zerstören, die man hasst. Vergiss das nie.« Ich nickte.

»Du gehst jetzt lieber nach Hause. Vor dir liegen anstrengende Tage.«

Als sie schon halb im Gehen war, rief ich ihr noch hinterher: »*Domina*, werde ich Euch je wiedersehen?«

Sie lächelte. »Das wirst du, wenn du mich am nötigsten brauchst.«

Bei diesen Worten tauchte Fortis mit einem Kreischen über uns auf und zog seine Kreise, auf der Suche nach einem Landeplatz. Ich rief ihm zu, dass ich zur Lichtung gehen würde. Als ich mich nach der Vestalin umschaute, um ihr den Hang hinauf zu helfen, war sie bereits verschwunden.

Kurz darauf brachte Fortis mich zurück zum See, wo Callistus schon wartete. Er hatte sich inzwischen gut erholt und konnte es kaum abwarten, loszugaloppieren. Schön für ihn, nur ich hatte die ganze Nacht nicht geschlafen und der Weg nach Rom war weit. Ich wünschte, Fortis hätte mich nach Hause fliegen können, während ich einfach die Augen schloss, doch so hatten sich die beiden das nicht gedacht. Als ich mich von Fortis verabschiedete, schlang ich noch mal die Arme um seinen Hals und flüsterte: »Vergiss mich nicht. Denn ich werde dich nie vergessen.«

Mit dem Schnabel stieß er mich in die Seite, wohl ein Zeichen der Zuneigung. Dann stieg er in den Himmel auf und verschwand im Sonnenaufgang.

Auf dem Ritt zurück war ich in düsterer Stimmung. Was hatte ich eigentlich gerade mit der Vestalin erlebt? Sie hatte etliche Warnungen ausgesprochen, die mir nicht gerade Mut machten. Und weil ich so erschöpft war, kamen mir die Probleme noch größer vor als bisher. Auch wenn die Straßen so früh am Morgen nicht wirklich belebt waren, mussten wir uns dennoch Zeit nehmen, denen aus dem Weg zu gehen, die schon auf den Beinen waren und arbeiteten. Einhörner waren äußerst selten. Besser niemand erfuhr von Callistus.

Radulf wartete bereits im Hof auf mich, als wir zurückkamen. Einige tiefere Schrammen, die ich mir im Fallen und bei der Auseinandersetzung mit dem Adler zugezogen hatte, waren noch nicht verheilt. Meine zerrissene Tunika deutete sicher auch an, dass etwas geschehen war. Mein Haar war zerzaust, das Gesicht vom Wind verbrannt. Der Göttliche Stern glühte und die *Bulla* war warm, sicher wunderte sich Radulf, wo ich die ganze Nacht gewesen war.

Doch bevor er mir irgendwelche Fragen stellen konnte, stieg ich ab von Callistus' Rücken und marschierte an ihm vorbei. »Ich gehe schlafen. Wir trainieren heute.«

»Es ist schon heute«, sagte Radulf grinsend.

»Heute, später«, murmelte ich. »Es sei denn, ich soll die Pferde gegen die Wand fahren.«

Im Nachhinein schien mir das fast besser als die Abmachung mit den Prätoren.

ACHTUNDZWANZIG

Mir waren nur ein paar Stunden Schlaf vergönnt, bevor Radulf mich zum *Circus Maximus* zitierte. Nur mit Mühe hielt ich die Augen offen, lief neben ihm zu den Ställen, wo meine Pferde standen. Außer uns trainierten auch noch die anderen Teams hier, aber die interessierten mich nicht mehr. Wenn ich fuhr, würde es nicht um Rot gegen Weiß, Blau oder Grün gehen. Ich würde für mein Leben und die Zukunft Roms antreten.

Radulf hatte mir zur gestrigen Nacht keine Fragen gestellt, obwohl er sicher neugierig war. Früher oder später würde er mich doch löchern, aber bis dahin musste ich mich auf das bevorstehende Rennen konzentrieren.

»Die Wagenlenker werden nach dem Zufallsprinzip ausgewählt und können sich ihre Startposition aussuchen«, sagte Radulf, während wir auf die Startboxen zuliefen. »Es ist besser für dich, als einer der Letzten an der Reihe zu sein, damit du die Box wählen kannst, die am weitesten von deinen härtesten Gegnern entfernt liegt. Nimm am besten eine möglichst niedrige Nummer, denn sobald du die Box verlässt, musst du auf die Innenbahn. Du willst dich gleich an die Spitze setzen und dort bleiben. Von hinten heraus zu fahren, ist viel schwieriger.«

Das leuchtete mir ein, ich hatte auch keine Angst davor, mich in die Mitte zu drängen. Viel mehr sorgte ich mich, wie der Prätor, der gegen mich antrat, mich aufzuhalten gedachte.

Radulf fuhr fort. »Bei den *Ludi Romani* gibt es sieben Runden. Das gesamte Rennen zieht sich über drei Meilen, teil dir deine Kräfte gut ein.«

»Das weiß ich doch alles«, antwortete ich. »Ich bin ja schon Rennen gefahren.«

»Du hast trainiert und bist jedes Mal zu früh zu schnell gewesen. Deine Pferde werden müde, wenn du sie von Anfang an mit zu hohem Tempo antreibst. Fahr nur so schnell, wie du musst, um die Führung zu behalten.«

»Wie viele Pferde stehen mir zu?«, fragte ich.

»Vier. Aber das spielt keine Rolle, weil jeder die gleiche Anzahl bekommt. Doch ich kaufe uns neue Pferde, die besten, die es für Geld gibt.«

»Mit den anderen bin ich schon vertraut«, sagte ich. »Mit denen habe ich trainiert.«

»An die neuen wirst du dich schnell gewöhnen. Morgen sind sie da.«

Dagegen konnte ich nichts sagen. Die Pferde, die Radulf mir zur Verfügung gestellt hatte, waren stark, aber älter und ermüdeten schnell. Der Sieg bedeutete ihm beinahe genauso viel wie mir, also sollte ich ihm bei manchen Entscheidungen trauen.

»Besorg mir ein Pferd«, sagte ich lächelnd. »Das so stark ist, dass es die anderen Teams schlägt und sich zwischen ihnen durchschieben kann.«

»Ich besorge dir vier Pferde, die so stark sind, dass sie die anderen Mannschaften überrennen.«

Da musste ich lachen. »Dafür bräuchte ich aber mindestens doppelt so viele.«

»Zu viele Pferde helfen dir auch nicht weiter.« Radulf lachte in sich hinein. »Man erzählt sich, dass dieser große Trottel, Kaiser Nero, einst den Versuch unternahm, mit zehn Pferden zu fahren, mehr als doppelt so viele, wie den anderen Wagenlenkern zugestanden wurden. Noch vor Ende des Rennens stürzte er vom Wagen. Natürlich wurde er trotzdem als Sieger ausgerufen.«

Ich lachte mit ihm. »Das hätte ich zu gerne gesehen.«

Radulf klopfte mir auf die Schulter. »Wenn ich erst über das Reich herrsche, wirst du alles sehen. Mit unserer vereinten Magie ist alles möglich. Selbst die Götter werden sich vor uns verbeugen.«

Mir verging das Lachen und ich konzentrierte mich wieder auf den *Circus*. »Ich bin bereit für den Wagen«, sagte ich. »Ich möchte auf die Bahn.«

»Heute trainieren wir nur den Start.« Ich wollte widersprechen, doch Radulf sagte: »Das ist der wichtigste Teil des Rennens. Du musst gut aus der Box kommen.«

Hier im *Circus Maximus* waren die Startboxen in einem Gebäude untergebracht. Wir gelangten von hinten, abseits der Zuschauertribünen, durch die Ställe und stellten uns in die Mitte des Gebäudes, wo die Gespanne starten würden. Die zwölf Boxen hatten jeweils einen eigenen Durchgang mit Holztoren, die alle im selben Moment geöffnet werden würden. Die Boxen waren in einem leichten Halbkreis angeordnet, sodass jede den gleichen Abstand zur Startlinie hatte, dem Punkt, an dem das Rennen offiziell begann.

Ob der Wagenlenker gut aus seiner Box kam, konnte rennentscheidend sein. Das zu üben, war Ziel des heutigen Trainings.

Mein Vierspänner wurde zu einer der mittleren Boxen gebracht und ich kletterte auf den Wagen. Ich pflanzte die Füße fest auf den Boden und begann, mir die Zügel um die Taille zu wickeln.

»Halt die Zügel heute einfach nur in der Hand«, sagte Radulf.

»Warum? Beim Rennen …«

»Beim Rennen wirst du sie auch nicht an dir festbinden.« Radulf legte die Stirn in Falten. »So würden die Prätoren sich den Sieg sichern. Nicht in einem fairen Rennen, sondern indem sie dich vom Wagen stoßen. Du darfst dich auf keinen Fall festbinden.«

»Die wollen doch nicht, dass ich beim Sturz umkomme. Die brauchen mich.«

»Aber noch nötiger brauchen sie einen Sieg, genau wie du. Wenn sie merken, dass sie verlieren, werden sie versuchen, dich vom Wagen zu stoßen, und verhindern, dass du dich losschneiden kannst. Das ist das Risiko, das du eingehst. Binde dich nicht am Wagen fest.«

Ich blickte auf die Zügel in meiner Hand. Vielleicht hatte ich mich auf einen dummen Handel eingelassen, doch im Moment ging es mir vor allem darum, mein bestmögliches Rennen zu fahren. Für mich hieß das, den Wagen so zu lenken, wie ich es gewohnt war. Wie alle Wagenlenker würde ich mich mit den Zügeln festbinden.

Radulf seufzte, als ich sie mir um die Taille schlang und verknotete.

»Na schön«, sagte er. »Bloß denk dran, ich kann dir nur helfen, wenn du dir auch helfen lässt. Alles andere hängt von dir ab.«

»Am Ende hängt ohnehin alles von mir ab«, antwortete ich. »Habt Ihr gestern Abend nicht gesagt, dass ich es allein schaffen muss?«

»Ja, Nic«, sagte er finster. »Am Ende stehst du allein auf der Bahn.«

Und mit diesem Gedanken lenkte ich meine Pferde zur Startbox.

So begann mein Training heute. Kaum hatte Radulf das Startzeichen gegeben, trieb ich die Pferde an, und der Wagen schoss aus der Box. Radulf schrie mir hinterher, was ich alles falsch gemacht hätte, aber ich schaute nicht zurück. Ich konzentrierte mich voll und ganz auf die Bahn und versuchte, so nah wie möglich an die *Spina* heranzufahren. Nachdem ich eine Runde beendet hatte, winkte mich Radulf zurück in die Box.

»Du hast gezögert, als die Tore aufgingen!«, sagte Radulf.

»Nur einen Augenblick, mehr nicht!«

»Dieser Augenblick kann dich den Sieg kosten. Wenn sich die Tore öffnen, müssen die Pferde schon in Bewegung sein.«

»Ja, aber, wenn ich kurz hinter den anderen starte, kann ich zur *Spina* fahren, ohne mir mit der Konkurrenz ins Gehege zu kommen!«

»Nein, du musst der Erste an der *Spina* sein und die anderen blocken. Ansonsten blocken sie dich, dann wird es schwierig, vorbeizukommen. Nun versuch es noch mal!«

Das tat ich. Wieder. Und wieder. Immer und immer wieder.

Jedes Mal lief es nach dem gleichen Muster ab. Ich fuhr möglichst schnell aus der Box, drehte eine Runde und startete von Neuem. Nur die Kritikpunkte, die Radulf mir nach jeder Runde zubrüllte, änderten sich. Allerdings wurde er immer spezieller in seinen Verbalattacken. Es ging um die Art und Weise, wie ich die Zügel bediente, bis hin zu dem Winkel, in dem meine Füße auf dem Boden des Wagens standen. Das hieß ja hoffentlich, dass ich mich verbessert hatte, obwohl er mich bei jeder Rückkehr nach der Runde mit dem gleichen mürrischen Blick erwartete.

»Du wirkst müde«, sagte er am späten Nachmittag.

»Dafür gibt es gute Gründe«, konterte ich.

Ich war fix und fertig.

Nicht nur von der durchwachten Nacht, auch weil ich den ganzen Tag auf den Beinen gewesen war.

Selbst wenn ich vom Kopf her in drei Tagen bereit für das Rennen war, beschlichen mich leise Zweifel, ob mein geschundener Körper sieben Runden durchhalten würde. Dummerweise hatte ich ja auch noch versprochen, bei den *Ludi Romani* keine Magie einzusetzen, ansonsten hätte sich Brutus ohnehin nie darauf eingelassen. Sicher wäre es auch nicht fair, Magie einzusetzen, aber Fairness konnte mir gerade gestohlen bleiben.

»Warum bist du denn so müde? Vielleicht willst du mir mal erzählen, wo du die ganze Nacht gewesen bist.«

Ich verdrehte die Augen. Wusste ich doch, dass er fragen würde. Mir wäre es nur lieber gewesen, er hätte nicht gewartet, bis mein Hirn so müde war wie mein Körper.

Ich übergab die Zügel an einen Stallburschen, nahm den Helm ab und sprang vom Wagen. »Ich bin Euch keine Rechenschaft schuldig.«

»Bist du auch nicht.«

Überrascht drehte ich mich zu ihm um. Mit Verständnis und Respekt hatte ich am allerwenigsten gerechnet.

Radulf machte einen Schritt auf mich zu. »Ich kann dich nicht zwingen, mit mir zu reden. Aber oft handelst du ohne nachzudenken und bringst dich damit in Gefahr. Und wenn du in der Klemme steckst, darf ich dich da wieder herausholen. Wenn ich dir also weiterhin helfen soll, habe ich auch ein Recht zu erfahren, wo du gewesen bist.«

»Verstehe ich«, sagte ich mit ruhiger Stimme. »Also werde ich Euch in Zukunft nicht mehr um Hilfe bitten.«

Und damit stapfte ich davon zur Tribüne. Keine Ahnung, was ich da wollte, aber zumindest hatte ich ein Ziel. Ich beobachtete die anderen Wagenlenker, wie sie mit ihren Pferden umgingen, und verglich mich mit ihnen. Dann ließ ich es doch lieber sein, weil ich dabei nicht gut abschnitt.

»Schau dir mal den Mann in Grün an.« Radulf setzte sich neben mich. Diener, die Speißen trugen, begleiteten ihn.

Ich schwieg, sah aber hin. Den grünen Wagenlenker hatte ich schon eine Weile beobachtet, um herauszubekommen, wie er es schaffte, sich seinen Vorsprung zu sichern. Und dabei schien er sich noch nicht einmal besonders anstrengen zu müssen.

Radulf wertete mein Schweigen als Einladung zum Bleiben, vielleicht war es das auch. Auf jeden Fall war ich hungrig, und wenn ich meinen Stolz etwas beiseiteließ, musste ich zugeben, dass ich Radulfs Hilfe auch weiterhin brauchte.

»Siehst du den Winkel, in dem er im Wagen steht?«, fragte Radulf. »So kann er das Gewicht besser verlagern, wenn er um die Kurve fährt.«

Kurz darauf zeigte Radulf auf einen anderen Mann in einer weißen Tunika. »Der ist nicht gut. Die Pferde führen ihn, nicht umgekehrt. Vielleicht haben wir ja Glück und die Prätoren wählen ihn als deinen Gegner aus.«

»Bestimmt nicht«, sagte ich grimmig. »Auf den würde ja nicht mal die eigene Mutter setzen.«

Und in dem Moment fragte ich mich, ob meine Mutter auf mich wetten würde? Und dann stellte ich mir eine noch seltsamere Frage: Wenn ich Geld hätte, und wäre es bloß eine Münze, würde ich die auf mich selbst setzen? Wahrscheinlich, denn im Fall einer Niederlage wäre die verlorene Münze wohl mein geringstes Problem.

»Von allen römischen Spielen sind mir die Wagenrennen die liebsten«, sagte Radulf. »Ich kenne die besten Wagenlenker der Stadt. Sechs oder sieben sind besonders gut und gegen einen entsprechenden Preis würden die auch liebend gerne gegen dich antreten. Doch kein Gold der Welt kann sich mit deinem Wunsch zu gewinnen messen. Du wirst das Rennen mit dem Herzen gewinnen, Nic. Geh mit Leidenschaft an den Start, das ist wichtiger als alles andere.«

Leidenschaft war wichtig, aber Schlaf auch und gerade jetzt im Moment viel wichtiger. Ich wollte auch noch über die Worte der Vestalin nachdenken, nur Denken fiel mir allgemein gerade schwer. Schließlich kamen wir überein, zurück zu Radulf zu fahren, wo ich ein Bad nehmen und über den Rest des Nachmittags selbst bestimmen könnte. Als wir den *Circus Maximus* verließen, nagelte ein Mann eine Fluchtafel an die Wand; sobald er uns sah, ließ er Hammer und Tafel fallen und rannte davon.

Radulf ging zur Tafel, hob sie auf und zermalmte sie.

»Was stand drauf?«, fragte ich.

»Dein Name«, antwortete er.

Schon klar. »Ja, aber was genau?« Für meine Flucht von seinem Anwesen hatte ich ja selbst reichlich Tafeln gesammelt, auch da war ich als Mitglied des roten Teams erwähnt worden.

»Es war recht konkret«, meinte Radulf. »Du seist eine Plage für das Reich, und man bat die Götter, dich zu verfluchen, damit du nicht noch mehr Schaden anrichten kannst.«

Ich grinste. »Die Götter haben mich bereits verflucht, Radulf. Schlimmer kann es wohl nicht kommen.«

»Wollen wir es hoffen«, sagte er. »Ich habe Angst um dich, wenn es noch schlimmer kommt.«

Und ich erst.

NEUNUNDZWANZIG

Am zweiten Tag kehrte ich schon in der Frühe auf die Bahn zurück. Ich war seit Stunden wach und hatte magische Tricks geübt, die bei Radulf so leicht aussahen, mir aber nicht so recht glücken wollten. Von daher war ich froh, als er mich zum Gehen rief. Die neuen Pferde würden heute auf uns warten, und Radulf wollte, dass wir uns so schnell wie möglich aneinander gewöhnten.

Auf dem Weg zur Bahn stießen wir auf neue Fluchtafeln, die über Nacht aufgehängt worden waren. Dutzende. Alle las ich nicht, aber in jede war mein Name eingraviert.

Normalerweise bedeutete das, dass die Wahrscheinlichkeiten abgewogen wurden und die Leute gegen mich wetten würden. Doch für mich bedeuteten die Tafeln diesmal etwas anderes: Die Prätoren wurden nervös. Offenbar glaubten sie, dass ich tatsächlich gewinnen könnte, deshalb baten sie die Götter um Beistand.

Ihre Bitten würden auf taube Ohren stoßen. Die Götter würden ihnen niemals helfen. Wenn die Prätoren das Rennen gewännen, würden die Götter den Kürzeren ziehen.

Diana war die Einzige auf der Seite der Prätoren und hätte mich sicher mit Freuden verflucht. Genauer gesagt, noch mehr verflucht. Um ihre Rebellion gegen die anderen

Götter erfolgreich zu beenden, brauchte Diana den Sieg der Prätoren. Das war einer der Gründe, warum ich die *Bulla* während des Rennens nicht verwenden wollte. Diana würde garantiert ihre Macht einsetzen, um etwaige Magie meinerseits zu vereiteln.

Radulf schienen die Bleitafeln mehr auszumachen als mir, doch diesmal gingen wir einfach an ihnen vorbei. Hätte er versucht, alle zu zerstören, wäre bestimmt die halbe Tribüne eingefallen.

Sobald wir in die Ställe gelangten, wurden Radulf die neuen Pferde vorgeführt. Noch nie hatte ich so edle Tiere gesehen. Vier hochgewachsene Hengste mit breiter Brust, glänzendem Fell und wachen Augen, die mich an Callistus denken ließen.

»Die haben sich schon in anderen Rennen bewährt«, meinte Radulf und strich dem größten Pferd über die Mähne, einem muskulösen schwarzen Hengst mit sternförmiger Blesse. »Mit denen wirst du schneller sein denn je.«

Ich klopfte dem Hengst den Hals und flüsterte ihm zu, wie gespannt ich auf ein Rennen sei. Radulf hatte sicher nicht zu viel versprochen.

Heute wollten wir trainieren, die Kurven um die *Spina* zu meistern. Die *Spina* war eine schmale Trennwand, die die Bahn in der Längsachse teilte und verhinderte, dass die Fahrer in die Gegenspur gerieten. Sie war gemauert und etwa vier Fuß hoch. In ihrer Mitte ragte ein riesiger Obelisk empor, den die Römer von den Ägyptern erbeutet hatten. An jedem Ende standen drei hohe Wendepfeiler, um die *Spina* vor den Wagen zu schützen. Die Kurven waren so scharf, dass es kaum ein Rennen gab, in dem nicht mindestens einer der Wagenlenker das Gleichgewicht verlor. Aus diesem Grund fuhren die vorsichtigeren Fahrer die Kurven weiter außen. Vielleicht überlebten sie das Rennen, aber vorsichtige Fahrer gewannen nie. In aller Regel war ich nicht vorsichtig, und diesmal blieb mir nichts anderes übrig, als zu gewinnen. Ich musste enges Wenden trainieren.

Weil die *Ludi Romani* unmittelbar bevorstanden, befanden sich heute schon mindestens zwanzig Gespanne auf der Strecke. Manche absolvierten komplette Rennen, in der Hoffnung, für ihre *Factio* ausgewählt zu werden.

»Wir kommen heute Abend wieder.« Radulf klang angespannt, und er sprach leise, damit uns keiner hörte. Er war besorgt, so viel stand fest. Doch nicht unbedingt um meine Sicherheit. Wahrscheinlich wollte er nur nicht, dass die anderen Fahrer mitbekamen, wie unerfahren ich war. Im direkten Vergleich würde ich sicher noch schlechter abschneiden.

Doch ich spannte eifrig die neuen Pferde vor meinen Wagen. »Nein, ich fahre.«

In den ersten Runden ließ ich die neuen Pferde einfach nur laufen. Sie waren so viel stärker als mein altes Gespann, dass ich sie nur mithilfe der *Bulla* im Zaum halten konnte. Und schnell waren sie auch. In der dritten Runde wäre ich fast vom Wagen gekippt.

Das waren auf jeden Fall Siegerpferde. Radulf hatte sie gut gewählt und zum Glück auch zuvor darauf bestanden, dass ich sie fahren sollte. Dankbar nickte ich ihm in der nächsten Runde zu. Er brüllte irgendetwas, wahrscheinlich gab es wieder etwas zu meckern, aber das war mir egal. So glücklich wie jetzt war ich selten. Mehr und mehr glaubte ich inzwischen an einen Sieg.

Unterwegs sprach ich mit den Pferden, machte freizügig

von der *Bulla* Gebrauch, um ihnen mitzuteilen, was ich von ihnen erwartete. Das Pferd ganz rechts war das schnellste. Da es außen lief, hatte es die weiteste Strecke zurückzulegen. Doch das innere Pferd musste das Stärkste sein. Es hielt das Gespann in der Kurve zusammen. Das alles sagte ich den Tieren und hoffte, auch zu verstehen, was sie von mir wollten. Obwohl ich nicht gegen die anderen Teams antrat, war es ein erfolgreicher Morgen. Als ich den Pferden eine Mittagspause mit dickem Apfel und einer Streicheleinheit gönnte, bedankte ich mich bei jedem einzelnen.

Radulf und ich nahmen unser Essen wieder auf der Tribüne ein, als uns ein Wagenlenker in grüner Toga ansprach.

»Du fährst gut, auch wenn du noch viel zu jung für das Rennen bist«, sagte er zu mir.

Ich funkelte ihn an. »Für einen alten Mann seid Ihr auch nicht schlecht.«

Beschwichtigend tätschelte Radulf mein Bein und sagte dann zu dem Wagenlenker: »Habt Ihr ein Anliegen?«

Er nickte Radulf zu. »Der Enkel des größten römischen Generals im *Circus Maximus*. Es wäre mir eine Ehre, gegen Nicolas Calva anzutreten.«

Radulf schüttelte den Kopf. »Heute wird nur für die *Ludi Romani* trainiert. Falls Ihr Euch qualifiziert, dürft Ihr dort gegen ihn fahren.«

Der Wagenlenker zeigte auf die Bahn, wo etliche Gespanne angehalten hatten und zu uns heraufschauten. »Eigentlich wollen wir alle gegen den Jungen antreten. Wir haben die Fluchtafeln gelesen und wundern uns, warum auf jeder sein Name steht. Ist er so schlecht« – mit hochgezogener Braue sah er mir direkt ins Gesicht – »oder so gut?«

Ich wollte antworten, doch Radulf schnitt mir das Wort ab. »Nicolas fährt ganz anständig. Nicht Eure Mühe wert.«

»Wie schade.« Nach wie vor behielt mich der Wagenlenker im Blick. »Ich habe erlebt, was du im Amphitheater angerichtet hast. Ich weiß, was du mit einer Handbewegung tun kannst. Dann stimmt es wohl, was die Leute sagen: Ohne *Bulla* um den Hals bist du hilflos.«

Ich stand auf. »Beim Rennen brauche ich das Amulett nicht.«

»Nic …«, setzte Radulf an, doch diesmal fuhr ich ihm über den Mund.

»Ich nehme die Herausforderung an«, sagte ich und steckte mein Messer zurück in den Gürtel. Im Anschluss griff ich nach meinem Helm.

»Vielleicht kann der Verlierer ja die Ställe der Gewinner ausmisten«, sagte der Wagenlenker mit einem Grinsen.

»Wenn Ihr so viel Zeit übrig habt, gerne.« Ich gab mein Bestes, mindestens ebenso breit zu grinsen wie er.

Er nickte und ich folgte ihm die Stufen hinunter zur Bahn.

»Du wärst leichter zu kontrollieren, wenn du dich nicht ständig auf irgendwelche dämlichen Abmachungen einlassen würdest«, rief Radulf hinter mir her.

Ich blieb stehen und drehte mich grinsend zu ihm um. »Darum geht es mir ja, Radulf. Ich will mich eben nicht kontrollieren lassen.«

Ohne mein Lächeln zu erwidern, sagte er: »Dann musst du es eben leider auf die harte Tour lernen.«

DREISSIG

Wenig später stand ich mit fast zwanzig anderen Wagen in zwei Reihen vor der Startlinie. Die Startboxen hätten nicht für alle gereicht. Auf der Bahn zogen wir Stöcke, deren Länge unsere Startposition bestimmte. Ich zog einen mittellangen Stock, was bedeutete, dass ich zwar in der ersten Reihe stand, nur eher außen. Es hätte schlechter laufen können.

Aber auch besser. Denn ich war wohl wirklich jemand, der es sich in den Kopf gesetzt hatte, alles auf die harte Tour zu lernen. In der Hinsicht lag Radulf richtig.

Oben auf der Tribüne wechselte Geld die Besitzer, denn die Leute hatten mitbekommen, dass gleich ein inoffizielles Rennen losging.

An Tagen, an denen Spiele stattfanden, drückte das Reich bei Wetten ein Auge zu, heute wäre es allerdings nicht so großmütig gewesen. Radulf schüttelte ein paar Männern die Hand und reichte ihnen einen kleinen Geldsack. Keine Ahnung, wie viel er wettete und ob er auf mich setzte. Ich wollte gerne glauben, dass er auf meiner Seite war, aber Radulf war kein Trottel. Etliche Wagenlenker schienen wesentlich mehr von Pferden zu verstehen als ich.

Ein Mann wurde ausgewählt, das weiße Tuch fallen zu lassen, das Startzeichen, und als er es in die Luft hob, erinnerte ich mich an alles, was ich bisher von Radulf gelernt hatte.

Mein Wagen setzte sich als erster in Bewegung, was mir einen kleinen Vorteil einbrachte. Auch wenn ich mich nicht ausdrücklich verpflichtet hatte, nahm ich mir vor, keine Magie zu benutzen. Heute war die Generalprobe für die *Ludi Romani* in drei Tagen.

Bei der ersten Wende war ich auf die Mittelspur gefahren und kam bequem herum. Vor mir stießen zwei Gespanne in der Kurve zusammen, verkeilten sich ineinander und stürzten. Die Wagenlenker schnitten sich frei und sahen aus, als würden sie gleich mit Fäusten aufeinander losgehen. Dann geschah etwas wirklich Seltsames: Zwei andere Wagenlenker drosselten ihre Geschwindigkeit, um sie aufzulesen.

Für mich ergab das keinen Sinn. Ein zweiter Mann bedeutete nur mehr Gewicht auf dem Wagen, brachte keinen Vorteil, und die Zeit, die sie dabei verloren, würde sie garantiert das Rennen kosten.

Aber darüber konnte ich mir jetzt nicht den Kopf zerbrechen. Ich näherte mich der nächsten Wende, damit hätte ich die erste von insgesamt sieben Runden absolviert gehabt. Diesmal wollte ich unbedingt bis nach innen gelangen.

Vor mir lagen drei Quadrigen, die so dicht nebeneinander fuhren, dass es aussah, als wäre es ein einziger Wagen mit zwölf Pferden und drei Wagenlenkern. Ich dachte an die Geschichte mit Nero und den zehn Pferden, die mir Radulf erzählt hatte. Nero war gescheitert, diesen Teams würde es auch kein Glück bringen.

Von links versuchte mich ein Wagen abzudrängen, doch meine Pferde waren stark, und ich würde keine Handbreit weichen. Als wir um die Kurve fuhren, lehnte ich mich in die Zügel, um die Pferde zu ermuntern, weiter nach innen zu laufen, sodass der anderen Quadriga nichts anderes übrig blieb, als abzubremsen, wenn sie nicht an den Wendepfeilern hängen bleiben wollte.

Die Tribüne erwachte allmählich zum Leben. Radulf saß auf der anderen Seite, also machte ich mir nicht die Mühe, nach ihm oder sonst wem Ausschau zu halten, doch ich hörte die Anfeuerungsrufe. Wie immer waren die Grünen und Blauen am beliebtesten, aber ich hörte auch ein paar Jubelschreie für das weiße Team. Von meiner *Factio,* den Roten, waren nur zwei Wagen vertreten, und die hielten sich beide hinter mir. Den Rufen nach zu urteilen, gönnte keiner Rot den Sieg.

Die zweite Runde lief gut. Die drei Quadrigen fuhren immer noch vor mir, ließen mich nicht vorbei, alle anderen waren zurückgefallen. Außen überholen ging nicht, das würde ich bei dem Tempo nicht schaffen. Meine Pferde konnten sich auch nicht dazwischendrängeln, denn dafür fuhren die Gespanne zu dicht. Meine einzige Chance lag darin, innen zu überholen. Dafür müsste ich bei der nächsten Wende extrem eng um die Kurve fahren, aber besser, ich stellte mein Gespann heute auf die Probe, als bei den *Ludi Romani.*

Ich machte mich bereit, drängte so nah zur Mitte, dass ich die *Spina* hätte berühren können. Als die Wende kam, fuhren die anderen Gespanne einen weiteren Bogen, doch ich zog fest an einem Zügel und hielt mit dem Gewicht dagegen. In der Kurve schrammte mein Wagen gleich den ersten Wendepfeiler, fast wäre ich heruntergefallen, aber ich hielt mich seitlich am Wagen fest, bis ich mit den Füßen wieder Halt fand. Den anderen Quadrigen blieb nichts anderes übrig, als sich hinter mich zu schieben.

Obwohl noch fünf Runden zu fahren waren, schmeckte ich schon den Sieg, süß wie eine reife Frucht. Das Gewinnen an sich war mir nicht so wichtig, denn hier gab es keinen Kaiser, der mich mit einem Lorbeerkranz geschmückt hätte, kein Wettgeld, das mir zugefallen wäre, und auch keinen Zuschauer, der sich über meinen Sieg besonders gefreut hätte. Doch zumindest würde ich wissen, dass ich als Erster über die Ziellinie gefahren bin, und vor allem, dass ich es in zwei Tagen wieder tun könnte.

Nach der Hälfte des Rennens lag ich klar in Führung, und wie Radulf gesagt hatte, war es viel schwerer, sich an die Spitze zu setzen, als dort zu bleiben. Nun musste ich nur noch meine Position auf der Innenbahn behaupten und schon würde ich gewinnen.

Und dann drehte ich mich zu den drei Gespannen um, die in solch enger Formation gefahren waren. Offensichtlich waren sie nicht glücklich, dass ich sie überholt hatte, und gaben den anderen Fahrern Zeichen.

Störte mich nicht. Oder störte mich nicht weiter, bis mir klar wurde, dass die restlichen Wagen nur noch vor sich hin krochen. Was sollte das? Es war noch genügend Zeit, sich an die Spitze zu setzen, oder zumindest, es zu versuchen. Doch bei dem Tempo, das sie vorlegten, hätte ich schon dreimal fertig sein und bei Radulf heißen Tee schlürfen können, bevor sie sich überhaupt an die letzte Runde machten.

Die beiden Teams, die dem verletzten Wagenlenker geholfen hatten, waren chancenlos, die lagen bestenfalls eine ganze Runde hinter mir. Zwischen ihnen war eine Wagenbreite Platz. Es war natürlich riskant, zwischen den Quadrigen durchzufahren, aber wenn ich meine Führung behalten wollte, blieb mir nichts anderes übrig.

Als ich mich ihnen näherte, warf der Wagenlenker links dem Wagenlenker rechts das Ende seiner Peitsche zu und gemeinsam spannten sie sie.

Mir blieb keine Zeit zu reagieren. Bei der Geschwindigkeit würde ich direkt in die Peitsche hineinfahren. Wenn ich mich darunter hinwegducken würde, würde ich an dem Zügel, den ich um meine Taille gewickelt hatte, zerren und so die Kontrolle über die Pferde verlieren. Und wenn ich nicht tief genug abtauchen würde, würde mir die Peitsche den Hals abschnüren. Das hätte dem Begriff »Halsweh« eine ganz neue Bedeutung gegeben.

Also zückte ich mein Messer und schnitt mich frei, doch ich hatte erst einen Zügel durchtrennt, als mich die Peitsche vom Wagen riss. Am zweiten Zügel hängend, wurde ich vorwärts durch den Sand geschleift, während ich mich zu befreien versuchte. Unter dem Sand befand sich eine unbarmherzig harte Erdschicht. Jedes kleine Steinchen, das die Hufe der Pferde aufwühlten, traf mich. Noch hielt ich das Messer in der Hand, aber bei dem Tempo war es schwierig, damit den Knoten zu erwischen. Hinter mir kam der nächste Wagen angefahren und würde mich überrollen, wenn ich nicht schleunigst aus der Bahn ging. Und vielleicht hatte er es auch regelrecht auf mich abgesehen.

Schließlich opferte ich meine Schulter und rollte mich auf die Seite, sodass ich die andere Hand heben und mich losschneiden konnte. Sofort rollte ich mich Richtung *Spina*, um mich vor dem Gespann hinter mir in Sicherheit zu bringen.

Wobei man hier auch nicht gerade sicher war, vor allem konnten einem die anderen Pferde gefährlich werden. Um wirklich sicher zu sein, musste ich die *Spina* hinaufklettern. Noch besser wäre gewesen, zur Außenbahn vorzudringen, von wo aus ich auf die Tribüne hätte gelangen können, aber bis da hin würde ich es nicht lebend schaffen, vor allem nicht in dem Zustand, in dem ich mich befand. Meine Schulter war zerschunden und aufgeschrammt, meinen Armen ging es nicht viel besser. Doch schlimmer noch als alle Schmerzen war das Brennen in meiner Brust. Ich kochte vor Wut.

Während des gesamten Rennens hatte ich keine Magie eingesetzt, wobei es, nach dem, was die anderen gerade veranstaltet hatten, mehr als gerechtfertigt gewesen wäre. Zumindest jetzt nutzte ich den Göttlichen Stern, um Haut und Muskeln zu heilen.

Inzwischen quälte ich mich die Mauer hinauf, um mich auszuruhen. Bis zu dem hohen Obelisken in der Mitte der *Spina* arbeitete ich mich vor, lehnte mich dagegen und blickte direkt auf eine Apollo-Statue, dessen Wagen von einem Greif gezogen wurde. Fortis wahrscheinlich. Apollos marmorne Mimik schien mich zu verspotten, wo ich meine Rennen doch mit Pferden statt mit diesem göttlichen Geschöpf bestreiten musste.

Ein paar Sklaven, die im *Circus* arbeiteten, befanden sich mit mir auf der *Spina*, ließen mich aber in Ruhe. Meine Pferde waren sicher von der Bahn geführt worden, doch so bald wie möglich wollte ich nach ihnen sehen.

Ich saß immer noch oben, als mein Herausforderer seine letzte Runde fuhr.

Alle anderen Wagen kamen hinter ihm ins Ziel, sogar die

beiden Gespanne mit dem zweiten Mann. Genau genommen hatten auch sie das Rennen beendet.

Ich hatte das Rennen und die Wette verloren.

Meine Schulter war wiederhergestellt oder zumindest so weit, dass ich zum Gewinner hinlaufen konnte, der gerade vom Wagen stieg.

»Ihr habt betrogen!«, brüllte ich.

»Wir haben uns nur zu einer reellen Chance verholfen!«, brüllte er. »Du hattest ja Magie!«

Ja, und die wollte ich in diesem Moment auch liebend gerne nutzen. Ich hatte die Fäuste geballt, aber nicht, um die Kräfte zurückzuhalten. Wenn er mir einen Schlag verpasst hätte, hätte ich ihm etwas mehr entgegenzusetzen gehabt.

Ich reichte ihm nur bis zur Schulter, und der Wagenlenker nutzte das, um auf mich herabzuschauen.

»Ich weiß alles über dich«, höhnte er. »Du kleidest dich wie ein Patrizier und lebst unter ihnen, aber du bist kein Patrizier und das wirst du auch nie sein. Du bist nichts als ein entlaufener Slave, den man hätte auspeitschen, brandmarken und zurück ins Bergwerk schicken sollen, wo du hingehörst. Wenn es deinen Großvater nicht gäbe, hätte der Kaiser dich längst hingerichtet, statt dir zu erlauben, im feinsten römischen *Circus* zu fahren. Du gehörst hier nicht her, Nicolas Calva.«

In meinen Händen sammelte sich so viel Magie, dass ich kaum noch die Fäuste geballt halten konnte. Wenn der Mann gewusst hätte, wie viel Energie auch nur in meinen Fingerspitzen steckte, hätte er nicht so mit mir gesprochen. Aber aus genau diesem Grund musste ich mich zusammenreißen. Denn ich verfügte über Kräfte, die er nicht einmal ansatzweise verstand. Und ich hatte den Willen, sie zu beherrschen.

Ohne Weiteres konnte ich jetzt ein Gewitter herbeirufen. Mir machten die Blitze zwar Angst, dennoch war es eine gute Möglichkeit, die überschüssige Magie loszuwerden, ohne ernstlich Schaden anzurichten. Und mit ein bisschen Konzentration gelang mir vielleicht ein winzig kleines Gewitter … das konnte lustig werden.

Ich schaute in den Himmel, wo sich eine kleine und sehr dunkle Regenwolke bildete. »Feiert schön«, sagte ich grinsend. »Und meinen Glückwunsch. Wenn Ihr mich entschuldigt, ich habe noch ein paar Ställe auszumisten.«

Und ich machte auf dem Absatz kehrt, während oben am Himmel der erste Donnerschlag krachte. Also, über seinem Kopf. Nicht über meinem.

In diesem Moment ergoss sich über den Wagenlenker ein Platzregen, der so lange dauern würde, bis sich die Wolke abgeregnet hatte. Das konnte dauern.

Fröhlich pfeifend begab ich mich in die Stallungen.

EINUNDDREISSIG

Als Radulf auftauchte, war ich beim dritten Stall. Klimpernd hielt er mir einen kleinen Beutel hin. Das Geld, das er gewonnen hatte.

»Habt Ihr gewettet, dass ich verlieren würde?«, fragte ich.

»Ich habe sie reden sehen, bevor sie dich herausgefordert haben. Sie haben die Köpfe zusammengesteckt, aufeinander gezeigt. Ich bin Soldat, Nic. Für mich ist es unschwer abzuschätzen, wann es Ärger gibt. Ich wusste, dass sie einen Plan haben.«

»Das hättet Ihr mir ja auch sagen können.«

»Seit wann hörst du auf mich? Nimmst ernst, was ich zu sagen habe?« Grummelnd machte ich mich wieder an die Arbeit. Radulf lehnte sich gegen die Stalltür und sah mich stirnrunzelnd an. »Du hättest dich nicht darauf einlassen sollen. Geschieht dir ganz recht so.«

Das wusste ich selbst. Von Anfang an hatten sie sich dieses Manöver ausgedacht und mich mit meinem dämlichen Stolz geködert.

»Meinst du nicht, dass im Publikum auch Prätoren waren, die das gesehen haben?«, fragte er. »Nun wissen sie, dass sie dich nur ein wenig provozieren müssen, und schon spielst du ihnen in die Hände.«

»Ich habe ihnen nicht in die Hände gespielt. Ich war am Gewinnen.«

»Ja, du bist außergewöhnlich gut gefahren, besser, als ich gedacht hätte. In einer gerechten Welt würdest du jetzt deinen Sieg feiern. Aber du kannst doch nicht im Ernst glauben, dass die Prätoren dir ein faires Rennen gewähren, wenn so viel auf dem Spiel steht? Wenn du in zwei Tagen gewinnen willst, musst du dir jeden erdenklichen Vorteil sichern.« Sein Blick fiel auf die *Bulla* um meinen Hals.

Ich ließ sie schnell unter der Tunika verschwinden. »Ich erwarte kein faires Rennen, aber ich werde nicht betrügen. Wenn ich gewinne, dann aus eigener Kraft.«

»Dann hast du dir viel vorgenommen.« Radulf wurde zunehmend ungeduldig. »Das reicht jetzt. Du kennst ja wohl schnellere Wege, diese Arbeit zu beenden.«

War mir auch schon in den Sinn gekommen, aber ich ackerte nach wie vor mit der Mistgabel. »Die Niederlage habe ich mir selbst zuzuschreiben. Ich miste selbst aus.«

»Dann kann ich dir auch nicht helfen.« Und damit meinte er nicht nur die Ställe. Ohne ein weiteres Wort verschwand er.

Beim zehnten Stall verging mir der Eigensinn allmählich. Natürlich hätte ich mich nicht so leicht anstacheln lassen sollen, aber ich war ja bereits durch den Dreck geschleift worden. Das war Strafe genug. Das mit dem Ausmisten konnte ich mir schenken.

Ich nahm die *Bulla* ab und legte sie vor mir auf den Boden. Nicht dass mir noch die Ställe um die Ohren flögen. Außerdem wollte ich mit dem Göttlichen Stern üben. Ich stellte mich vor die Ställe, breitete die Arme aus und sandte Magie in jede Box, für die ich verantwortlich war. Dreck und altes

Heu schossen aus den Boxen und ich musste mich schnell wegducken.

Auch das war anstrengend, aber längst nicht so wie das Ausmisten vorhin. Meine magischen Kräfte kehrten zurück. Eigentlich lief es besser denn je, weil ich von der *Bulla* nicht mehr so abhängig war.

Ich trat einen Schritt zurück und bewunderte mein Werk, dabei bedauerte ich doch ein klein wenig, dass ich es nicht gleich so gemacht hatte. Nein, eigentlich bereute ich es sehr. Meine Zeit hätte ich wirklich besser nutzen können. Besonders, weil mir in den nächsten Tagen noch so viel bevorstand.

Mit der verbliebenen Magie wollte ich mich an einer Lichtspiegelung versuchen, wie Radulf sie anwendete. Damals vor den Bädern hatte er mich glauben lassen, dass Livia auch dort sei. Angeblich war es keine besonders schwierige Magie, aber vielleicht sagte Radulf das auch nur, um mich zu beschämen. Jedenfalls wollte ich das auch unbedingt können.

Ich übte mit Aurelia. Zum einen konnte ich sie mir besonders gut vorstellen, und zum anderen würde es auch nicht so schlimm sein, wenn ich sie aus Versehen tatsächlich heraufbeschwören würde.

Ich hob die Hände und ließ alles um mich herum verblassen, konzentrierte mich allein auf die Stelle, wo sie erscheinen sollte. In meiner Vorstellung sah ich sie so deutlich, als stünde sie direkt vor mir. Zunächst ihr kastanienbraunes Haar, nicht kunstvoll geflochten von den Dienern ihres Vaters, sondern ganz einfach offen und lang über die Schultern fallend. Dann die Augen, aus denen dauernd Funken schossen, weil sie sich schon wieder über mich ärgerte, und darunter verborgen all die Sorgen und das Mitgefühl. Ihr Lächeln, wenn sie glücklich war. Wenn Magie in dem Mal auf meiner Schulter steckte, dann auch in Aurelias Lächeln. Eine andere Art vielleicht, aber in vielerlei Hinsicht mächtiger.

Schemenhaft tauchte sie vor mir auf. Nicht ganz Aurelia, doch ähnlich, wenn man nicht zu genau hinsah …

Hinter mir ertönten Schritte. Schnell hob ich die *Bulla* auf und hängte sie mir um. Ich schaute noch einmal zu der Stelle, wo Aurelias Bild gewesen war, aber nichts war davon übrig geblieben. Instinktiv sammelte sich Magie in mir, doch es war nicht nötig. Ein paar der roten Wagenlenker waren gekommen. Wir standen ja alle auf der gleichen Seite im Rennen. Jedenfalls waren wir es bis jetzt gewesen. Die Männer wirkten nicht gerade glücklich bei meinem Anblick.

Der beste Wagenlenker war Theon, ein Grieche, der immer kämpfte, wenn er von Radulf berufen wurde, und der mich auch in den roten Rennstall aufgenommen hatte. Aber bloß weil er mich mitfahren ließ, hieß das noch lange nicht, dass er mich mochte.

»Ich habe gerade erfahren, dass Radulf dich für das erste Rennen bei den *Ludi Romani* angemeldet hat«, sagte Theon.

Auch wenn mir der Ton in seiner Stimme nicht gefiel, nickte ich.

Theon tauschte böse Blicke mit den anderen Wagenlenkern.

In Rom gibt es viele Rennen, doch den ersten Lauf bei den *Ludi Romani* zu bestreiten, gilt als besondere Ehre. Wenn Kaiser Florian in Rom gewesen wäre, hätte er dem Spektakel beigewohnt, zusammen mit ausländischen Gästen, ranghohen Beamten und einer Viertelmillion Römern, die das ganze Jahr darauf gewartet hatten. Jeder Wagenlenker wollte bei diesem Rennen mitfahren, und Radulf hatte mir gerade einen der drei Plätze zugesichert, die unserem Team zustanden.

»Wenn General Radulf unbedingt will, dass du fährst, kann ich nichts dagegen machen«, sagte Theon. »Aber in der roten Tunika fährst du nicht.«

»Muss ich aber!«, protestierte ich. Am Ende fuhr jeder Wagenlenker für sich selbst und durfte auch den Gewinn allein behalten. Doch die *Factiones* halfen einander und schützten vor Regelverstößen, wie dem, dem ich gerade zum Opfer gefallen war. Ganz gleich, wen die Prätoren als meinen Gegner aussuchen würden, er würde noch eine ganze Renngesellschaft hinter sich haben, die mich aufzuhalten versuchte. Zu meinem eigenen Schutz musste ich auch in einem Team fahren.

»Du fährst für dich und nur für dich allein.« Theon verengte die Augen zu schmalen Schlitzen. »Nach dem, was ich gehört habe, fährst du um dein Leben.«

»Ich fahre für Rom«, sagte ich. »Denn wenn ich verliere, verliert Ihr alle.«

Theon lachte in sich hinein und trat näher an mich heran. »Warum denn, du Magier? Mit einer Handbewegung zerstörst du einfach mal alles, und dann erwartest du auch noch Applaus dafür, als hättest du das Reich gerettet.«

Auch jetzt hätte ich gerne mit einer Handbewegung etwas zerstört, aber ich riss mich zusammen. Blieb jedoch hartnäckig.

»Lasst mich Rot tragen«, sagte ich. »Wenn ich gewinne, darf das rote Team das Preisgeld behalten. Ich will es nicht.«

Theon verzog das Gesicht, stieß mich plötzlich gegen die Stalltür und drückte mir den Unterarm gegen die Kehle. Ich schnappte nach Luft, hielt seinen Arm fest, um wieder atmen zu können, ansonsten ließ ich ihn gewähren. Schließlich waren das meine Teamkollegen oder sollten es sein.

»Glaubst du etwa, es ginge uns ums Geld?«, fragte Theon. »Es geht um unser Leben, Nic. Du hast mächtige Feinde. Nur um dich im Team zu behalten, setzen wir nicht unser Leben aufs Spiel.«

»Wer hat euch bedroht?«, wollte ich wissen, auch wenn ich die Antwort längst kannte. Natürlich steckte Brutus dahinter.

»Spielt doch keine Rolle. Du gehörst nicht mehr zu uns«, sagte Theon. »Wenn du im *Circus Maximus* auch nur einen roten Faden im Umhang trägst, werde ich dafür sorgen, dass das Rennen für dich schon in der ersten Runde beendet ist. Im Vergleich dazu ist das, was du heute erlebt hast, nichts.«

Ich brauchte Luft, also trat ich nach ihm. Er ließ mich zwar los, aber schlug mir ins Gesicht. Ich taumelte rückwärts, Sterne tanzten vor meinen Augen, und ich schüttelte meine Hände aus, um einen Teil der angestauten Magie loszuwerden.

Die anderen Wagenlenker dachten, ich wolle kämpfen, und gingen auf mich los. Ich schuf einen Schutzschild, um sie abzuwehren: »Es tut mir leid, dass man Euch bedroht hat. Wirklich.«

Dann schloss ich die Augen und stellte mir Radulfs Haus vor, wobei ich nur das kleine Becken im Atrium sah. Ich ließ die Magie in mir anwachsen, bis ich das Wasser im Becken spürte, die Fliesen unter den Füßen fühlte und das süße Kalbsbries roch, das Radulf so gerne aß.

Die Fackeln im Stall verblassten.

»Was macht er da?«, fragte Theon.

Die Antwort bekam ich nicht mehr mit. Denn nur einen

Moment später öffnete ich die Augen in Radulfs Atrium. Zum ersten Mal war mir dieser Trick gelungen. Radulf hatte recht, es war einfacher als gedacht.

Livia musste ganz in der Nähe gewesen sein und eilte gleich zu mir. »Nic?« Als ich mich zu ihr umdrehte, rang sie nach Luft. »Dein Auge?«

Vorsichtig berührte ich es, mir war klar, dass es anschwoll. »Nicht Radulf sagen«, flüsterte ich. »Ich heile mich gleich.«

»Was soll sie mir nicht sagen?« Radulf stand direkt hinter mir.

Nach wie vor kehrte ich ihm schön den Rücken zu. »Ich habe gelernt, zu verschwinden. So bin ich hergekommen.«

»Den Trick hättest du an dem Tag lernen sollen, an dem du das Mal bekommen hast. Was willst du mir verheimlichen?« Inzwischen stand er vor mir. »Sieh mich an, wenn ich mit dir rede!«

Ich schaute auf, und er packte mich am Kinn, um mein Auge besser inspizieren zu können. »Was ist passiert? Waren es die Prätoren?«

»Nein.«

»Wer war es dann?«

Ich erwiderte seinen Blick. »Es war nichts.«

Er grinste. »Wenn du schon so aussiehst, kann ich mir lebhaft vorstellen, wie die anderen ausgesehen haben müssen, nachdem sie deine Magie zu spüren bekommen haben.«

»Ich habe mich nicht gewehrt. Stattdessen bin ich hierher verschwunden.«

»Du hast dich vor dem Kampf gedrückt?« Radulfs Enttäuschung war unüberhörbar. »Warum? Mit deinen Kräften …«

»Gerade wegen meiner Kräfte bin ich verschwunden!«

»Der Enkel eines Generals würde sich nie drücken. Er würde kämpfen, bis die Gegner um Gnade wimmern.«

»Dann bin ich eben nicht mehr Euer Enkel«, sagte ich. »Mit unserer Magie sollten wir Rom aufbauen, nicht zerstören. Ansonsten ist sie bloß wie ein böser Fluch.«

Radulf packte mich am Arm. »Dieses Reich war verflucht, lange bevor du einen Fuß hinein gesetzt hast. Vergiss nicht, was die Römer unserer Familie angetan haben. Dein Vater wäre noch am Leben, wenn sie nicht gewesen wären. Nur indem wir das Reich zerstören, können wir den Fluch aufheben. Und dabei wirst du mir helfen.«

»Und was blüht mir, wenn das Reich zerstört ist? Eure Herrschaft?« Ich riss mich los und zog Livia mit mir fort. »Für Euch setze ich meine Magie nicht ein!«, brüllte ich im Gehen.

Und damit wäre ja alles besprochen gewesen, aber in der Stille, die meinem Gebrüll folgte, hörte ich ihn sagen: »Doch, Nic, das wirst du.«

ZWEIUNDDREISSIG

Am nächsten Morgen fuhr ich ein weiteres Trainingsrennen, bei dem ich gegen niemanden antrat. Die anderen Gespanne fuhren ihr Tempo und ich ein wenig schneller. Mir ging es vor allem darum, mich an Radulfs Pferde zu gewöhnen und an Geschwindigkeit zuzulegen. Größtenteils gelang es mir auch ganz gut. Es waren zweifellos die besten Hengste, die es für Geld zu kaufen gab. Und obwohl ich ja noch recht unerfahren war, rechnete ich mir doch eine Chance für den nächsten Tag aus.

Jedenfalls so lange, bis ich mich in der Mittagspause auf die Tribüne setzte, diesmal allein, und einen Konkurrenten beobachtete, der regelmäßig für die Grünen fuhr. Um mich herum diskutierten die Zuschauer, welche Rennrekorde der Wagenlenker schon gebrochen hatte und welche noch vor ihm lagen. Und auch, wen er schlagen wollte. Mehr als ein Mal fiel mein Name. Oder genauer gesagt sprachen sie von »dem entlaufenen Sklaven, den das Reich hätte hinrichten sollen«. Ich konnte wohl getrost davon ausgehen, dass sie mich meinten.

»Der grüne Wagenlenker ist noch nicht einmal der beste«, sagte Radulf, als er sich kurz darauf zu mir setzte. Ich wusste gar nicht, dass er hier war, gerechnet hatte ich jedenfalls nicht mit ihm. Er brachte mir Brot und einen Krug Bier, von dem er wusste, dass ich es gerne trank. Vielleicht sollte das seine Entschuldigung sein. Aber das Essen anzunehmen bedeutete nicht, dass ich seine Entschuldigung annahm. Ich war einfach hungrig.

Radulf zeigte auf den Wagenlenker in der grünen Toga. »Seine *Factio* wird ihn wahrscheinlich für das erste Rennen morgen auswählen. Und er wird sich gut schlagen. Doch die besten Wagenlenker sind diese Woche nicht hier. Sie haben es nicht nötig, zu trainieren.«

Ich schob das Kinn vor. »Was wollt Ihr, Radulf?«

»Ich habe meinen Sohn zum Krieger erzogen. Wie kann er mir einen Enkel schenken, der sich einem Reich verpflichtet fühlt, das ihn zerstören will?«

»Hört auf damit, mich Enkel zu nennen. Ich will Eure Hilfe nicht.«

»Du willst sie vielleicht nicht, aber du wirst sie brauchen. Heute Morgen bist du gut gefahren. Selbstbewusst, das hat mir gefallen.«

Mein Selbstbewusstsein war mir leider gerade abhandengekommen. Vielleicht hatte ich mich verbessert, aber wenn Radulf recht hatte, dann war ich nur schneller gewesen als Fahrer, die sich für morgen nicht einmal qualifizieren würden.

»Deine Pferde sind stark und erfahren«, sagte Radulf. »Vertrau auf sie. Und ich werde mit Theon und den anderen Roten sprechen, die morgen mit dir fahren. Sie werden dich unterstützen.«

Würden sie nicht. Keine Ahnung, womit die Prätoren sie bedroht hatten, aber am Abend zuvor hatten sie verängstigt gewirkt. Radulf konnte das ja nicht wissen.

Er meinte: »Für das nötige Gold wird sich deine *Factio* schon um die Konkurrenz kümmern.«

»So wie sich die Wagenlenker gestern um mich gekümmert haben?«, fragte ich. »Ihr wollt, dass ich betrüge?«

»Ich will, dass du gewinnst!«

Ich erhob mich und warf das Essen hin. »Wenn es kein ehrlicher Sieg ist, dann ist es eine Niederlage. Um keinen Preis werde ich betrügen.«

»Wenn du verlierst ...«

»Dann verlieren wir beide, schon klar.« Ich seufzte, sah ihm aber unverwandt in die Augen. »Hat Euch wirklich was an meinem Vater gelegen oder habt Ihr ihn auch nur benutzt?«

Radulf wich zurück, als hätten ihn meine Worte getroffen. »Dein Vater hat mir alles bedeutet!«

Wie betäubt zuckte ich mit den Achseln. »Und meine Familie hat ihm alles bedeutet.« Dann machte ich auf dem Absatz kehrt und ging.

»Wo gehst du hin?«

Ich hatte keinen Schimmer. Mir kam es vor, als würde eine Tonne auf meiner Brust lasten, und Radulfs Gerede machte alles nur noch schlimmer. Sobald ich allein war, verschwand ich mit dem magischen Trick zurück zu Radulfs Haus.

Livia war wie immer zu Hause, verbrachte Zeit mit Callistus, der in dem kleinen Hof um sie herum trabte.

»Warum bist du schon so früh zurück?«, fragte sie. Besorgt runzelte sie die Stirn. »Ist alles in Ordnung?«

Ich rang mir ein Lächeln ab. »Natürlich.« Livia sah müde aus, offenbar schlief sie schlecht. Ich wollte sie nicht noch weiter beunruhigen.

Livia wandte sich wieder Callistus zu, der nun neben ihr

stand. »Gerade eben habe ich gedacht, wie ähnlich ich diesem Einhorn bin«, sagte sie.

Ich lächelte sie an. »So rein?«

»Gefangen.« Livia drehte sich zu mir herum, schaute mich aber nicht direkt an. Ich hatte das Gefühl, sie mied meinen Blick. »Wenn du morgen verlierst, was wird aus mir? Ich will hier nicht bleiben.«

Ich nahm den Sattel vom Zaunpfahl und legte ihn Callistus auf. »Wird schon schiefgehen«, sagte ich. »Du weißt doch, ich habe immer einen Plan.«

Sobald das Einhorn gesattelt war, flüsterte ich ihm etwas ins Ohr, half dann Livia aufzusteigen und schwang mich hinter sie auf Callistus' Rücken.

Radulf hatte das Loch im Zaun teilweise ausbessern lassen, aber ich sprengte es wieder auf. Wenn mein Großvater unbedingt wollte, dass ich mit meiner Magie Zerstörung anrichtete, dann hatte ich auch kein schlechtes Gewissen, mich an seinem neuen Zaun auszuprobieren.

Kein Pferd hätte uns so schnell zu Crispus gebracht. Wie beim letzten Mal näherte ich mich dem Anwesen von hinten, wo ich Callistus gut verbergen konnte.

Sofort erscholl das Weinen der Herrin wieder in meinen Ohren. In den letzten Tagen hatte ich ihr Leid verdrängt oder mir eingeredet, dass kein Laut der Welt so fürchterlich traurig, einsam und ängstlich klingen konnte. Doch sofort wusste ich wieder, wie es war, wenn sich dieses Gejammer über jeden Gedanken legte.

»Wir sollten nicht hier sein«, flüsterte Livia. »Bestimmt wachen die Prätoren über das Anwesen.«

»Hier ist niemand.« Ich hatte bereits Callistus gefragt, ob

er die Anwesenheit von Fremden spürte. Ich traute seinem Instinkt. »Die Prätoren müssen sich auf ihr großes Rennen morgen vorbereiten.«

»Du hast morgen auch ein großes Rennen vor dir! Was wollen wir hier?«

Ich half ihr abzusteigen, dann führte ich sie zu den Tempelruinen. Wie zuvor kniete ich mich hin und bedeutete Livia, es mir gleichzutun. »Das musst du sehen«, sagte ich.

»Was sehen?«

»Das.« Ich schloss die Augen und legte eine Hand flach auf den Boden. Unter meiner Berührung bebte die Erde. Ich ließ sie die Magie aufnehmen.

»Nic?« Livias Stimme zitterte ein wenig, doch sie brauchte keine Angst zu haben.

»Alles ist gut«, flüsterte ich. »Ich löse das Beben aus.«

»Nein, schau mal. Da ist ein Wolf hinter uns.«

Ich drehte mich um. Vor uns stand der Wolf, der mir den Tempel gezeigt hatte. Ich nickte dem Wolf des Mars respektvoll zu und sagte: »Meine Schwester soll ihn auch sehen.«

Als ich mich zu den Ruinen umdrehte, stand dort der Tempel. So klein und beeindruckend wie beim ersten Mal.

Verständlicherweise sorgte sich Livia immer noch wegen des Wolfs. Für den Tempel hatte sie gar keine Augen.

»Sitz«, sagte ich zum Wolf, und er gehorchte. Dass der Wolf auf mich hörte, beruhigte Livia ein wenig, dennoch rückte sie weiter von ihm ab.

Ich lenkte ihre Aufmerksamkeit zum Tempel und fragte: »Siehst du das?«

Livia schüttelte den Kopf. »Was soll ich sehen? Die Trümmer?«

Ich nahm ihre Hand und legte sie neben meine auf die Marmorwand, also musste sie es auch spüren.

»Jetzt sehe ich es!« Livia riss die Augen auf. »Der Tempel ist so schön ... Warum habe ich vorhin nur eine Ruine gesehen?«

»So schützen ihn die Götter.«

»Wovor? Was ist das für ein Tempel?«

»Hier lebte eine Frau namens Atroxia. Sie war eine Vestalin, nun wird sie nur noch Herrin genannt.« Ich zögerte einen Moment und lauschte Atroxia. »Hörst du ihr Weinen?«

Livia schüttelte den Kopf, doch ihr Blick verriet, dass es ihr reichte, zu wissen, dass dort drinnen jemand weinte. Zum Glück hörte sie die Herrin nicht. Livias weiches Herz hätte es nicht verkraftet.

»Hier muss es irgendwo ein Schloss geben«, sagte ich. »Hilf mir, es zu suchen.«

Gemeinsam begannen wir an einer Tempelseite und arbeiteten uns um den Tempel herum. Wir suchten die Wände von oben bis unten ab, konnten aber nichts entdecken, was einem Schloss ähnelte. Ja, wir fanden nicht einmal eine Tür. Dieser Tempel bestand ausschließlich aus Marmorwänden, als hätte man ihn um eine Vestalin herum errichtet, die sich in den Schlaf weint.

Es gab keine Möglichkeit, hineinzugelangen.

DREIUNDDREISSIG

»Nic? Was machst du hier?«

Crispus kam den Pfad von der *Villa* heruntergelaufen. Gebeugt, als könne er nicht länger gerade stehen, und mit dunklen Augenringen. Kein Wunder, seine letzten Tage waren sicher noch schlimmer gewesen als meine. Er trug eine rote, mit einem Purpurstreifen eingefasste Toga, als Zeichen seiner Trauer um einen angesehenen Römer.

Mir war klar, dass Crispus den Tempel nicht sehen konnte, für ihn lag dort nur ein Haufen Schutt, dennoch versuchte ich, die Tempelwände hinter meinem Rücken zu verbergen. Livia ebenso. Wir standen da, als führten wir etwas im Schilde. Und so war es ja irgendwie auch.

Statt zu antworten, fragte ich: »Wie geht es dir?«

Crispus zuckte mit den Achseln. »Ist eine schwere Zeit. Mein Vater wollte so schnell wie möglich nach seinem Tod bestattet werden, damit er ins Elysium gehen kann. Gestern hat der Leichenzug stattgefunden. Aurelia war eine große Hilfe, sie hat ja gerade das Gleiche mit ihrem Vater durchgemacht.« Er kniff die Augen zusammen. »Du warst nicht da, Nic. Du bist nicht gekommen.«

Ich schämte mich und kam mir dumm und egoistisch vor. Nein, ich war nicht hingegangen, obwohl ich davon gewusst hatte. Auch von Horatios prächtigem Leichenzug hatte ich gewusst. In dem Fall war ich ausnahmsweise froh gewesen, bei Radulf eingeschlossen zu sein. Doch diesmal zählte die Ausrede nicht. Ich konnte Crispus ja nicht beichten, dass ich mich für Horatios und noch mehr für Valerius' Tod verantwortlich fühlte. Wenn ich die Magie besser beherrscht hätte und die Feinde nicht angezogen hätte wie Schmeißfliegen, wären beide noch am Leben gewesen. Zwar hatte ich die Tode nicht verursacht, aber ich hatte sie eben auch nicht verhindern können.

Und weil ich ihm all das nicht sagen konnte, musste er denken, dass ich die Beerdigung seines Vaters verpasst hatte, weil mir Wagenrennen wichtiger waren. So war es ja gar nicht. Ich konnte mir einfach nicht verzeihen, dass meine magischen Kräfte zu schwach gewesen waren.

Verlegen scharrte ich mit meiner Sandale im Boden herum; so oft, wie ich das in letzter Zeit getan hatte, war die Sohle schon ganz abgenutzt. »Tut mir leid, Crispus. Ich hätte wirklich kommen sollen.«

Crispus schniefte und schaute schnell weg, Tränen standen ihm in den Augen. Livia lief mit ausgebreiteten Armen auf ihn zu und drückte ihn, wie Mutter es immer getan hatte, wenn ich früher traurig war. Crispus erwiderte die Umarmung, als hätte er genau das gebraucht. Eigentlich hätte ich ihn trösten sollen, wenn auch nur mit Worten. Livia kannte ihn ja kaum. Doch in solchen Dingen war sie mir schon immer weit voraus gewesen.

Als Livia ihn losließ, flüsterte sie ihm noch etwas ins Ohr, was ich aber nicht verstand. Crispus lächelte, und was immer es war, es hätte mir mal einfallen sollen.

Crispus ließ den Blick über das Feld schweifen. »Das gehört jetzt wohl alles mir.«

»Du verfügst über den Reichtum deines Vaters und eines Tages auch über seinen Titel.«

Daraufhin lachte er verbittert. »Nein, werde ich nicht. Ich habe dir doch schon gesagt, dass die Politik nichts für mich ist. Mir bringt es keinen Spaß und ich bin auch nicht gut darin. In seiner letzten Rede vor dem Senat hat mein Vater darum gebeten, mich als Schüler aufzunehmen, sollte ihm etwas zustoßen. Nachdem sich die Nachricht von seinem Tod herumgesprochen hatte, brauchte der Senat keinen halben Tag, um eine Versammlung einzuberufen und gegen die Wünsche meines Vaters abzustimmen.«

Mir fiel die Kinnlade herunter. »Das können die doch nicht machen! Du bist der Sohn eines Senators! Da gebührt dir Respekt.«

»Ja, schon. Die haben mir eine Stelle angeboten, die Ansehen und Respekt zu versprechen scheint, wo ich aber keinen Schaden anrichten kann. Ich werde zum Richter ausgebildet. Von da könnte ich mich dann zum Senator hocharbeiten, doch ich bezweifle das. Mir gefällt das Recht genauso wenig wie die Politik.«

»Musst du die Stelle denn annehmen?«, fragte ich.

Crispus zuckte mit den Schultern. »Nein, aber was soll ich denn sonst machen?«

»Was möchtest du denn machen?«, fragte Livia. »Wenn du die Wahl hättest?«

»Erst einmal würde ich durchs Reich reisen oder sogar über die Grenzen hinaus.« Offenbar hatte Crispus sich bereits einige Gedanken gemacht. »Wusstet ihr, dass in Ägypten Pyramiden stehen, die über zweitausend Jahre alt sind? Wie ist es den Sklaven damals nur gelungen, die ohne die heutigen Werkzeuge und Hilfsmittel zu bauen? In der östlichen Hälfte des Reiches steht ein Palast, der einem Berg ähneln soll, auf jedem Felsvorsprung erstrecken sich Gärten. Und jenseits der Reichsgrenzen werde ich sicher noch großartigere Dinge entdecken.«

Ich lächelte ihn an. Nie hätte ich mir träumen lassen, dass Crispus solche Ideen hatte. Bislang war er durch die Verpflichtungen seinem Vater gegenüber und dessen Zukunftspläne vollkommen eingeengt gewesen.

Und Crispus war noch nicht fertig. »Wenn ich die Welt von vorne bis hinten gesehen habe«, sagte er, »würde ich nach Rom zurückkehren und das großartigste Monument aller Zeiten bauen. Eines, das das Amphitheater, das Pantheon und den Palast des Kaisers in den Schatten stellt.«

»Du solltest das jetzt tun«, sagte Livia. »Werde kein Richter. Nicht, wenn du es nicht willst.«

Crispus' Augen hatten beim Sprechen so geleuchtet, umso trauriger wirkten sie jetzt. Er setzte sich auf einen Stein und ließ die Schultern hängen. »Ich muss die Wünsche meines Vaters ehren. Ich werde Richter und hoffentlich dann eines Tages auch in den Senat gewählt.«

»Weiß Aurelia davon?«, fragte ich. »Was sagt sie denn dazu?«

Aurelia hatte nämlich immer zu allem was zu sagen. Nicht einmal der Kaiser selbst konnte so viele Meinungen haben.

Crispus fuchtelte frustriert mit den Händen umher. »Sie war sauer, wie du dir denken kannst. Aurelia hat das Gleiche gesagt wie Livia, dass ich meine Träume umsetzen soll.«

»Lass uns zu dir nach Hause gehen und mit Aurelia sprechen«, schlug ich vor. Einerseits würde sie mir helfen, Crispus zu seinem Glück zu überreden, und außerdem wollte ich sie wirklich gerne sehen.

Als ich mit der Vestalin in Dianas Wäldchen gesprochen hatte, hatte sie mir Dinge gesagt, die mich beunruhigten, Dinge, die ich nur allzu gerne mit Aurelia klären wollte. Die Vestalin meinte, dass mich die Herrin etwas über die Liebe lehren würde und dass auch ich die Herrin etwas zu lehren hätte. Ich konnte mir nicht vorstellen, was es über die Liebe groß zu lernen gab. Und selbst wenn, ich war mit Sicherheit kein Lehrer. Doch Aurelia würde wissen, was zu tun war.

Crispus runzelte die Stirn. »Aurelia ist nicht mehr hier.«

»Wo ist sie denn hin?«

»Woher soll ich das wissen?«, antwortete er. »Wir haben uns heute Morgen genau wegen dieses Themas gestritten. Aurelia meinte, sobald du deine Mutter befreit hast, würdest du mit deiner Familie Rom verlassen, und dass sie mit dir gehen wolle.«

Da wurde ich hellhörig. Aurelia hatte das gesagt?

»Sie möchte, dass ich auch mitkomme.«

Und schon bekam mein hüpfendes Herz einen Dämpfer verpasst. Ständig durchforstete ich meine Begegnungen mit Aurelia nach Anhaltspunkten, dass da mehr zwischen uns war. Doch jedes Mal, wenn ich etwas gefunden zu haben glaubte, gab es wieder ein Dutzend Gründe, die dagegensprachen. Unsere Freundschaft war ihr wichtig, aber genauso wichtig war ihr die Freundschaft mit Crispus. Es war Zeit, endlich die Hoffnung auf Aurelia aufzugeben.

»Kommst du morgen zum Rennen?«, fragte Livia.

Crispus schüttelte den Kopf. »Bei den Senatoren darf ich

nicht sitzen und alleine will ich nicht sitzen.« Sein Blick wanderte zu Livia. »Vielleicht magst du bei mir sitzen und bei Aurelia, falls sie wiederkommt.«

»Vielleicht«, sagte Livia leise. Es war ein sehr bedeutsames Angebot, der *Circus* war einer der wenigen öffentlichen Orte, wo sich Frauen und Männer zusammen zeigen durften.

Mir fiel noch eine weitere Möglichkeit ein. »Komm einfach mit mir«, sagte ich zu Crispus. »Hilf mir, mich für das Rennen bereitzumachen.«

Er strahlte. »Wird denn dein Großvater nicht bei dir sein?«

»Radulf wird von der Tribüne aus zusehen«, antwortete ich. »Bitte komm. Ich könnte am Start wirklich jemanden brauchen, der zu mir hält.«

Crispus lächelte. »Ich werde da sein. Doch nicht allein, Nic. *A caelo usque ad centrum*. Hast du den Satz schon mal gehört?«

Vom Himmel bis zum Mittelpunkt der Erde. Ja, ich hatte ihn schon gehört. Aber nur ein Mal.

Auf mein Nicken hin sprach Crispus weiter: »Wenn die Geister der Verstorbenen vom Himmel wandern, wird mein Vater morgen dabei sein. Er würde dir den Sieg wünschen.«

Ich riskierte einen Blick zum Tempel, der für mich nach wie vor deutlich zu erkennen war, auch wenn Crispus ihn nicht sehen konnte. Das Grinsen verkniff ich mir allerdings, das wäre zu viel gewesen und ich wandte die Augen auch schnell wieder ab. Endlich wusste ich, wie man mit einem Schlüssel in einen Tempel kommt, der keine Türen hat. Und endlich wusste ich auch, was der Schlüssel war. Alle hatten sie mit ihren Vermutungen recht gehabt: Ich hatte den Schlüssel die ganze Zeit über gehabt.

Das Weinen der Frau hatte sich während des Gesprächs mit Crispus ein wenig gelegt, und auch wenn sich ihr Flehen nun wieder stärker in mein Bewusstsein drängte, hoffte ich dennoch, dass sie diesen einen Gedanken vernahm.

Morgen würde ich sie erhören.

Ich würde den Tempel öffnen und mir den Marsreif holen. Um endlich frei zu sein.

VIERUNDDREISSIG

Wir verbrachten den Großteil des Nachmittags und Abends mit Crispus. So ganz selbstlos waren meine Gründe ehrlich gestanden nicht. Natürlich hatte ich ihm und Valerius für die Vorkommnisse im Amphitheater vergeben, Valerius hatte mehr als genug dafür gebüßt und Crispus hatte womöglich erst viel zu spät von den Plänen erfahren. Je besser ich Crispus kennenlernte, desto lieber mochte ich ihn.

Crispus fühlte sich noch immer seinem Vater verbunden und hielt Rom die Treue, obwohl es ihm nicht gedankt wurde. Das Gleiche konnte man auch von mir sagen. Wenigstens zerstörte Crispus bei der Ausübung seiner Pflicht nicht gleich ganze Straßenblöcke oder setzte sie unter Wasser.

Und mir gefiel, dass Crispus wie ich seine eigenen Träume hatte. Vielleicht waren wir gar nicht so verschieden.

Doch der Grund, aus dem ich seine Einladung zu bleiben annahm, war ein anderer. Eigennützig, wie ich war, hoffte ich, dass Aurelia zurückkommen würde. Ich wollte nach wie vor mit ihr reden, eigentlich dringender denn je. Die Mittagszeit verstrich und es wurde Abend und immer noch keine Aurelia.

»Ihr habt euch gestritten, ob du Richter oder Baumeister

werden sollst?«, fragte ich Crispus. »Mehr nicht?« So launisch war Aurelia nun auch wieder nicht.

Zögernd murmelte er: »Nein, es ging um mehr.«

»Worum denn?«, fragte Livia. Eigentlich war Livia in Gesprächen immer sehr zurückhaltend, doch an Aurelia zeigte sie ein besonderes Interesse.

Unwillkürlich sah Crispus mich an, schaute dann schnell wieder weg. »Wir haben uns über alles Mögliche gestritten.«

Das kaufte ich ihm nicht ab. Seinem Verhalten nach zu urteilen, hatten sie sich nur über eine Sache gestritten, und die hatte mit mir zu tun, wobei er keine Einzelheiten preisgeben wollte.

Irgendwann gab ich die Hoffnung auf, dass Aurelia noch zurückkommen würde. Livia und ich dankten Crispus für die Gastfreundschaft.

»Ich bin froh, dass ihr da wart«, meinte er. »Wirklich. Das Haus kommt mir gerade viel zu groß vor.«

»Wo ist denn deine Mutter?«, fragte ich.

»Sie verbringt die Trauerzeit im Bett«, antwortete Crispus. »Ich verstehe das ja, aber ich kann nicht den ganzen Tag nur bei ihr sitzen. Das ist deprimierend. Mein Vater hätte das nicht gewollt.«

»Hoffentlich erholt sie sich bald«, sagte Livia.

Das hoffte ich auch. Ich hatte ohnehin Schuldgefühle.

Wir hatten einander zugenickt, und ich war schon halb aus der Tür, als Crispus mich zurückhielt.

»Der Streit mit Aurelia war nicht so, wie du denkst.« Hastig stieß Crispus die Worte hervor, als müsste er sich zwingen. »Es war noch nicht einmal ein richtiger Streit.«

»Oh?«

»Ich habe ihr zu erklären versucht, warum du ihr nicht die Ehe anbieten kannst. Nicht jetzt, solange alle um dich herum in Gefahr schweben.«

Ich befeuchtete meine Lippen, wagte kaum zu fragen: »Was hat sie gesagt?«

»Dass ihr die Gefahr nichts ausmache. Und dass sie auch nicht möchte, dass du Angst hast.«

Hoffnung keimte in mir auf, wie ich sie mir nur alle paar Wochen einmal genehmigte. »Wenn sie nur warten würde, bis das alles vorbei ist …«

»Das ist ja das Problem. Aurelia kann nicht warten. Dein alter Sklavenhalter Sal ist vor Gericht gezogen. Er argumentiert, dass ihm als Haushaltsvorstand das Erbe zustehen sollte. Aurelia kann das Testament ihres Vaters nicht anfechten. Das Gericht muss zu Sals Gunsten entscheiden. Selbst wenn die Richter ihr helfen wollten, ihnen sind die Hände gebunden, denn das Gesetz ist hier ganz eindeutig. Sal wird ihr alles nehmen und Aurelia landet wieder auf der Straße.«

Ich ballte die Fäuste, Livia neben mir schnaufte vor Wut. Diesmal hatte sie gar nicht erst so getan, als würde sie nicht zuhören.

»Ich habe ja angeboten, sie zu heiraten, einfach, um ihr einen Gefallen zu tun, aber sie hat abgelehnt.« Crispus kniff die Brauen zusammen. »Bedeutet dir Aurelia etwas, Nic?«

»Natürlich!«

»Dann frag sie, ob sie dich heiraten will.«

Ich hätte es ja schon hundert Mal getan, doch beim Gedanken, Aurelia zu einem Teil meiner Zukunft zu machen, einer Zukunft, die komplett ungewiss war, überkam mich Panik. Ich schüttelte den Kopf. »Mein Leben ist überhaupt nicht …«

»Wessen Leben ist schon sicher? Sicherheit gibt es für keinen von uns, wir müssen weitermachen, solange es die Götter erlauben.«

»Genau darum geht es mir«, sagte ich. »Die Götter sind im Moment nicht gerade gut auf mich zu sprechen.«

Crispus trat näher an mich heran. »Hör zu. Du gewinnst das Rennen morgen. Ich helfe dir, wo ich kann, das bin ich dir schuldig. Mit dem Sieg bekommst du dein Leben zurück, dann kannst du es bei Aurelia gutmachen.«

Auch wenn mir klar war, dass es längst nicht so einfach werden würde, wie es klang, nickte ich. Meine Entscheidung war gefallen. Bei der erstbesten Gelegenheit würde ich mit Aurelia sprechen.

Kurz darauf liefen Livia und ich den Weg zurück zum Feld, wo Callistus auf uns warten würde. Livia nahm meinen Arm: »Denkst du immer noch an Aurelia?«

»Ich sollte an das Rennen morgen denken«, entgegnete ich, womit ich ihre Frage nicht wirklich beantwortete. »Wenn ich morgen nicht gewinne, ist alles egal.«

»Wie kann ich dir helfen?«, fragte sie. »Radulf wird das Rennen von der *Spina* aus beobachten, Crispus wird an den Toren sein. Soll ich als Einzige unnütz auf der Tribüne sitzen?«

Wir waren bei Callistus angekommen. Ich half Livia in den Sattel und schwang mich hinter sie. Als wir losritten, sagte ich: »Wenn du mir hilfst, bringst du dich nur in Gefahr. Ich kann nicht gleichzeitig den Wagen lenken und dich beschützen.«

»Erinnerst du dich noch, als Mutter mit uns im Bergwerk war?«

»Lange blieb sie ja nicht, aber ich weiß es noch.« Jetzt endlich verstand ich auch, warum. Mutter hatte gewusst, dass man sie mit meinem Vater in Verbindung bringen würde, worüber das Reich auch mich hätte ausfindig machen können. Und obwohl ich zu der Zeit, als sie uns verließ, noch über keinerlei Magie verfügte, wusste ich doch bereits von Familien, in denen es Magie gibt. Hätte das Reich meine Familienzugehörigkeit gekannt, hätten sie mich sofort hingerichtet. Auch jetzt hätten sie es getan, wenn Radulf nicht gewesen wäre und sie gefahrlos an mich herangekommen wären.

»In der Nacht, bevor sie uns verließ, hat Mutter mir anvertraut, dass das Reich nach dir suchen würde und dass es meine Aufgabe sei, dich zu verstecken. Im Bergwerk habe ich getan, was ich konnte, doch seit wir bei *Pater* leben, bin ich nutzlos. Ich wandle durch seine Hallen, nehme Bäder und lasse mich von den Dienerinnen frisieren. Dabei hätte man mir vor nicht allzu langer Zeit nicht einmal erlaubt, diese Tätigkeit an anderen zu verrichten. Als wir mit den Bleitafeln geflohen sind, dachte ich, endlich würde auch ich wieder eine Rolle spielen. Wir würden Rom hinter uns lassen und ich wäre dir keine Last, sondern eine Hilfe. Seit wir wieder bei *Pater* wohnen, fühle ich mich elend.«

»Tut mir leid.« Ich war so in meine eigenen Probleme verstrickt gewesen, dass ich ihre gar nicht wahrgenommen hatte. »Das habe ich nicht gewusst.«

»Lass mich dir morgen beim Rennen helfen.«

Ich sah mich um, ob uns auch niemand hören konnte, auch wenn es spät war und wir weit von den großen Straßen entfernt waren.

»Einverstanden«, sagte ich. »Ich habe auch schon eine Idee, aber ich brauche noch Zeit, nachzudenken.«

Und von da an ließ sie mich ganz in Ruhe meinen Gedanken nachhängen. Als wir uns dem Stadtzentrum näherten, fragte ich, ob sie damit einverstanden wäre, wenn ich im *Circus Maximus* noch einmal nach den neuen Pferden sah, um sicherzugehen, dass sie für die Nacht gut versorgt waren. Normalerweise wären sie bei Radulf untergebracht, aber weil sie morgen im ersten Rennen laufen sollten, waren sie bereits vor Ort, und ich wollte sie nicht der Obhut eines gleichgültigen Stallburschen überlassen – womöglich einem, der jemand anderem den Sieg wünschte.

Livia hatte nichts dagegen und so ritten wir zum *Circus*. Doch kaum hatten wir die Stallungen erreicht, spürte ich, dass etwas nicht stimmte. Die Türen von Radulfs Ställen standen weit offen.

Ich sprang von Callistus' Rücken und stürmte zu ihnen hin. Die Türen waren über und über mit angenagelten Fluchtafeln bedeckt, doch noch schrecklicher war, dass die Ställe leer standen. Die Pferde waren weggelaufen.

Nein, sie waren nicht freiwillig verschwunden. Meine Pferde waren gestohlen worden.

FÜNFUNDDREISSIG

Wütend trat ich gegen einen Wassereimer. Durch Magie flog er weiter, als er sollte. Wenn ich die Grenzen des Römischen Reiches hätte sehen wollen, hätte ich nur diesem Eimer folgen müssen.

Sofort war Livia an meiner Seite und legte mir die Hand auf den Arm. Ich weiß nicht, ob sie mich trösten wollte oder selbst Trost suchte. Livia hätte all die Fluchtafeln mit meinem Namen nicht sehen sollen, denn sie machte sich auch so schon genug Sorgen. Meine Gedanken überschlugen sich, so kam es darauf jetzt auch nicht mehr an. Man brauchte mich nur anzusehen, schon wusste man, dass die Fluchtafeln ihr Werk vollbracht hatten.

»Wer war das?« Livia klang weder besorgt noch ängstlich. Sie war stocksauer. »Nic, wer hat deine Pferde gestohlen?«

Keine Ahnung. Jedenfalls war es nicht zufällig geschehen, das stellten die Fluchtafeln klar. Es könnte jemand von den anderen *Factiones* gewesen sein oder sogar jemand von meiner eigenen, damit ich am nächsten Tag ja nicht in roter Toga fahren würde.

Am ehesten waren es aber die Prätoren. Wenn ich das Rennen aus welchen Gründen auch immer nicht antreten konnte, zählte das als Niederlage.

»Ist doch egal.« Ich fühlte mich jetzt schon geschlagen. »Sie sind futsch.«

»Was ist mit den Pferden, mit denen du vorher gefahren bist? Radulf hat sie doch behalten, oder?«

»Hat er, aber mit denen habe ich keine Chance. Für ein gewöhnliches Rennen reicht es vielleicht, nicht für das, was mich morgen erwartet.«

»Das muss reichen«, entgegnete Livia.

Ich begleitete sie zurück zu Callistus. »Bring ihn nach Hause und erzähl Radulf, was passiert ist. Der wird dann seine Diener mit den Ersatzpferden schicken.«

»Was machst du solange?«

»Ich mache mich auf die Suche nach den verschollenen Tieren.« Ein aussichtsloses Unterfangen. Die Pferde waren ja nicht einfach durchgebrannt und strolchten hier noch in der Nähe herum.

Sobald Livia aufsaß, flüsterte ich Callistus ins Ohr, er möge meine Schwester sicher nach Hause bringen. Nachdem sie losgeritten waren, schaute ich noch einmal in den anderen Ställen nach, ob die Pferde vielleicht irrtümlicherweise woanders hingebracht worden waren. Ich glaubte nicht wirklich daran. Niemand nagelte aus Versehen Fluchtafeln an meine Stalltür, genauso wie sich meine Pferde nicht aus Versehen selbst freigelassen hatten.

Aber mir fiel eben nichts Besseres ein. Und als ich meine Pferde auch in den anderen Ställen nicht fand, kehrte ich zu meinen Ställen zurück und ließ mich an einem Pfeiler zu Boden gleiten. Falls Magie die Lösung zu diesem Problem war, kam ich nicht drauf, und vor lauter Gegrübel konnte ich nicht mehr klar denken.

Radulf würde mir wie gewünscht das alte Gespann schicken. Doch die Pferde waren zwei Tage lang nicht bewegt worden und selbst in Bestform würden sie mich nicht als Ersten über die Ziellinie bringen.

Nach einer Weile gab ich alle Hoffnungen auf das Rennen und die Pferde auf und lenkte meine Gedanken zu meiner Schwester und ihrem Wunsch, mir zu helfen. Gerade sprach sie mit Radulf, und das war bestimmt hilfreich, aber das war nicht die Art von Hilfe, die ihr vorschwebte. Livia wollte morgen einen entscheidenden Beitrag leisten. Und obwohl ich in den letzten Tagen hart trainiert hatte, standen meine Chancen schlechter denn je.

Ich hatte zwar versprochen, im Rennen keine Magie einzusetzen, doch ich hatte nicht versprochen, an den Marsreif ohne Magie heranzukommen. Notfalls würde ich ihn Atroxias kalten Klauen entreißen müssen. Und es war in jedem Fall besser, es vor dem Rennen zu tun, falls etwas schiefging.

Zu Radulf wollte ich nicht zurück und zu Crispus auch nicht. Deshalb blieb ich im Stall und schlief irgendwann dort ein, wo meine Pferde hätten sein sollen. Morgens wurde ich mit einem Tritt geweckt.

Ich drehte mich um und Theon stand vor mir, der Anführer der Roten, der mir bei unserer letzten Begegnung ein blaues Auge verpasst hatte.

Da hatte ich ja noch Glück, dass er nicht heftiger zugetreten hatte.

»Der Enkel des Generals verbringt die Nacht wie ein Sklave«, sagte Theon. »Das passt ja.«

»Wir haben nichts zu besprechen«, brummte ich. »Ich fahre nicht mehr für die Roten.«

Theon linste in die leere Box. »Sieht aus, als würdest du überhaupt nicht fahren.«

»Die sind noch in den Bädern für eine Massage. Die müssten jeden Augenblick zurückkommen.« Ich schaute mich um. »Ihr seid auch ohne Pferde gekommen. Macht Ihr nicht mit?«

Theon leckte sich über die Lippen. »Mein Platz wurde gekauft. Die Plätze jeder *Factio* wurden aufgekauft. Außer deinem.«

Ich kniff die Augen zusammen. »Von wem denn?«

Er grinste. »Von Wagenlenkern, die besser sind als du, das steht schon mal fest. Ich wünsche dir viel Glück fürs Rennen, aber irgendwie glaube ich nicht, dass das hilft.«

Theon verschwand in die eine und ich ging in die andere Richtung. Radulfs Männer würden sicher gleich hier sein mit dem alten Gespann. Ein Gespann, das mir nie im Leben einen Sieg bescheren würde.

Ich stand allein in der Morgensonne und sandte einen stummen Hilferuf aus. In dem Moment rief auch schon Livia nach mir. Ich lief zurück zu den Ställen, wo sie mit Radulf und zweien seiner Diener stand, die die Pferde gebracht hatten.

Überraschenderweise schimpfte Radulf gar nicht. Weder rügte er mich dafür, dass ich die ganze Nacht weggeblieben war, noch dafür, dass mir seine teuren Pferde abhandengekommen waren. Er ging lediglich auf mich zu und fragte: »Bist du bereit?«

Natürlich war ich nicht bereit und das wusste er auch.

Mit dem Kopf deutete er zu den Ställen. »Die Prätoren haben die Pferde gestohlen.«

»Ich weiß.«

»Die Prätoren versuchen, mit schmutzigen Tricks zu gewinnen. Ich sag es dir jetzt zum letzten Mal, Nic. Du musst auch betrügen, sonst hast du keine Chance.«

»Ich betrüge nicht.«

»Dein Leben steht auf dem Spiel!«

»Deshalb kann ich ja nicht betrügen!« Seufzend trat ich ein paar Schritte zurück. »Wenn ich nicht ehrlich gewinne, werden sie unsere Bedingungen nicht akzeptieren, und dann sind wir genau wieder an dem Punkt, wo wir vorher waren.«

»Du wirst nicht an dem Punkt sein, wo du vorher warst, weil du nicht gewinnst.« Radulf deutete auf die Pferde. »Das Gespann ist schnell, aber nicht schnell genug.«

»Lasst Eure Diener den Wagen von allem Ballast befreien. Ich will kein überflüssiges Gewicht haben.«

»Der Wagen schützt dich im Rennen.«

Grimmig lächelte ich. »Heute kann mich kein Wagen beschützen. Runter mit dem Ballast.«

Als Radulf ging, um seinen Dienern Anweisungen zu geben, kam Livia und breitete vor mir eine neue Tunika aus. Sie war mit so sattem Gelb gefärbt, dass es aussah, als sei sie aus Gold gewoben. Die Säume waren mit Symbolen der Götter bestickt: Jupiters Blitz, Neptuns Dreizack, Mars' Speer und Minervas Schild. Dianas Bogen fehlte.

»Wo hast du die her?«, fragte ich. Die Tunika war so fein gewebt, dass ich mich kaum traute, sie anzufassen, ja nicht einmal anzuhauchen.

»Da du ja nicht mehr für die Roten fährst, hat Radulf dir das über Nacht anfertigen lassen. Damit du auf der Bahn deine eigene *Factio* bist, mit deiner eigenen Farbe.«

Ich schaute zu Radulf hinüber, der mich und Livia beobachtete. Ich hielt die Tunika hoch und nickte ihm dankbar zu.

Es war wohl das erste Zeichen von Respekt ihm gegenüber, und ich muss sagen, es war ein gutes Gefühl, dass er und ich wirklich auf einer Seite waren.

»Nic! Da bist du ja!« Crispus kam angerannt. Er machte große Augen, als er die Tunika sah. »Wo hast du die denn her?«

»Von unserem Großvater«, antwortete Livia. »Die Knie- und Handgelenkschoner passen farblich auch dazu, nur für einen neuen Helm hat die Zeit nicht mehr gereicht.«

»Ich habe dergleichen nie gesehen.« Lächelnd fuhr er mit der Hand über den Stoff. »Wenn man die Tunika als Zeichen wertet, wird es ein guter Tag werden.«

Ich lächelte ihn ein wenig hilflos an. So schön, wie die Tunika war, für mich war sie nur ein Zeichen, dass Radulf bereit war, einen Batzen Geld für mich auszugeben. Womöglich ließ sich Radulfs Großzügigkeit aber auch als glückliches Zeichen werten.

Livia sagte: »Vielleicht fühlst du dich besser, wenn du schön angezogen bist. Wie ein Sieger.«

Ich nickte und verschwand hinter den Stallungen, um mich umzuziehen. Das Gewebe war strapazierfähig und die Nähte makellos. Farblich passte der Stoff so gut zur *Bulla,* dass sie fast ineinander übergingen. Wäre das Lederband nicht gewesen, hätte man aus der Entfernung nicht einmal sehen können, dass ich das Amulett trug. Livia hatte recht, mir ging es gleich besser.

Und dieses gute Gefühl hätte auch angehalten, wäre ich auf dem Weg zurück nicht ausgerechnet Decimus Brutus und mindestens einem Dutzend Prätoren in die Arme gelaufen.

»Nicolas Calva!«, tönte Brutus lautstark. »Da sieh mal einer an. Hat dir noch niemand gesagt, dass es nicht hilft, sich wie ein Sieger zu kleiden?«

»Bei Euch scheint es anders herum ja auch zu funktionieren. Ihr seht aus wie ein Verlierer.« Aus den Augenwinkeln sah ich, wie Radulf das Gesicht verzog. Oder grinste er womöglich? Sah ganz danach aus.

Brutus ging nicht weiter auf meine Beleidigung ein, funkelte mich nur böse an. »Man hat mir gesagt, dass ich dich hier finde. Ist es wirklich schon vier Tage her?«

Radulf trat vor mich. »Nic schuldet Euch ein Rennen, kein Gespräch.«

Brutus drängte sich an ihm vorbei. »Ich bin nicht hier, um einen Streit anzuzetteln, General Radulf. Und von Eurem Enkel erwarte ich das ebenso wenig. Ich will einfach nur noch mal die Regeln fürs Rennen festhalten.«

Ich machte einen Schritt auf Brutus zu, flankiert von Crispus auf der einen und Livia auf der anderen Seite. Schade, dass Aurelia nicht hier war. Ohne sie fehlte etwas.

»Die Regeln sind geblieben wie abgemacht. Wenn ich das Rennen gewinne, werdet Ihr meine Mutter freigeben und mich künftig in Ruhe lassen. Und wir beide werden nie wieder ein Wort miteinander wechseln.«

Brutus grinste. »Und wenn ich gewinne, wirst du mir den Schlüssel zum Marsreif aushändigen und dich mir ausliefern.«

»Sieben Runden«, sagte ich. »Ihr wählt Eure Pferde und ich meine.«

Lachend warf er einen Blick auf meine Pferde. »Die? Dafür entscheidest du dich?«

»Nein, gar nicht.« Ich grinste und genoss, wie Brutus das Lachen verging. Radulf blickte ebenfalls verwirrt drein, aber ich hatte auch ihm nichts sagen wollen, bis mein stummer Hilferuf von vorhin tatsächlich erhört worden war. Aus der Ferne hörte ich ihn schon, wusste, dass meine Unterstützung gekommen war. Callistus trabte auf uns zu, drängte Brutus unsanft beiseite und stellte sich zu mir.

Callistus. Ich würde das Rennen mit einem Einhorn bestreiten.

SECHSUNDDREISSIG

Nachdem er den ersten Schock verdaut hatte, lief Brutus vor Wut feuerrot an. »Das ist kein Pferd!«

»Das Einhorn gehört zur Familie der Pferde«, sagte ich. »Die Lieblingsgattung der Götter, glaube ich.«

»Niemand fährt mit einem Einhorn«, stotterte Brutus. »Das ist nicht erlaubt.«

Radulf lächelte zu mir herüber, so stolz hatte ich ihn noch nie gesehen. »Welche Regel verbietet es einem Wagenlenker, mit einem Einhorn zu fahren?«

»Jeder Wagenlenker hat ein Gespann aus vier Pferden …«

»Bis zu vier«, meinte Radulf. »Nichts spricht dagegen, dass Nic mit weniger fährt.«

Brutus entschuldigte sich, und die Prätoren schlossen sich zu einem engen Kreis zusammen, um sich zu beraten. Mehr als ein Mal wetterten sie lautstark gegen mich und Radulf. Wir grinsten uns nur an. Mir war schon klar, dass Callistus den Prätoren so willkommen war wie eine Läuseepidemie, aber am Ende würde ihnen nichts anderes übrig bleiben, als es zu akzeptieren. Callistus war berechtigt, am Rennen teilzunehmen, nicht einmal der Kaiser selbst hätte das verbieten können.

Schließlich löste sich Brutus aus der Gruppe und kam zu

mir zurück. »Dein Einhorn darf am Rennen teilnehmen. Aber wenn meine Wagenlenker dich auf der Bahn angreifen, beschwer dich hinterher nicht bei mir, wenn dein … Pferd nicht mehr zu retten ist.«

»Eure Wagenlenker?«, fragte Radulf. »Ihr dürft nur einen Kontrahenten ins Rennen schicken. Wer es als Erster über die Ziellinie schafft, hat gewonnen.«

»Ja, das weiß ich, bloß bei den *Ludi Romani* fahren zwölf Gespanne.« Brutus nickte den Prätoren zu. »Bringt die anderen Wagenlenker.«

Radulf nahm mich beiseite. »Die werden die besten Lenker Roms aufbieten, aber du musst nur den einen schlagen. Die übrigen dienen bloß dazu, dir Angst zu machen. Lass dich nicht einschüchtern.«

»Werde ich nicht«, antwortete ich. Was nicht so ganz stimmte. Selbst mit Callistus im Team hatte ich eine Riesenangst.

Radulf lag ganz richtig: Die Männer, die gerade die Stallungen betraten, waren brutale, muskelbepackte Kolosse. Manche waren gewaltig wie Felsbrocken – die Quadrigen würden mit ihnen mächtig schwer werden, doch es ging ihnen ja nicht um den Sieg. Sie sollten nur meinen verhindern. Und selbst die Leichteren hatten Muskeln wie in Stein gemeißelt. Allein vom Aussehen her hatte jeder mehr Chancen als ich.

»Das sind aber keine stadtbekannten Wagenlenker«, sagte Radulf. »Wo kommen die Männer her?«

»Das sind alles Sklaven«, sagte Brutus. »Manche sind Ruderer, andere Steinmetze, wieder andere Wagenlenker, die in den Provinzen große Siege erzielt haben.«

Mir schlug das Herz bis zum Hals. Wenn die Prätoren Sklaven ausgewählt hatten, konnte ich mir die Vereinbarung gut vorstellen. Jeder, der mich vom Wagen werfen würde, verdiente sich die Freiheit. Jeder, der versagen würde, den Tod. Sie wollten ebenso verzweifelt gewinnen wie ich.

»Damit verplempern wir nur unsere Zeit«, sagte Radulf. »Nic muss nicht alle schlagen, nur den einen, den Ihr auswählt. Wer ist es?«

Ich zählte nach. Zehn Wagenlenker. Ich war der Elfte. Wer war der Zwölfte?

Auch Crispus neben mir zählte nach. Er trat auf Brutus zu. »Euch fehlt einer.«

»Ach ja?« Mit gespielter Verwunderung drehte sich Brutus zu seinen Männern um. »Bevor ich meinen letzten Kandidaten vorstelle, möchte ich noch einmal zum abschließenden Punkt unserer Vereinbarung kommen.« Sein Blick fiel auf mein Amulett.

»Ich werde keine Magie benutzen«, sagte ich. »Ich stehe zu meinem Wort.«

»Wie kann ich da sicher sein?«

»Meine Magie ist nie besonders subtil«, antwortete ich. »Wenn ich Magie einsetze, merkt Ihr es sofort.«

Brutus trat näher. »Wenn du Magie einsetzt, selbst wenn es nur ein Hauch ist, hast du automatisch verloren.«

Mein Blick wanderte zu Radulf, der die Lippen zu einer schmalen Linie zusammengepresst hatte. Schon klar, dass er diese Regel anfechten wollte, aber wie? Da hatten wir keine Chance. Mit Magie hätte ich von vornherein gewonnen gehabt, da hätten die Prätoren ja keinen Wettstreit gebraucht.

»Keine Magie«, versprach ich. »Nun zeigt mir den Wagenlenker, gegen den ich antreten soll. Denn bislang habe ich noch niemanden gesehen, der mir gefährlich werden könnte. So schwer, wie die Männer sind, werden die nicht einmal den aufgewirbelten Staub hinter mir sehen können.«

Das war nur so dahergesagt. In Wirklichkeit stellte jeder Einzelne dieser Männer eine Bedrohung für mich dar, sowohl für meine Sicherheit als auch für meine Gewinnchancen. Und dabei waren dies die Wagenlenker, die Brutus nicht auserkoren hatte. Wie mochte erst der Mann aussehen, den er ausgesucht hatte?

Brutus lächelte. »Der zwölfte Wagenlenker ist kein Prätor und streng genommen auch kein Wagenlenker. Aber meine Kandidatin ist hoch motiviert. Wenn sie verliert, stirbt sie.«

Mir rutschte das Herz in die Hose. »Sie?«

Zwei weitere Prätoren kamen um die Ecke, zwischen ihnen lief Aurelia. Ihre Hände waren zusammengekettet, ihre Augen wild vor Wut. Sie stemmte sich gegen die Männer, die sie vorwärtszerrten, bis sie mich sah. Eine Träne rollte ihr über die Wange und sie schüttelte entschuldigend den Kopf.

Aurelia hatte man für das Rennen ausgewählt, vielleicht, weil sie die einzige Gegnerin war, die mich durcheinanderbrachte. Nun wusste ich wirklich nicht mehr weiter. Ich musste gewinnen, sonst würde das Reich fallen und zwischen den Göttern ein Krieg ausbrechen. Ich würde alles verlieren.

Doch Aurelia musste auch gewinnen, sonst wäre sie tot. Und dann hätte ich noch mehr verloren.

SIEBENUNDDREISSIG

Ich stürmte auf Brutus zu, in mir brandete die Magie. »Nein!«, schrie ich. »So war das nicht abgemacht!«

Radulf zog mich zurück. »Hier können wir nicht kämpfen, Nic.«

»Gegen Aurelia fahre ich nicht!«

»Du hast keine Wahl.« Radulf schüttelte mich, um mich zur Vernunft zu bringen. »Das verstößt nicht gegen die Abmachung.«

»Darauf hätte ich mich nie eingelassen.« In mir stieg Panik auf. »So nicht!«

»Tut mir leid, Nic«, sagte Aurelia.

Der Prätor neben ihr hielt ihr drohend das Schwert an die Brust. »Du hältst gefälligst den Mund.«

Als er das Schwert wieder hob, traf ihn meine Magie und schleuderte ihn zu Boden wie eine lästige Fliege. Vielleicht war es lediglich eine Drohgebärde, aber egal. Daraufhin nahm jeder zweite Prätor die Waffe herunter, die Hälfte aller Waffen war auf Aurelia gerichtet. Wohin die anderen zeigten, konnte ich in dem Moment gar nicht sagen.

»Lasst die Schwerter sinken«, sagte Radulf. »Brutus, dieses Mädchen ist eine römische Bürgerin. Ihr könnt sie weder zum Rennen zwingen noch bestrafen, wenn sie verliert.«

»Ich bin ein römischer Richter«, antwortete Brutus. »Sie hat sich strafbar gemacht, indem sie Eurem Enkel vor zwei Monaten geholfen hat, seinem Herrn zu entkommen. Bestimmt werden die anwesenden Prätoren meiner Sicht der Rechtslage zustimmen.«

»Nein!«, brüllte ich. »Damit kommt Ihr nicht durch!«

»Stell mich auf die Probe.« Brutus' kohlrabenschwarze Augen verdunkelten sich noch mehr. »Los, trau dich, Nicolas.«

»Nicht hier, nicht jetzt«, sagte Radulf. »Wir sind mit den Bedingungen einverstanden!«

Ich war so sauer, dass ich auch Radulf liebend gerne eine Ladung Magie entgegengepfeffert hätte, doch er sah mich warnend an.

»Sie haben Aurelia, sie haben deine Mutter«, meinte Radulf. »Was wir an Prätoren gerade vor uns sehen, ist nur ein kleiner Teil von ihnen. Ich garantiere dir, dass sie die halbe Tribüne besetzt halten. Du bekommst keine zweite Chance, mit ihnen zu verhandeln. Wenn du deine Mutter retten willst, musst du das Rennen fahren.«

Ich schüttelte den Kopf, flehte ihn an, mir eine andere Lösung zu präsentieren, doch er hatte ganz offensichtlich keine. Spöttisch verbeugte sich Brutus vor uns und sagte, er würde an der Ziellinie auf mich warten. Aurelia wurde weggezerrt, bevor sie auch nur die Gelegenheit bekam, den Mund aufzumachen.

Als alle gegangen waren, drehte ich mich zu Radulf um, aber er meinte bloß: »Ich habe dich gewarnt, Nic. Mit Fairness konntest du nicht rechnen!«

»Habe ich auch gar nicht«, flüsterte ich. »Nur mit ihr habe ich nicht gerechnet.«

Crispus hatte sich wieder neben mich gestellt, er war so aufgebracht, dass er kaum sprechen konnte. »Hätte ich sie doch nur nicht gehen lassen …«

»Ich habe die Abmachung getroffen. Ich habe sogar die Bedingungen ausgehandelt«, entgegnete ich. Mit Schrecken wurde mir klar, dass alles meine Schuld war.

»Was willst du jetzt machen?«, fragte Livia.

Ich drehte mich zu ihr um. »Radulfs Pferde können nicht hier im Stall bleiben, sonst werden die auch noch gestohlen. Irgendjemand muss sie nach Hause bringen.«

»Die alten Pferde sind jetzt mein geringstes Problem«, sagte Radulf.

»Aber mein größtes!«, brüllte ich. »Ich will nicht, dass meine Schwester beim Rennen zusieht.«

Ich nahm Livia beiseite und erklärte ihr alles unter vier Augen. Was ich über den Schlüssel zum Marsreif wusste, warum sie heute nicht dabei sein konnte und was geschehen musste, damit ich erfolgreich sein würde. Mir fiel es schwer, ihr alles zu sagen, auch wenn sie ja unbedingt helfen wollte. Ich wusste, dass sie Angst um mich hatte. Und mir war auch klar, dass es ihr nicht gefallen würde, um was ich sie bat. Hoffentlich würde sie es trotzdem tun. Als wir zu den anderen zurückgingen, sagte Livia mit Tränen in den Augen: »Ich bringe jetzt die Pferde nach Hause. Aber wenn ich zurückkomme, werde ich Nic beim Rennen zuschauen. Das lasse ich mir nicht nehmen.«

Ich nickte ihr zu, mein Herz schlug zu laut für Worte.

Radulf schickte einen seiner Diener mit, der andere machte sich daran, Callistus vor die Quadriga zu spannen. Derweil flüsterte ich dem Einhorn eine Entschuldigung ins Ohr.

»Eigentlich bist du nicht dafür gedacht«, sagte ich. »Dennoch muss ich dich darum bitten. Es wird ein schweres Rennen werden. Du musst immer vor den anderen Wagen bleiben, so kann dir nichts passieren.«

Callistus warf den Kopf hoch und runter und ich umarmte ihn dankbar.

»Kann ich dich mal allein sprechen?«, fragte Radulf.

Radulf war nun wirklich der Letzte, mit dem ich sprechen wollte, und allein schon gar nicht. Auf seine Tiraden, was ich alles wann falsch gemacht hatte, auf seine Drohungen und Verfluchungen, weil ich mal wieder so dumm gewesen war, konnte ich gut verzichten. Das brauchte mir keiner sagen, das wusste ich auch so. Und das stand mir wohl auch deutlich ins Gesicht geschrieben.

»Nic, ich will mit dir reden.« Radulfs Stimme wurde entschlossener. »Jetzt.«

»Ich kümmere mich darum, dass die Quadriga auch richtig festgemacht ist«, sagte Crispus schnell.

Unwillig folgte ich Radulf zu einem ruhigen Plätzchen hinter den Ställen. Er stellte sich vor mich, aber nicht wie sonst, wie ein stolzer General, der alles und jeden in seinem Umfeld im Griff hatte. Nein, diesmal wirkte er fast verlegen, als wäre die Situation neu und ungewohnt für ihn.

»Gürte dich nicht am Wagen fest«, sagte er. »Ich hatte dich schon mal darum gebeten. Hörst du diesmal auf mich?«

Ich schwieg. Hauptsächlich, weil ich seinem Rat allgemein misstraute.

Aber erst einmal wollte ich wissen, was er mir zu sagen hatte.

»Du musst heute gewinnen«, meinte Radulf. »Auch wenn

es bedeutet, dass Aurelia verliert, musst du gewinnen. Ich hoffe, du begreifst das.«

Innerlich sträubte sich alles in mir. »Ich lasse sie nicht verlieren.«

»Hör zu«, sagte er. »Du hast eine Verantwortung gegenüber der Magie. Die Götter haben dir diese Gabe verliehen und mit dem Rennen setzt du alles aufs Spiel. Wenn du verlierst, schnappen sich die Prätoren den Marsreif, wecken die Herrin und zwingen dich, den Jupiterstein zu erschaffen. Damit werden sie den Götterhimmel kontrollieren und noch den Staub zu deinen Füßen auslöschen.«

»Ich weiß, was auf dem Spiel steht. Besser als sonst jemand.«

»Aurelia wird verstehen, warum du gewinnen musst.«

»Das werde ich nicht von ihr verlangen! Das tue ich ihr nicht an, schon gar nicht für Euch!« Bissig stieß ich die Worte hervor. Aurelia interessierte ihn nicht, genauso wenig wie Livia oder ich oder irgendetwas, was nicht seinem persönlichen Machtstreben diente.

Ich wollte gehen, doch er hielt mich am Arm zurück und drehte mich zu sich herum. Statt etwas zu sagen, schaute er mich nur an, als wären die Gefühle in seinem Herzen noch nicht zu Worten in seinem Kopf geworden. Also, wenn er ähnlich fühlte wie ich, hätte ich ihm ein paar Worte vorschlagen können, aber gefallen hätten sie ihm bestimmt nicht.

»Lasst mich«, sagte ich und riss mich los. »Ich muss mich auf das Rennen vorbereiten.«

»Ich möchte nicht, dass du verlierst«, murmelte er schließlich, dann schluckte er schwer und unternahm einen neuen Versuch. »So hat es ganz falsch geklungen. Was ich damit meine, ist, dass ich *dich* nicht verlieren möchte.«

Verständnislos sah ich ihn an. Was meinte er? Wenn irgendjemand anderes das gesagt hätte, hätte ich es verstanden. Doch das war Radulf, mein Feind und Geiselnehmer, der mich im Amphitheater fast getötet hätte und mir immer wieder zu verstehen gab, dass er es nur nicht getan hatte, weil er mich für den Jupiterstein brauchte.

Hatte sich zwischen uns etwas geändert? Vielleicht hatte sich Radulf in den letzten Tagen verändert?

Radulf trat von einem Bein aufs andere, wirkte nun noch verlegener, wenn das möglich war. »Ich bin dein Großvater.«

»Was Ihr nicht sagt.«

»Ich habe deinen Vater mehr geliebt, als ich mir je hätte vorstellen können. Er war mir ein guter Sohn, besser, als ich es verdient hatte. Als die Römer wieder einmal in Gallien einfielen, wurde ich von ihm getrennt und zum Gladiator bestimmt. Zu der Zeit war dein Vater etwas jünger als du jetzt. Zunächst kämpfte ich für die Römer, weil ich glaubte, mich eines Tages mit genügend Geld freikaufen zu können, damit ich zurück zu deinem Vater konnte. Vielleicht verstehst du, wie es mir damals ging.«

Das verstand ich nur zu gut. Im Bergwerk war kein Tag vergangen, ohne dass ich darüber nachgedacht hatte, wie ich meine Mutter und meine Schwester freibekommen könnte.

»Je mehr ich kämpfte, desto mehr Menschen jubelten mir zu. Und nach einer Weile ging es mir gar nicht mehr um Freiheit, sondern um die Liebe des Publikums, die ich allerdings nie erwidert habe. Das passiert, wenn man zu viel Lob erntet. Irgendwann wird man süchtig nach Lob und Anerkennung. Dann steckten mich die Römer in Soldatenuniform, wo ich um Sieg und Ehre kämpfen sollte.« Radulfs Gesichtszüge wurden weich. »Ich habe es vergessen, Nic. Ich habe vergessen, wie es ist, um meinen Sohn zu kämpfen, um die Menschen, die mir am Herzen liegen. Aber jetzt weiß ich es wieder.«

»Mein Vater ist tot«, sagte ich hölzern.

»Das weiß ich.« Nun wurde sein Ton sanft. »Doch er lebt weiter, in dir.«

Ich wich einen Schritt zurück. »Ich erinnere mich kaum an ihn.«

Radulf bekam feuchte Augen, nie im Leben hätte ich das für möglich gehalten. »Wenn ich dich anschaue, erinnere ich mich wieder an alles«, murmelte er. »Ich habe schon deinen Vater verloren. Und ich könnte es nicht ertragen, in dem Rennen heute auch dich noch zu verlieren.«

Crispus streckte den Kopf um die Stallecke. »Nic, die Wagen werden aufgerufen. Wir müssen los.«

»Du bist mein Enkel, Nic. Eines Tages wirst du mich hoffentlich Großvater nennen, freiwillig. Bitte verlier das Rennen nicht.«

Einen Moment lang sah ich ihn noch an, bevor ich nickte und Crispus folgte. Als wir an unserer Stalltür vorbeikamen, schüttelte ich die Hände aus, um die überschüssige Magie loszuwerden. Dabei fielen sämtliche Fluchtafeln von der Tür. Mit einer Handbewegung ließ ich sie am Boden zerschmelzen. Das war es dann mit den Flüchen.

»Du wirkst so durcheinander«, meinte Crispus. »Was hat Radulf denn gewollt?«

Ich drehte mich noch einmal um. »Ehrlich gesagt weiß ich es auch nicht so genau. Allmählich glaube ich, dass Radulf etwas an mir liegt. Vielleicht.«

Crispus zog eine Braue hoch. »Im Ernst?«

»Keine Ahnung.« Mein Herz begann schon wieder zu hämmern. »Im Moment weiß ich eigentlich gar nichts mehr.«

»Die Sache mit Radulf kannst du ja nach dem Rennen klären.«

»Nein, das meine ich nicht. Ich weiß nicht, wie ich das Rennen angehen soll. Was soll ich machen?«

Crispus lächelte mich an. Auch wenn es etwas gezwungen wirkte, war es nett. »Dir fällt schon etwas ein. Ich glaube an dich.«

ACHTUNDDREISSIG

Selbst hatte ich das Publikum heute Morgen zwar noch nicht gesehen, doch von Crispus wusste ich, dass so viele Menschen in den *Circus Maximus* geströmt waren, dass nicht mehr alle einen Sitzplatz abbekommen hatten. Zuschauer standen in den hinteren Reihen oder drängten sich in den Eingängen. Bestimmt war der Auftakt zu den *Ludi Romani* spannend, aber diesmal lag noch mehr in der Luft. Die Leute hatten schon von mir und meiner Magie gehört und wussten, dass ich im ersten Rennen fuhr. Nun erwarteten sie ein ähnliches Spektakel wie im Amphitheater vor zwei Monaten.

Da musste ich sie leider enttäuschen. Die *Bulla* war zwar warm und pochte vor Magie, doch ich ignorierte es. Diesmal würde ich das Amulett nicht benutzen, vor allem nicht mit Aurelia auf der Bahn.

Crispus und ich liefen hinauf aufs Dach des Gebäudes, in dem die Startboxen untergebracht waren. Hier unter den Augen des Publikums wurden unsere Startpositionen ausgelost. Die Menge begrüßte die anderen Wagenlenker mit Beifall, doch als ich mich zeigte, schwollen sowohl Jubel- als auch Spottgesänge an. Die anderen Lenker schauten mich an, als wollten sie mich fressen. Ich funkelte sie böse an, aber der

Hunger in ihren Augen blieb. Sklaven hatten unsere Pferde bereits bereitgemacht und kümmerten sich nun unten um sie, noch wurden die Tiere nicht zu ihren Startboxen gebracht. Erst einmal mussten wir unsere Positionen ziehen. Radulf hatte gehofft, mein Name würde möglichst spät aufgerufen werden, damit ich eine Position fernab des Gegners wählen konnte. Als ich mich so umsah, wurde mir klar, wie sinnlos diese Strategie war, hier waren alle gegen mich. Gegner hätte ich nur vermeiden können, wenn ich eine leere Bahn am Ende der Welt hätte wählen können. Und selbst das hätte wahrscheinlich nicht gereicht.

Ich sah mich nach Aurelia um, aber sie war nicht unter uns. Wahrscheinlich zog einer der Prätoren eine Zahl für sie.

»Es geht ihr gut«, flüsterte Crispus, als er meinen hilflosen Blick bemerkte. »Die wollen, dass sie gewinnt, also werden sie ihr nichts tun.«

Noch nicht. Und auch nicht, wenn sie gewann. Und ich verlor.

In Abwesenheit von Kaiser Florian wäre eigentlich der Vorsitzende des Senats der Sponsor gewesen, also Valerius. Doch der war tot und noch war wohl kein Nachfolger gewählt worden. Dennoch erwartete ich, dass einer der Senatoren die Spiele eröffnen würde, deshalb war ich überrascht, als Decimus Brutus als Sponsor ausgerufen wurde und unter großem Applaus die Treppen zu uns hinaufstieg. Es war schon hin und wieder vorgekommen, dass ein Prätor die Schirmherrschaft der Spiele übernommen hatte, dennoch hatte ich gehofft, dass es jemand anderes sein würde. Brutus nahm den Beifall entgegen, als sei er der Kaiser höchstpersönlich. Dann begrüßte er uns.

»Willkommen zum ersten Wagenrennen bei den *Ludi Romani*«, sagte er. »Wie ihr alle wisst, finden die Rennen zu Ehren der Götter und zum Ruhm Roms statt.« Sein Blick fiel auf mich. »Aber ihr wisst auch, dass für jeden Einzelnen von euch viel auf dem Spiel steht. Wenn ihr nicht gewinnt, lohnt es wohl kaum, die sieben Runden zu überstehen. Außer in deinem Fall, Nicolas Calva. Du wirst mir lebendig überbracht. Wir sehen uns also direkt nach dem Rennen … oder schon früher.«

Fragend sah ich ihn an, doch Brutus gab keine weiteren Erklärungen ab.

Vor uns in der Mitte stand eine riesige Urne, größer als der größte Mann unter uns. In der Urne befanden sich Kugeln mit unseren Namen. Normalerweise wurden die Kugeln nur mit den Farben der Rennställe bemalt, aber heute gab es keine *Factiones*, außer man zählte zwei: mich und die anderen; und Aurelia war vielleicht noch die dritte *Factio*. Brutus drehte die Urne und eine Kugel fiel heraus. Er nahm sie in die Hand und bewegte sie, bis er den Namen darauf lesen konnte. »Kaseo!«, rief er der Menge zu.

Ein klobiger Mann stampfte vorwärts, anders konnte er sich wohl nicht bewegen. Er brüllte: »Ich nehme die zweite Box!«

Als er mich beim Zurücktreten böse anstarrte, nahm ich mir gleich vor, nicht rechts oder links neben ihm zu starten.

Ein zweiter Mann wurde aufgerufen, der die zwölfte Box wählte, wohl in der Hoffnung, damit der Gefahr möglichst aus dem Weg zu gehen. Neben ihm zu fahren, wäre nicht so schlimm, doch der dritte Mann wählte die elfte Bahn, und neben dem wollte ich auf keinen Fall sein. Der sah aus wie ein Bulle und war bestimmt auch genauso fies.

Ich wurde als Letzter aufgerufen, und als die Kugel mit meinem Namen kam, wusste ich auch, wieso. Meine war viel größer als die anderen, damit sie erst am Ende nach allen anderen herausfallen konnte.

Brutus hielt die Kugel hoch und rief ins Publikum: »Nicolas Calva, welche Box wählst du?«

Die einzige, die noch übrig war, deshalb machte ich mir auch nicht die Mühe, zu antworten. Ich würde auf der dritten Bahn starten, was jetzt nicht besonders schlecht war, aber ich hätte es besser treffen können. Abgesehen von dem Typen auf Bahn elf hatten alle fies aussehenden Gegner die niedrigen Nummern gewählt.

»Der entlaufene Sklave nimmt Startbox drei!«, rief Brutus der Menge zu und drehte sich dann hämisch grinsend zu mir um. »Herzlichen Glückwunsch, mein Junge.«

Wut stieg in mir auf. Ich war nicht sein Junge. Ich war niemandes Junge.

»Komm«, sagte ich zu Crispus. Wir gingen, während sich die anderen Wagenlenker noch den Applaus vom Publikum abholten.

»Auf der dritten Bahn bist du ziemlich nah an der *Spina*«, meinte Crispus. »Zumindest zwei der Wagen werden dir den Platz nicht streitig machen.«

»Die sollen mir nicht den Platz streitig machen, sondern mich vom Wagen schmeißen. Lass das Einhorn gleich in die Startbox bringen. Wir treffen uns dort.«

Da die meisten Wagenlenker direkt nach hinten zu ihren Pferden gingen, war ich der Erste am Start. Nein, ich war der Zweite.

Aurelia war bereits dort, an einen schäbigen Wagen gekettet, der wohl noch aus Neros Zeiten stammte. Aurelia musste wohl oder übel fahren. In der zehnten Startbox würde sie unmittelbar neben dem Mann fahren, der so brutal wirkte. Der würde das armselige Gespann, das Brutus ihr gegeben hatte, einfach überrennen.

Als Aurelia mich kommen sah, lehnte sie sich in meine Richtung. »Uns bleibt nicht viel Zeit, also hör gut zu. Ich werde ohnehin nicht gewinnen, also spar dir die Mühe.«

»Du musst gewinnen«, sagte ich.

Sie verzog das Gesicht. »Ich bin noch nie eine Quadriga gefahren und mit Pferden kann ich auch nicht besonders gut umgehen.«

»Genau dehalb musst du gewinnen. Ich kann dich einholen, aber du holst mich niemals ein. Nicht mit diesen Gäulen.«

»Was redest du denn da? Und außerdem weiß ich, was passiert, wenn du verlierst. Dafür will ich nicht die Verantwortung übernehmen!«

Um meine Mundwinkel spielte ein Lächeln. »Tja, da hast du wohl ein Problem. Du bist nämlich am Wagen festgeschnallt, also kannst du mich nicht aufhalten.«

Aurelia kniff die Augen zusammen. Wäre ja nicht das erste Mal gewesen, dass sie sich über mich ärgerte. »Denk ja nicht …«

»Doch, Aurelia, das tue ich.« Leise murmelte ich: »Ich denke an dich.«

Crispus brachte Callistus, der schon angeschirrt war. Ich winkte ihn heran. »Schnell, mach Callistus von der Kutsche los, während ich Aurelias Pferde ausspanne.«

»Das wagst du nicht, Nic!«, sagte sie. »Ich schreie gleich.«

»Spar dir das für später auf«, sagte ich grinsend. »Wenn du

mich zur Schnecke machst.« Und das würde sie auch tun. Keine Frage.

Ich hatte schon so oft Pferde ein- und ausgespannt, dass ich ruck, zuck fertig war, und unter Aurelias anhaltenden Protesten rollte ich ihren Wagen rückwärts aus der Startbox. Da Crispus nur Callistus ausspannen musste, waren wir fast gleichzeitig fertig. Inzwischen trafen auch die anderen Gespanne ein, und wir ernteten seltsame Blicke, aber niemand versuchte, uns aufzuhalten. Unter den Wagenlenkern waren sicher einige, die begriffen, dass das, was ich tat, meinen Chancen, zu gewinnen, nicht gerade zuträglich war, also profitierten sie davon, mich links liegen zu lassen.

Ich brachte Aurelias Wagen wieder in die zehnte Startbox, nur diesmal mit Callistus davor.

»Bitte, tu das nicht«, sagte sie.

»Hör mal, es macht gar nichts, dass du nichts von Pferden oder Wagenrennen verstehst. Du bist angekettet, also wirst du nicht herausfallen und Callistus stürzt nicht. Lass ihn einfach machen. Vertrau ihm, er bringt dich sicher über die Ziellinie.«

Aurelia schüttelte den Kopf, Tränen liefen ihr über die Wangen. »Nein. Ich will das nicht.«

»Und ich will es nicht anders.« Ich nahm ihre Hand. »Im Abwasserkanal hast du mich gebeten, dir zu helfen, dein Erbe zu retten. Ich bin dein Freund, ich hätte dir sofort meine Hilfe anbieten sollen.«

»Es ging mir nicht allein ums Erbe.« Aurelia mied es, mich anzusehen, aber sie verschränkte ihre Finger mit meinen. »Da muss es schon einen besseren Grund geben.«

»Nic!« Crispus rief mich.

Uns lief die Zeit davon. Zu Aurelia sagte ich: »Bis nachher. Dann reden wir weiter.«

»Ich habe Angst, Nic.«

Ich drückte ihre Hand kurz. »Schon gut. Vertrau mir.«

Dann ging ich hinüber zur dritten Startbox, wo Crispus Aurelias Pferde vor meinen Wagen gespannt hatte. Gesund wirkten sie ja, aber schienen nur halb so kräftig wie die übrigen Gespanne.

Ich begrüßte jedes Pferd einzeln, versprach, mein Bestes zu geben, und bat sie, das Gleiche zu tun. Weil ich die *Bulla* nicht nutzte, wusste ich nicht, ob sie mich verstanden. Zumindest hatte ich es versucht.

Crispus blickte finster vor sich hin, als ich in die Quadriga stieg. Wie alle anderen war sie aus einem Weidengeflecht, das mit Lederbändern zusammengehalten wurde, ein wenig, als würde man in einem Brotkorb fahren. Nur war mein Wagen nun noch leichter. Am Boden gab es bloß noch ein einziges Brett: die Radachse. Wenn ich mit den Füßen wegrutschte, würde ich direkt nach unten durchfallen und unter die Räder geraten.

Crispus reichte mir die Zügel und kletterte hinter mich, um sie mir um die Taille zu schlingen.

»Lass«, sagte ich.

»Die Pferde kennen es nicht anders«, entgegnete er. »Die sind das so gewöhnt. Und du bist auch immer so gefahren.«

»Ich lasse mich nicht festgurten.« In der Hinsicht hatte Radulf recht. In diesem Rennen musste ich die Pferde mit den Händen lenken.

»Aber es ist auch ein Schutz. Wenn du den Halt verlierst, bleibst du wenigstens im Wagen.«

»Geh runter, Crispus. Bitte.«

Seufzend kletterte er vom Wagen. »Mach's gut. Bis in sieben Runden.«

Mir spukten tausend Worte durch den Kopf, Gedanken, die ich mit ihm teilen wollte. Gerne hätte ich mich entschuldigt und ihn gebeten, sich im Notfall um Livia zu kümmern. Doch als ich den Mund aufmachte, kam nichts heraus. Also nickte ich ihm zum Abschied nur zu.

NEUNUNDDREISSIG

Weil dies das erste Rennen bei den *Ludi Romani* war, gab es zunächst eine Prozession als Auftakt. Da der Kaiser nicht dabei war, würde dieser Umzug nicht ganz so pompös werden, eine einzige Runde im Schritttempo.

Römische Soldaten kamen mit den Flaggen Roms hereingeritten. Etliche drehten sich zu mir um und nickten mir freundlich zu. Radulfs Männer. Heute konnten sie zwar nichts für mich tun, aber es tat gut, dass sie mir Glück wünschten. Das Schmettern der Trompeten kündigte uns an. Sie würden noch zweimal ertönen: zu Beginn des Rennens, wenn das weiße Tuch fiel, und vor der letzten Runde.

Die Soldaten ritten uns voraus. Der Lärm der Menge war ohrenbetäubend, bestimmt waren es fünfmal so viele Menschen wie damals im Amphitheater. Radulf hatte mir von Schätzungen erzählt, denen zufolge jeder vierte Römer in den *Circus Maximus* passte. Nachprüfen konnte ich es nicht, aber wenn ich so zur Tribüne hinsah, kam mir das glaubhaft vor. Die Trompeter spielten weiter, und als wir auf die Bahn ritten, explodierte der Lärm. Mir platzte gleich der Schädel.

Doch eines musste ich unbedingt noch wissen, bevor es losging: wo Livia sitzen sollte. Obwohl Radulf auf der *Spina* stehen würde, würde ihr als Enkelin des Generals ein Ehrenplatz zuteilwerden.

Als sich meine Pferde der Kaiserloge näherten, war unschwer zu erkennen, wo Livia sitzen musste. In mir brandete mehr Magie auf, als mir lieb war; selbst wenn ich sie nicht im Rennen einsetzen durfte, für meine Schwester würde ich alles tun.

Und auf einmal entdeckte ich Livia, sie nahm genau den ihr zugedachten Platz ein. Zu mir schaute sie nicht, eigentlich schaute sie zu niemandem. Starrte mit kerzengeradem Rücken stur vor sich hin, die Hände im Schoß, als würde sie der Lärm ringsum nichts angehen. Das reichte. Die Prätoren würden sie im Auge behalten. Hoffentlich ließen sie sie zumindest während des Rennens in Ruhe. Wenn nicht, würde alles in die Binsen gehen.

Genauer gesagt, noch mehr in die Binsen gehen. Unvorstellbar, dass es noch schlimmer kommen konnte.

Ich winkte ihr zu, einfach, um ihre Reaktion zu testen. Livia winkte zurück. Auf jeden Fall wirkte sie recht selbstsicher – auch wenn es nur gespielt war, tröstete es mich.

»Ist das deine Schwester?«, fragte der Lenker rechts neben mir. »Hübsches kleines Ding.«

»Sie ist die Enkelin eines römischen Feldherrn«, sagte ich. »Der dir nur allzu gerne die Augen aus dem Kopf reißen würde, dafür, dass du sie so anstarrst.«

Der Mann lachte nervös. Und wand den Blick schnell ab.

Mir fiel auf, dass der Lenker links von mir auf die Zügel in meinen Händen schaute. »Uns ist es nur gestattet, deinen Sieg zu verhindern. Aber wenn du nicht festgegurtet bist, fügst du dir selbst noch mehr Schaden zu.«

»Du wirst meinen Sieg nicht verhindern.« Grinsend sah ich zu ihm hinüber. »Vielleicht einer der anderen Männer, aber du nicht.«

Der Mann grinste. »Pass mal auf, mein Freundchen. Ich krieg dich als Erster dran.«

»Du miefst bis hierher«, antwortete ich. »Bevor du mich eingeholt hast, haben dich die Fliegen gefressen.«

Daraufhin lachte der Mann neben ihm, was einen Streit zur Folge hatte. War mir nur recht. Hauptsache, ich stand nicht im Mittelpunkt.

Aurelia und mich trennten sechs Wagen, deshalb konnte ich kaum einen Blick auf sie erhaschen, doch Callistus war gut zu sehen, er bekam ordentlich Aufmerksamkeit vom Publikum. Als ich irgendwann Aurelias Haar im Morgenwind wehen sah, wurde mir bewusst, dass ich mit meinem Gespann zurückgefallen war und schnell wieder auf Spur kommen musste.

Ich schaute hinauf zur *Spina,* entdeckte Radulf aber nirgends. Eigentlich hätte er schon längst dort sein sollen, doch wo immer er auch war, er war jedenfalls nicht in vorderster Front, um mir zuzusehen.

Der Mann zu meiner Linken rief mir zu: »Du kannst einen Rückzieher machen. Noch ist Zeit.«

»Warum schlägst du mir das vor? Hast du etwa Angst vor mir?«

»Nein.« Klang aber so.

Ohne ihn anzusehen, sagte ich: »Vielleicht solltest du einen Rückzieher machen. Ich werde dieses Rennen gewinnen.«

Er entgegnete: »Was ist mit dem Mädchen? Hast du die schon vergessen?«

Ich grinste ihn an. »Aurelia? Nein, die könnte ich nie vergessen.« Und das war die Wahrheit.

Und damit hatten wir die Prozession auch schon beendet. Normalerweise hätten die Soldaten jetzt sofort davonpreschen sollen, aber sie blieben an Ort und Stelle. Und von der *Spina* erklang eine wohlvertraute Stimme. Radulfs.

»Bürger und Freunde«, rief er. »Hört her und schenkt mir Euer Ohr.«

Das Publikum wurde still, damit es ihn verstehen konnte. Ich verstand ihn jedenfalls sehr gut und mir klopfte das Herz. Was zauberte er nun aus dem Hut? Wenn er vorhin aufrichtig gewesen war, als er mir so linkisch seine Gefühle gestanden hatte, dann sah er in mir womöglich doch einen richtigen Enkel. Immerhin hatten wir in der kurzen Zeit schon ziemlich viel zusammen durchgemacht. Die Kämpfe, die wir uns geliefert hatten, waren ja noch leicht einzuordnen, aber wie stand es mit einem Feind, der um meine Zuneigung buhlte? Vielleicht waren wir auch gar keine Feinde mehr. Ich wusste wirklich nicht, was ich von meinem Großvater halten sollte.

Doch wie sich herausstellte, ging es in der Ankündigung gar nicht um mich.

Kaum war das Publikum verstummt, sagte Radulf: »Ich habe schlechte Kunde. Unliebsame Nachrichten an diesem großartigen Morgen. Wie Ihr alle wisst, ist Kaiser Tacitus auf dem Weg nach Gallien in die Schlacht ermordet worden.«

Ich biss die Zähne zusammen und schaute zu Boden. Radulf sollte über den Anschlag bestens Bescheid wissen. Immerhin hatte er den Befehl dazu gegeben, wie auch schon bei Kaisern davor. In dem Moment wurde mir klar, was als Nächstes kommen würde, und mir graute vor den nächsten Worten.

»Die Herrschaft ging an Florian über, der seither in Gallien kämpft. Liebe Freunde, leider wird Kaiser Florian nicht nach Rom zurückkehren. Er wurde von seinen eigenen Soldaten ermordet. Man wird sich sofort nach einem Nachfolger umschauen.«

Stille senkte sich über den *Circus Maximus*, aus Respekt vor dem gefallenen Kaiser. In der Ferne wurde ein Adler freigelassen, eine römische Tradition, um den Geist des Kaisers zu den Göttern zu schicken. Als alle anderen dem Flug des Adlers folgten und Pluto baten, den Kaiser sicher in die Unterwelt zu befördern, schaute ich hoch zu Radulf, damit er meinen anklagenden Blick sah.

Radulf hatte auch Florians Tod angeordnet. Das stand ihm ins Gesicht geschrieben. Erst vor ein paar Tagen hatten wir erfahren, dass der Kaiser Soldaten ausgesandt hatte, um Radulf nach Gallien zu holen. Die Soldaten seien ihm treu ergeben, mehr als dem Kaiser, hatte Radulf daraufhin erwidert. Nun begriff ich erst, was er damit gemeint hatte. Stolz schaute er in die Menge. Das war der Radulf, den ich kannte und verstand. Der Mann, der alles und jeden vernichtete, der sich ihm in den Weg stellte.

Doch Radulfs Ausdruck änderte sich, sobald er mich sah. Kurzzeitig wirkte er verwirrt, als er meine Pferde und dann Aurelia im Wagen mit Callistus erblickte. Und in dem Moment wurde ihm klar, was ich getan hatte.

Er verzog das Gesicht. Ob nun vor Wut oder Angst, weiß ich nicht.

»Brecht das Rennen ab!«, brüllte Radulf. »Aus Respekt vor dem Kaiser dürfen wir heute nicht fahren!«

Mit Respekt vor dem Kaiser hatte seine Panik nichts zu

tun. Hier ging es um mich. Und niemand würde dieses Rennen abbrechen.

Den Soldaten blieb nichts anderes übrig, als Radulf zu ignorieren und uns zurück zu den Startboxen zu geleiten, die sich vor uns schlossen. Über den Holztoren war ein Metallgitter angebracht, das Licht hineinließ und sicherstellte, dass wir das Startsignal des Trompeters nicht verpassten. Die Menschenmenge konnte ich nicht mehr sehen, dadurch kam ich wieder zur Ruhe. Ich ließ mein Gespann ganz nach hinten in die Box ziehen, was mir einen Nachteil zu verschaffen schien, aber ich wusste, was ich tat.

Crispus kam und beruhigte meine Pferde, so wie die Stallburschen die Pferde ihrer Wagenlenker.

»Willst du das Feld von hinten aufrollen?«, fragte Crispus.

Ich antwortete nicht. Meine Augen waren auf Aurelia gerichtet, die ich von hier aus gut sehen konnte. Sie erwiderte meinen Blick mit einem Ausdruck, den ich nicht so recht deuten konnte. Sorgenvoll, traurig und ein wenig verärgert. Vielleicht lagen noch mehr Gefühle darin verborgen. Augenzwinkernd lächelte ich ihr zu, woraufhin sich die Falte zwischen ihren Brauen nur noch tiefer grub. Was ich getan hatte, bereute ich nicht, dazu stand ich. So hatten wir beide die besten Chancen.

Decimus Brutus sprach von der Tribüne über uns. Obwohl ich nicht verstand, was er sagte, hörte ich, dass er das Publikum wieder angeheizt hatte. Er wollte nicht, dass es um einen Kaiser trauerte, der erst ein paar Monate im Amt und ohnehin die ganze Zeit nur in Gallien gewesen war. Das Volk solle sich beim Rennen vergnügen und nicht etwa über Verrat nachdenken, von dem es hier im *Circus Maximus* umzingelt sein könne. Rom war ein Mob. Und alles in Rom drehte sich nur darum, diesen Mob abzulenken.

Ich sah nicht, wie Brutus das weiße Tuch fallen ließ, doch ich hörte die Trompeten und den Hebel für die Tore. Meine Pferde waren schon in Bewegung, als die Tore aufflogen. Ich hatte fast fünf Fuß Anlauf genommen. Die anderen nicht.

Das Wagenrennen um mein Leben, Aurelias Leben und die Zukunft des Reiches hatte begonnen.

VIERZIG

Dass ich mich bereits in Bewegung gesetzt hatte, bevor die Tore aufgingen, war vielleicht eine Kleinigkeit, aber sie kam mir zugute. Meine Pferde kamen als Zweite aus der Startbox, zwar nur um Haaresbreite, aber immerhin. Callistus war noch schneller und führte wie vermutet das Feld an. Im Nachhinein war ich Radulf dankbar, dass er mich gezwungen hatte, so lange an den ersten wertvollen Momenten des Rennens zu arbeiten.

Zunächst ging es darum, die Startlinie zu erreichen, die in etwa dort lag, wo auch die *Spina* begann. Bis dahin mussten wir in unseren Bahnen bleiben, um eine Massenkarambolage direkt nach dem Start zu verhindern. Von da an wusste ich, was zu tun war.

Meine wichtigste Aufgabe bestand darin, auf die Innenbahn zu gelangen, wie ich es schon hundertmal trainiert hatte. Doch mit mir fuhren zehn weitere Gespanne, die sich nicht um den Sieg scherten. Sie hatten nur dafür zu sorgen, dass ich es nicht bis zur Zielgeraden schaffen würde.

Der Ärger ließ nicht lange auf sich warten. Der Wagenlenker rechts neben mir, der Fiesling, versuchte, mich gleich mit seinem Wagen nach innen abzudrängen, während der Wagenlenker links von mir mein Tempo hielt. Ich wusste genau, dass es mit Absicht geschah, denn als ich langsamer fuhr, tat er es ebenfalls, und als ich noch langsamer fuhr, auch.

Vor ein paar Tagen hatte ich mich noch unheimlich geärgert, dass mich die Fahrer der *Factiones* betrogen hatten, doch im Grunde hatten sie mir eine wertvolle Lektion erteilt. Denn jetzt erkannte ich die verschwörerischen Blicke, die die Männer neben mir tauschten. Ich verstand, dass der Mann rechts den Mann links warnte. Irgendetwas würde gleich passieren.

Alle drei waren wir in ein gemaches Tempo verfallen. Ohne Vorwarnung trieb ich meine Pferde an und schoss so schnell vor, dass die Quadriga links neben mir nicht mithalten konnte, der Mann rechts hatte seine Pferde aber schon nach innen gelenkt, um mich zu rammen. Stattdessen stieß er nun mit dem Wagen des anderen Lenkers zusammen. Beide Männer flogen in die Luft, doch ihre Gespanne verhedderten sich ineinander, was ihnen wahrscheinlich das Leben rettete, denn so konnten sie sich noch schnell losschneiden. Ein Aufschrei ging durchs Publikum. Die Leute wollten bei allen Spielen Gewalt sehen, nur mit mir auf der Bahn erwarteten sie noch ein zusätzliches Spektakel. Um zu überleben, würde ich ihnen das leider auch bieten müssen.

Sklaven liefen auf die Bahn, um die umgefallenen Wagen wegzuschaffen. Nun fuhr ich nur noch gegen acht Quadrigen, dabei hatte ich noch nicht einmal die erste Runde beendet.

So froh ich auch war, die beiden Wagen losgeworden zu sein, so hatten sie mich aber auch Zeit gekostet. Weil ich das Tempo wegen ihnen hatte drosseln müssen, lag ich nun auf letzter Position. Mit einem scharfen Lenkmanöver, zu scharf vielleicht, dirigierte ich mein Gespann mehr zur Mitte, zum

Glück behielt ich das Gleichgewicht. Die meisten der Männer waren noch nie in ihrem Leben einen Wagen gefahren, ihre Unerfahrenheit zeigte sich deutlich. Die anderen hielten mit Aurelia mit, wobei sie nach wie vor an der Spitze fuhr. Ganz klar wollten diese Wagenlenker auch gewinnen. Von den Prätoren gäbe es eine Belohnung, weil sie mich am Siegen gehindert hätten, und vom Reich einen Sack Gold. Die übrigen Männer, die mir Angst machen und mich einschüchtern sollten, waren nur kleine Stolpersteine. Echte Stolpersteine, wenn sie nicht in ihren Wagen bleiben würden.

Nach der Wende hatte ich die erste Runde geschafft. Der erste marmorne Delfin auf der *Spina* war schon abgesenkt, um der jubelnden Menge anzuzeigen, dass die zweite Runde begonnen hatte.

Ich war jetzt dichter an der *Spina*, doch ein Wagenlenker rechts neben mir trieb seine Pferde mit der Peitsche an. Es war Kaseo, der stämmige Kerl, der als Erster gezogen worden war. Als ich ein Brennen auf meinem Arm spürte, machte ich eine ruckhafte Bewegung, dadurch zerrte ich mein Gespann noch näher zur Innenseite. Meine Quadriga prallte gegen das Gespann neben mir, woraufhin ich nur noch auf einem Wagenrad fuhr. Sofort stemmte ich mich mit meinem Gewicht dagegen, erst dann hatte ich Gelegenheit, mich nach der Ursache des Brennens umzuschauen.

Die Peitsche.

Augenblicklich knallte es wieder, diesmal traf sie mich quer über den Rücken, ich spürte, wie es blutete. Das Publikum hatte es mitbekommen, manche jubelten, andere verhöhnten mich. Garantiert hofften sie, dass ich jetzt mit Magie zurückschlagen würde, ich hörte die Anfeuerungschöre der Menge.

Ich drängte einfach weiter nach vorne, um außer Reichweite der Peitsche zu gelangen. Mein Arm und mein Rücken brannten, aber ich konnte keine Magie einsetzen, um mich zu heilen. Mit den Schmerzen war es schwieriger, Livia zu schützen. Ich wollte nicht riskieren, sie während des Rennens zu verlieren. Ob ich nun gewann oder verlor, ich musste sie so lange beschützen, wie meine Magie reichte.

Dass ich mich zur Mitte vorgearbeitet hatte, verschaffte mir einen großen Vorteil. Ich verringerte den Abstand zwischen mir und den Wagenlenkern vor mir, drei Gespanne hatte ich schon abgehängt. Zwischen mir und Aurelia lagen nur noch drei Wagen, zwei waren inzwischen an ihr vorbeigezogen. Ein Blick auf ihren Fahrstil verriet mir auch, warum. Aurelia sah sich ständig zu mir um und hielt Callistus zurück, um mir den Sieg zu ermöglichen.

Nein, so hatte ich das nicht geplant. Sie sollte so schnell wie möglich fahren. Schlimmstenfalls würden wir noch beide verlieren. Aber auf die Entfernung konnte ich ihr das nicht verklickern. Selbst Brüllen hätte bei ihr nicht geholfen.

Ich näherte mich der nächsten Wende, danach kam die dritte Runde. Eine Quadriga bedrängte mich von rechts, wohl in der Hoffnung, mich in die *Spina* schieben zu können.

Die Römer haben ein Wort für Unfälle, die bei der Wende passieren: *Naufragium*. Das Wort bedeutet gleichzeitig *Schiffbruch*. Der Doppelsinn ist kein Zufall.

Der Wagenlenker fuhr so nah an mich heran, dass sich unsere Quadrigen berührten, dann boxte er mich gegen den Arm. Es tat so weh, als hätte er mich mit einem Schläger gehauen, und fast hätte ich die Zügel fallen lassen, was natürlich verheerend gewesen wäre. Aber ich ließ sie nicht fallen.

Der Mann hatte sich selbst einen Bärendienst erwiesen. Denn durch den harten Schlag hatte er das Gleichgewicht verloren und stürzte in der Kurve.

Naufragium.

Kurz darauf verkündete ein weiterer Delfin den Beginn der dritten Runde. Ich fuhr nun so weit innen wie möglich, so eng, dass Radulf mich anbrüllte. Oder feuerte er mich an? Er rief meinen Namen so hoffnungsvoll und aufmunternd, dass ich irgendwie tatsächlich an einen Sieg glaubte.

Ich nutzte meine Position, um aufzuholen. Mit besseren Pferden lagen die anderen natürlich weiter vorne, aber gleichzeitig fuhren sie auch weiter von der *Spina* entfernt, noch jedenfalls schlug ich mich ganz gut.

Aurelia lag an dritter Stelle, ich an sechster. Insgesamt waren wir noch neun Konkurrenten.

Ich trieb meine Pferde weiter an. Bestimmt glaubten sie, schon alles zu geben, aber ich wusste es besser.

Als Sklave im Bergwerk hatte ich oft gedacht, nicht mehr weiterarbeiten zu können. Manchmal war ich so erschöpft gewesen, dass mein Geist meinen Körper angefleht hat, endlich aufzugeben. Doch ich hatte immer einen Grund, weiterzumachen, und habe irgendwie auch die Kraft dazu gefunden.

Diese Pferde würden auch neue Kraft finden. Ich war darauf angewiesen, dass sie schneller liefen.

Zu Beginn der vierten Runde hatte ich Glück. Die Quadriga vor mir fuhr in einem Tempo, dass ich nicht einfach vorbeiziehen konnte, durch meine Position war auch kein Überholmanöver möglich. Eines der Pferde aus dem Gespann wirbelte so viel Sand auf, dass eine Fluchtafel zutage trat. Natürlich ist es verboten, Fluchtafeln auf der Bahn zu vergraben, aber es geschieht trotzdem. Manche Römer glauben fest daran, dass die Götter die Macht haben, Wagenlenker zu verfluchen. Andere wiederum glauben eher daran, dass so eine Tafel ein Pferd zum Stolpern bringen könne.

Das Pferd strauchelte und riss das gesamte Gespann um. Der Wagenlenker flog von der Quadriga und landete auf seinen Pferden. Schnell schnitt er sich los, aber statt sich dann in Sicherheit zu bringen, sprang er mir vor den Wagen und rief: »Verfluchter Junge!« Worin eine gewisse Ironie steckte, denn sehr wahrscheinlich war die Fluchtafel dazu gedacht, meine Pferde zu Fall zu bringen.

Ich scherte scharf aus, um ihn nicht zu überfahren. Doch seine Worte setzten sich bei mir fest: Ich war verflucht.

Mit diesem Gedanken schaute ich auf und soeben senkte sich der fünfte Delfin für den Fahrer an der Spitze. Mir blieben noch zweieinhalb Runden, von acht Wagen war ich an fünfter Stelle. Kaum genug Zeit, um meinen Plan umzusetzen.

EINUNDVIERZIG

Bei ihren Wettkämpfen legen die Römer die Regeln sehr großzügig aus. Ganz egal, was ein Wagenlenker tut, um die Konkurrenten auszuschalten – solange er nur seine sieben Runden zu Ende bringt, ist es für sie ein faires Rennen. Aus Sicht der Zuschauer in den Rängen ist jegliche Gewalt im *Circus* großartige Unterhaltung. Und wenn es Tote gibt, umso besser.

Der umgefallenen Quadriga auszuweichen, hatte mich Zeit gekostet. Kaseo hinter mir hatte aufgeholt. Er attackierte mich mit aller Macht, schlug wild mit der Peitsche um sich, in der Hoffnung, mich zu treffen.

Als er mich traf, krümmte ich mich vor Schmerz und hätte fast das Gleichgewicht verloren.

Aurelia musste es mitbekommen haben. Über den Lärm der Menge hörte ich sie brüllen, was sie mit ihm anstellen würde, wenn sie Pfeil und Bogen dabeihätte. Trotz meines brennenden Rückens musste ich lächeln und trieb meine Pferde weiter an, hielt sie nah an der Mitte. Ich nahm die Zügel in die linke Hand und drehte mich zur Seite.

Auch wenn ich im Rennen keine Magie aktiv einsetzen würde, hatte die Magie zweifellos meine Reflexe geschärft. Als Kaseo diesmal zuschlug, fing ich die Peitsche. Am Handgelenk und in der Handinnenfläche schnitt sie mir ins Fleisch, aber ich schluckte den Schmerz hinunter und zog kraftvoll, um Kaseo aus dem Gleichgewicht zu bringen.

»Lass los«, rief ich. »Sonst reiße ich dich vom Wagen.«

»Ich bin stärker«, antwortete er. »Da reiße ich eher dich herunter.«

Das stimmte leider. Versuchsweise zog ich noch einmal, doch er hatte recht. Also gab ich auf und ließ die Peitsche los.

Gerade in dem Moment hing Kaseo mit seinem ganzen Gewicht an der Peitsche, um mich vom Wagen zu holen. Ohne mein Gegengewicht flog er rückwärts von seiner Quadriga. Seine Pferde liefen weiter und schleiften ihn an den Zügeln hinter sich her. Ich sah mich um. Das Messer war ihm aus der Toga gefallen. So konnte er sich nicht einmal freischneiden. Und aus eigener Erfahrung wusste ich, wie schmerzhaft das war. Kaseo würde zu Tode geschleift werden, wenn er nicht vorher überfahren werden würde.

Mit einer kleinen Ladung Magie durchtrennte ich seine Zügel. Genau genommen war das natürlich Betrug, obwohl ich es nicht für mich getan hatte. Und bestimmt hatte es außer mir und Kaseo niemand mitbekommen. Von uns würde keiner etwas erfahren.

Nun begann für mich die fünfte Runde, nach wie vor befand ich mich eine halbe Bahn hinter dem führenden Gespann. Kaseos Pferde waren besser als meine. Und so stark, dass es sich lohnte, sie mir unter den Nagel zu reißen. Also passte ich mein Tempo dem ihren an und fuhr so dicht heran, bis meine Quadriga auf gleicher Höhe mit dem leeren Wagen war. Aus gutem Grund war ich nicht an meinen Wagen festgebunden. Ich ließ meine Zügel los und packte die

Seite des leeren Wagens. Einmal holte ich noch tief Luft und sprang dann hinüber.

Das Publikum atmete laut auf, aber ich war längst noch nicht in Sicherheit.

Nach meinem Sprung drifteten die beiden Gespanne auseinander und ich krallte mich verzweifelt an der Wagenaußenseite fest. Mir blieb noch eine halbe Bahnlänge, um in den Wagen zu klettern, denn die Wende würde ich so nicht überleben.

Die Zügel, die ich durchtrennt hatte, flatterten wild durch die Gegend. Während ich mich mit einer Hand am Wagen festklammerte, versuchte ich mit der anderen nach den Zügeln zu greifen. Das Ende der *Spina* rückte näher.

Als das Gespann zur Kurve ansetzte, gelang es mir, erst einen, dann den anderen Zügel zu schnappen und mich daran in den Wagen zu ziehen.

Und sofort trieb ich die Pferde an. Dieses Gespann war schnell und ebenso kräftig wie Radulfs gestohlene Tiere. In weniger als einer halben Bahnlänge hatten wir das Team, das uns von Aurelia trennte, überholt und fuhren nun zu ihr heran.

»Bist du jetzt vollkommen übergeschnappt?«, brüllte Aurelia. »Mach das nie wieder!«

»Lass mich näher heran!«, brüllte ich zurück. »Denn ich muss es noch einmal tun.«

Aurelia machte große Augen, als ihr klar wurde, was ich von Anfang an geplant hatte. Sie musste das Rennen gewinnen und ich auch. Doch nur ein Wagen konnte als Erster über die Ziellinie fahren.

Unserer.

ZWEIUNDVIERZIG

Das Wechseln des Wagens war mir unheimlich schwergefallen. Dabei hatte ich es mir viel leichter vorgestellt. Um Haaresbreite wäre ich statt im Wagen auf der Bahn gelandet. Vielleicht hatte mich einer der Götter noch im letzten Moment in den Wagen geschubst, anders konnte ich es mir nicht erklären.

Beim zweiten Wagenwechsel half mir Aurelia. Sie drosselte Callistus' Tempo, bis ich aufgeschlossen hatte, und wagte sich so nah heran, wie es nur möglich war. Callistus würde sich der Geschwindigkeit meiner Pferde anpassen, was mir die Sache ebenfalls erleichtern würde. Wenn ich mich besonders geschickt anstellen würde, würde ich nicht einmal springen müssen. Ich würde einfach von meinen in Aurelias Wagen umsteigen können.

»Gib mir deine Zügel«, sagte ich zu Aurelia.

Sie tat es und hielt, soweit es ihre Ketten ermöglichten, unsere beiden Quadrigen zusammen.

Ich machte einen Schritt zu ihr hinüber, als sie meinen Namen rief und mich bat, abzubrechen. Zu spät.

Vor uns hatte ein Wagenlenker bemerkt, was wir vorhatten, und hatte sein Gespann direkt vor mir zum Stehen gebracht.

Ich krachte in ihn hinein, er flog vom Wagen und auch ich

segelte in hohem Bogen durch die Luft. Ich landete hinter Aurelia im Sand und wurde mitgeschleift. Mein Helm verabschiedete sich und ebenso die Beinschützer. Mit aufgeschürften Beinen konnte ich leben, aber den Kopf hielt ich so hoch wie möglich, der wäre schwerer zu heilen gewesen.

Aurelia rief mir zu, ich sollte endlich Callistus' Zügel loslassen, aber ich konnte nicht. Stattdessen nutzte ich die Muskelkraft, die ich mir in den fünf Jahren Minenarbeit erworben hatte. Als ich von früh bis spät schwere Steine schleppen und zerklüftete Wände hatte erklimmen müssen. Stück für Stück zog ich mich an den Zügeln hoch.

Aurelia lehnte sich aus dem Wagen, um mir zu helfen. »Nimm meine Hand!«, rief sie.

»Ich reiße dich nur runter.« Wenn Aurelia aus dem Wagen fallen würde, würde sie an ihren Ketten hinterhergeschleift werden, ohne eine Möglichkeit, sich zu befreien.

»Nein, tust du nicht!« Sie sah mich direkt an. »Nic, ich habe dir vertraut. Nun vertrau du mir auch.«

Ich nickte, arbeitete mich noch ein Stückchen vor und streckte ihr die Hand entgegen, mit der ich die Peitsche eingefangen hatte.

Es brannte, als sie meine Hand ergriff, aber nicht so schlimm wie meine Beine im Sand und auch nur für einen kurzen Augenblick, bis sie mich näher zu sich herangezogen hatte und mich am Unterarm und schließlich an beiden Armen packte. Entschlossen zerrte sie mich in den Wagen.

»Kannst du stehen?«, fragte sie.

Musste ja irgendwie gehen, obwohl meine Beine total zerschunden waren. Aurelia legte mir den Arm um die Schulter und half mir auf, dann zog ich an den Zügeln, um Callistus ein Zeichen zu geben, dass es Zeit war, das Rennen zu beenden. Durch den Sturz waren wir etwas zurückgefallen. Zwei Gespanne lagen vor uns, zwei hinter uns, aber die lagen zu weit zurück, die würden uns nicht mehr einholen.

Die Trompeten ertönten, als der letzte Delfin abgesenkt wurde. Noch eine Runde.

Nun, da ich die Zügel wieder im Griff hatte, wusste Callistus Bescheid und stürmte vorwärts, als gelte es, für die Götter zu galoppieren. Ich war ihm dankbar, kein gewöhnliches Pferd hätte so spät im Rennen noch diese Energie aufbringen können, bloß die Geschwindigkeit machte mir zu schaffen, ich konnte mich kaum aufrecht halten. Aurelia spürte das und stellte sich hinter mich. Sie hielt sich an der Seite des Wagens fest und stützte mich mit ihrem Gewicht. Ohne sie hätte ich mich längst nicht mehr auf den Beinen halten können, aber dank ihr stand ich sicher.

Schnell überholten wir die Quadriga an zweiter Stelle, und zwar spielend, denn offenbar hatte uns der Lenker nicht kommen gesehen. Doch der Wagenlenker an der Spitze war sich unser nur allzu bewusst. Als er sich der Wende näherte, drängte er noch weiter zur *Spina*. So würde es jeder führende Wagenlenker machen. Er musste ja an niemandem mehr vorbei, nur noch zusehen, dass wir in der letzten Runde schön hinter ihm blieben.

Vor ein paar Tagen hatte ich noch mit Radulf gewitzelt, dass ich mit Callistus fahren würde. Mit nur einem Pferd würde ich mich nämlich an den anderen Gespannen vorbeiquetschen können.

Daraufhin hatte Radulf nur gelacht.

Doch mir war es ernst gewesen.

Ich drängte Callistus, schneller zu laufen und näher zur Mitte.

»Wir fahren eine scharfe Wende«, sagte ich. »Mach dich bereit.«

Callistus preschte vor, bis er mit den Nüstern auf Höhe der anderen Quadriga lag. Dann zog ich an den Zügeln und dirigierte ihn scharf nach links. Wir rammten die *Spina*, kippten mit dem Wagen gegen die Säulen, doch zu zweit konnten wir uns mit unserem Gewicht dagegenstemmen, sodass wir gleich wieder auf zwei Rädern landeten. Und nach der Wende in Führung gingen.

»Wir liegen vorne«, grölte Aurelia mir ins Ohr. »Nur noch eine halbe Bahn. Wir gewinnen!«

Sie nahm die Hände vom Wagen und schlang mir ihre Arme um die Taille. Und ich hielt die Zügel mit einer Hand und legte die andere über ihre Hände.

Das Brüllen der Menge wurde immer lauter, als wir uns der letzten Wende näherten. Aurelia und ich ließen uns los und wappneten uns für die enge Kurve. Die anderen zwei Quadrigen waren zu weit abgeschlagen. Nichts konnte uns mehr aufhalten.

Jedenfalls dachte ich das, bis es unter uns krachte. Auf der Zielgeraden gab der Boden unter Callistus nach, als würde sich eine Rampe in die Unterwelt auftun. Uns blieb nichts anderes übrig, als der Rampe zu folgen.

»Was ist das?«, rief Aurelia.

Bevor ich etwas sagen konnte, hatte sie schon ihre Antwort.

Die Öffnung über unseren Köpfen schloss sich und in der plötzlichen Dunkelheit waren wir auf den schwachen Lichtschein der Fackeln an den Wänden angewiesen.

Hunderte von Prätoren hatten unter dem *Circus Maximus* auf uns gewartet, um ganz sicherzugehen, dass ich nicht gewinnen würde.

Sieg oder Niederlage, ich hatte das Rennen nie beenden sollen.

DREIUNDVIERZIG

Sofort errichtete ich um mich und Aurelia einen Schild und schleuderte den Prätoren meine Magie entgegen. Die unterirdischen Wände bebten, Erde rieselte auf uns nieder.

»Kannst du uns hier rausbringen?«, fragte Aurelia.

Ehrlich gestanden wusste ich es nicht. Während des Rennens hatte ich Livia die ganze Zeit mit meiner Magie beschützt. Die *Bulla* gab mir jetzt zwar die verlorenen Kräfte zurück, aber ich machte mir Sorgen. Von der Magie, die ich eben ausgesandt hatte, hätte eigentlich der Boden bersten und nicht nur erzittern sollen.

Als Nächstes würde ich mit meiner Magie Aurelia von ihren Ketten befreien. Sobald ich wieder genügend Kräfte gesammelt hatte, würde ich mit ihr verschwinden, nur dass ich Callistus bei den Prätoren zurücklassen müsste. Der Gedanke behagte mir so gar nicht.

Die Prätoren schirrten ihn bereits ab. Ich wurde nicht müde, sie immer wieder abzuwehren, doch neue rückten ständig nach. Und sie kamen immer näher an mich und Aurelia heran, wohl in der Hoffnung, mein Schild würde nachgeben, was er irgendwann auch tun würde.

Mit einem kräftigeren Magiestoß versuchte ich, die Decke

über uns zum Einstürzen zu bringen. Die Erde bröckelte, gleichzeitig wurde mein Schild schwächer.

»Heil dich erst einmal«, sagte Aurelia. Und in dem Moment wurde mir klar, dass ich zwar schützend den Arm um sie gelegt hatte, eigentlich aber von ihr gestützt wurde. Sie presste die *Bulla* auf mein Herz. Die Wärme des Amuletts tat mir gut, doch ich kam nicht in Kontakt mit dem Göttlichen Stern, den ich zum Heilen brauchte. Ein Peitschenhieb war mittendurch gegangen, wahrscheinlich musste der Göttliche Stern sich auf seine Art erst einmal selbst heilen.

Inzwischen hatten die Prätoren Callistus ausgespannt und er tobte heftig. Ich schickte ihm Magie, um ihm zu helfen, gleichzeitig wehrte ich die Männer ab, die uns auf die Pelle rückten. Dann suchte ich im Geist nach Radulf. Er musste direkt über uns sein. Warum kam er nicht? Mir tat es leid, dass ich ihm vorhin gesagt hatte, dass ich ihn nicht mehr um Hilfe bitten würde. Denn ich brauchte ihn jetzt und wusste nicht, ob er mir noch antworten würde, so wie ich mich ihm gegenüber verhalten hatte. Als er seine Sorge um mich zum Ausdruck brachte, hatte ich ihn nur stumm angesehen. Auch wenn ich unwillig war, ihm zu vergeben, so brauchte ich doch gerade seine Vergebung.

»Wir wissen, dass der Marsreif auf Valerius' Feld versteckt ist«, sagte ein Prätor. »Du hast das Rennen verloren, nun musst du dein Versprechen einlösen!«

»Ihr habt mich aus dem Rennen herausgerissen!«, brüllte ich. »Ihr habt die Vereinbarung gebrochen. Das war kein faires Rennen.«

»Wann war Rom jemals fair?« Mit einer Fackel in der Hand betrat Brutus den Tunnel. Zu gerne hätte ich ihm das Grinsen mit einem Feuerball aus dem Gesicht gewischt, doch ich hob mir die Magie für später auf, wenn ich sie dringender brauchen würde.

»Wenn es hier nicht fair zugeht, dann gab es nie eine Abmachung zwischen uns«, antwortete ich. »Ihr könnt nach dem Marsreif suchen, soviel ihr wollt, Ihr werdet ihn nicht finden. Bis Ihr endlich darauf kommt, wo er einmal gewesen ist, habe ich ihn längst vernichtet.«

»Das würdest du genauso wenig tun, wie die *Bulla* zu vernichten, die du um den Hals trägst«, sagte Brutus. »Oben im *Circus Maximus* sind unsere Männer gerade auf dem Weg zu deiner Schwester, um sie zu schnappen. Gib auf, sonst wird deine Schwester den Preis für deine Dickköpfigkeit zahlen.«

Ich grinste. »Dann holt sie Euch doch.«

»Nic!«, rief Aurelia empört.

Ich verzog keine Miene. Hoffentlich merkte keiner, wie viel Kraft es mich kostete, meine Schwester zu beschützen. Aber jetzt verließen mich meine Kräfte zunehmend.

»Also ist es ein Trick«, meinte Brutus.

Es war ein sehr guter Trick: Wie gerne würde ich ihre Gesichter sehen, wenn sie ihn entdeckten. Zwar beherrschte ich noch nicht Radulfs Kunst, an einem Ort zu kämpfen, wo ich nicht war, aber ich konnte Livia im *Circus Maximus* erscheinen lassen, obwohl sie sich ganz woanders befand.

Da es keinen Grund mehr gab, die Illusion aufrechtzuerhalten, ließ ich ihr Bild mit einem Aufatmer los. Hoffentlich hatte sich diese Kraftanstrengung gelohnt.

Endlich spürte ich, wie die Magie in mir wieder zunahm. Trotz meiner Verletzungen und des Schildes um mich und Aurelia herum wurde sie stärker.

Allerdings hatte ich nicht damit gerechnet, dass sich die Prätoren die Wagenachse schnappen würden. Ruckartig ging es vorwärts, dann stemmten sie den Wagen über ihre Köpfe. Aurelia und ich purzelten heraus, schlugen hart auf dem Boden auf.

Bei der Landung konnte ich den Schild nicht länger aufrechterhalten. Während ich versuchte, einen neuen aufzurichten, schoss ich wild um mich mit meiner Magie, aber bei dem spärlichen Licht konnten sich die Prätoren im Schatten verstecken. Mir gelang es, einen Schild um Aurelia zu errichten, doch sofort wurde mir mein Fehler bewusst. Auch wenn es selbstsüchtig klingt, erst einmal hätte ich mich selbst schützen sollen, denn die Prätoren mussten ja nur eine einzige Hand auf mich legen.

Und da war sie auch schon.

Aurelias Schild versagte zum zweiten Mal und mit ihm all meine Magie. Ich versuchte verzweifelt, mich zu befreien, aber die Prätoren stürzten sich auf mich wie eine hungrige Löwenmeute.

»Nic!« Aurelia schrie nach mir und beschimpfte gleichzeitig den Mann, der sie gepackt hatte.

Brutus kniete neben mir und entblößte meine Schulter mit dem Göttlichen Stern, durch den ein Peitschenstriemen ging. »Die Peitsche ist dem ungehorsamen Sklaven vorbehalten«, sagte er. »Bist du das noch immer? Trotz aller Bemühungen, uns vom Gegenteil zu überzeugen?«

»Ich bin niemandes Sklave«, sagte ich. »Lasst mich los!«

Brutus sprach weiter: »Vor knapp zweihundert Jahren ließ Kaiser Domitian Tunnel vom Palast zum *Circus Maximus* errichten, doch nur wenige wussten darüber Bescheid.« Brutus grinste. »Ich weiß von diesen Tunneln und du jetzt wohl auch.«

Ich wehrte mich nach Leibeskräften, auch Aurelia kämpfte. Über den Lärm hinweg sagte ein Prätor: »Wir brauchen das Mädchen nicht.«

Ein Schwert wurde gezogen.

Und Aurelia schrie auf.

VIERUNDVIERZIG

Alles ringsum schien zu verstummen. Nur Aurelias Schrei hallte wie ein grausames Echo in meinem Kopf. Ungeahnte Kräfte erwachten in mir, stärker als jede Magie. Ich stieß die Prätoren von mir und stürzte zu Aurelia.

Sie war noch am Leben, aber nur gerade so. Aus der tiefen Wunde an der Seite sickerte mit jedem Tropfen Blut das Leben aus ihr heraus.

»Bleibt mir vom Leib«, zischte ich. »Sonst vernichte ich euch alle.«

Brutus trat vor. »Du kannst uns nicht alle vernichten und sie gleichzeitig heilen.«

Das wusste ich selbst. Schlimmer noch: Ich war mir nicht einmal sicher, ob ich sie überhaupt heilen konnte! Vom Rennen hatte ich mich noch nicht erholt, meine Reserven waren so gut wie erschöpft. Die *Bulla* half mir, aber vom Göttlichen Stern spürte ich nichts. Ohne das Schultermal hatte ich keine Heilkräfte.

»Was ist dir wichtiger?«, fragte Brutus. »Uns zu zerstören oder sie zu heilen?«

Aurelia ergriff meine Hand. Ihr Gesicht war schmerzverzerrt, das war doch hoffentlich nicht das letzte Bild von ihr, das ich für immer im Gedächtnis behalten würde. Das könnte ich nicht ertragen. »Du hast ohnehin nicht mehr genügend Magie«, flüsterte sie. »Verschwende sie nicht an mich.«

»Wo ist Callistus?«, fragte ich Brutus. »Das Einhorn. Wo ist es?«

»In unserer Gewalt. Doch wage ja nicht, es herbeizurufen. Glaub mir, es wird nicht weit kommen.«

»Gebt mir das Einhorn und meine Freundin.«

»Und was bekommen wir dafür?«

»Dafür reite ich mit Euch zum Feld.«

»Nein, Nic.« Aurelias Leben rann mir wie Sand durch die Finger. »Bitte nicht.«

Ich presste die Hand gegen ihre Wunde und ließ Magie hineinströmen. Hoffentlich hielt ich sie so zumindest lange genug am Leben, bis sie Callistus zurückgebracht hätten.

»Bettelst du gerade um ihr Leben?«, fragte Brutus. »Du kniest vor mir und bettelst um ihr Leben, wie ich es vorausgesehen habe?«

»Ja, wenn es hilft, bettle ich.« Schweiß tropfte mir von der Stirn, brannte mir in den Augen, dennoch gab ich Aurelia alles, was ich hatte, und mehr. »Aber ich drohe Euch auch. Wenn Ihr mein Einhorn nicht zurückbringt, wird es übel für Euch enden.«

»Wir können durch den Tunnel reiten und ihn in der Nähe des Amphitheaters verlassen«, sagte Brutus. »Dort ist es menschenleer. Wir reiten zusammen zum Feld.«

Ich nickte. »Lasst Callistus kommen. Beeilt Euch! Ich brauche ihn, um Aurelia zu retten.«

Aurelia hatte die Augen geschlossen, dennoch schüttelte sie den Kopf. Selbst dem Tod nahe, stritt sie mit mir.

»Gib mir die *Bulla*«, sagte Brutus. Ich wollte protestieren, doch er setzte hinzu: »Du bekommst das Amulett zurück, wenn es an der Zeit ist, den Schlüssel zu holen. Solange ich die *Bulla* habe, kann ich sicher sein, dass du uns unterwegs nicht austrickst.«

Und er konnte auch sicher sein, dass meine Magie nicht stark genug zurückkommen würde.

»Wo ist Callistus?«, fragte ich.

Grinsend schüttelte Brutus den Kopf. »Gib mir die *Bulla*, Nicolas. Ich habe alle Zeit der Welt, zu feilschen. Aber wie viel Zeit bleibt dir und deiner Freundin?«

Ich schloss die Augen, eine Hand ließ ich auf Aurelias Wunde, mit der anderen nahm ich die *Bulla* ab und legte sie in Brutus' Hand. Wut stieg in mir auf, aber keine Magie. Alle Magie floss in Aurelia.

Augenblicklich schnippte Brutus mit den Fingern und zwei Prätoren brachten Callistus.

»Steig auf«, befahl Brutus. »Dann reichen wir dir das Mädchen.«

Ich fügte mich. Aurelia war dem Tod so nah, dass jeder Augenblick zählte. Also kletterte ich schnell auf Callistus' bloßen Rücken. Um Aurelias willen hätte ich mir den Sattel gewünscht, aber das ließ sich nicht mehr ändern.

Aurelia reagierte nicht, als man sie mir in die Arme legte. Als ich sie sicher hatte, legte ich eine Hand auf Callistus' Horn, die andere auf ihre Wunde.

Eine mir vollkommen unbekannte Magie durchströmte mich. Diese Magie war weder Teil von mir noch für mich gedacht, ich war lediglich das Bindeglied zwischen den mächtigen Heilkräften des Einhorns und der Person, die Heilung nötig hatte. Nie hatte ich solch reine Magie erlebt: eine, die nichts fordert, sondern gibt, die nicht zerstört, sondern heilt. Würde ich diese Magie bis ans Ende meiner Tage spüren, würde ich mich nicht länger verflucht fühlen und es niemals riskieren, sie zu verlieren.

Aurelia atmete schon viel freier und die Wunde hatte sich geschlossen. Das reichte noch nicht, deshalb hielt ich mich nach wie vor am Horn fest und nutzte meine letzten Reserven, um Callistus meine Dankbarkeit auszudrücken.

»Nichts wie los«, sagte Brutus. »Denk dran, Nicolas: keine Tricks.«

Ein paar der Prätoren stiegen auf ihre Pferde und flankierten mich. Andere folgten uns in Wagen. Die übrigen Prätoren würden entweder laufen oder am Amphitheater in andere Gefährte umsteigen.

Aber das war mir alles egal. Aurelia bewegte sich wieder, ihre Hand zuckte, ihre Lider flatterten. Und sie kuschelte sich in meinen Arm.

Nachdem wir eine Weile durch das dunkle Tunnelsystem geritten waren, gelangten wir an einem Hügel mit Blick aufs Amphitheater an die Oberfläche.

Brutus hielt sich noch dichter an meiner Seite. Die *Bulla* hing ihm um den Hals; auch wenn er ihre Magie nicht spüren konnte, ärgerte es mich.

»Nic«, murmelte Aurelia. Eine Träne lief ihr über die Wange, obwohl sie keine Schmerzen haben konnte.

»Ich bin ja da«, flüsterte ich.

Als ich mich umsah, wirkte Rom wie leer gefegt, ein ungewohnter Anblick. Wahrscheinlich waren alle im *Circus Maximus*.

Anscheinend merkte Brutus, dass ich kurz allein sein wollte, und trieb sein Pferd etwas an. Ein überraschendes Zeichen von Respekt, wofür ich dankbar war.

Aurelia öffnete ein wenig die Augen. »Du hörst auch nie auf mich. Nie.«

»Hören tue ich immer«, sagte ich. »Nur nicht unbedingt gehorchen.«

»Solltest du aber.«

»Das mache ich auch, sobald du damit aufhörst, mir dämliche Anweisungen zu geben.«

Sie lächelte und schloss wieder die Augen. »Wohin reiten wir?«, fragte sie.

»Ich hole den Marsreif«, sagte ich.

Sie riss die Augen auf und machte Anstalten, sich aufzusetzen. »Du machst was?«

»Du hast doch gesagt, dass du mir vertraust.«

Ein Lächeln umspielte ihre Lippen. »Vielleicht ändere ich meine Meinung.«

»Ich habe dir das Leben gerettet.«

»Ich wusste, dass du das tun würdest.« Wieder schloss sie die Augen. »Ich weiß, dass du mich liebst.«

FÜNFUNDVIERZIG

Aurelia schlief auf dem Rest des Weges, doch ich war wacher denn je. Mit jeder Faser meines Körpers versuchte ich zu ergründen, was da gerade passiert war. Und ob das, was sie gesagt hatte, überhaupt zu verstehen war, was ich bezweifelte.

Denn irgendwie kannte Aurelia meine Gefühle und konnte sie in Worte fassen, die ich nicht auszusprechen vermochte.

Und noch seltsamer war, dass sie nichts dagegen zu haben schien. Was auch immer das zu bedeuten hatte, ich konnte mir jedenfalls ein Grinsen kaum verkneifen.

Wenn Livia hier gewesen wäre, hätte ich sie fragen können, wie ich mich verhalten sollte. Und ich konnte mir auch schon denken, was sie antworten würde. Livia würde kichern und sagen, da sollte ich mal ganz allein drauf kommen, so nach dem Motto, die Antwort wäre bereits in mir. War sie aber nicht. In mir war Magie und für alles andere war kein Platz.

Ich hielt mich nicht länger an Callistus' Horn fest. Aurelia hatte sich von der Verletzung erholt und auch ich war geheilt. Der Göttliche Stern war so stark wie zuvor und mit seiner Hilfe suchte ich Radulf.

»Ich weiß, wo ihr hingeht«, sagte er in meinem Kopf. »Öffne ihnen nicht die Tür. Weck die Herrin nicht.«

»Mir gehen langsam die Möglichkeiten aus. Bitte kommt und helft mir. Ich brauche Euch.«

Darauf gab Radulf keine Antwort, doch ich spürte den Grund, warum er nicht hier war. Er zögerte aus Angst, aber nicht vor den Prätoren. Nein, er hatte Angst vor der Herrin. Allein der Gedanke, dass Radulf vor der Herrin zitterte, ließ auch mein Herz lauter klopfen. In Atroxias Tempel würde ich tun, was nötig war. Was blieb mir auch anderes übrig? Aber ich würde sie nicht wecken.

Als wir die gut ausgebauten Hauptwege verließen und in Valerius' Weinberge drangen, änderte sich Callistus' Trab, und Aurelia wachte auf. Sie gähnte und lächelte mich an, bis ihr klar wurde, dass sie in meinen Armen lag. Rasch setzte sie sich auf und murmelte eine Entschuldigung. Ganz klar, dass sie nicht mehr wusste, was sie vorhin gesagt hatte. Seltsam, ich würde es nie vergessen.

»Mir kommt es vor, als hätte ich einen bösen Traum gehabt«, meinte sie. »Was hat sich nach dem Wagenrennen denn wirklich abgespielt?«

»Alles.«

»Hast du gesagt, dass du den Marsreif holen würdest?«

»Ja. Darüber haben wir bereits gestritten und ich habe dich überzeugt. Du musstest zugeben, dass ich meistens recht habe.«

Aurelia grinste. »So weggetreten kann ich gar nicht gewesen sein, dass ich so etwas sagen würde. Ich weiß noch, dass ich meinte, du würdest nie zuhören. Und ich habe dir auch ...« Nun verstummte sie eine Weile.

Länger, als mir lieb war.

Mir kam es wie eine Ewigkeit vor, denn ich wagte nicht zu

atmen. Schließlich sagte sie: »Ich habe mich bedankt, dass du mir das Leben gerettet hast.«

»So in etwa, ja.«

Nein, so war es gar nicht gewesen. Aber wir konnten uns auf diese Lüge einigen. Fürs Erste.

Als ich Callistus zum Stehen brachte, sah Aurelia mich verwundert an. »Was ist denn?«

Ich glitt von Callistus' Rücken. »Weiter gehst du nicht.«

»Ich kann dir helfen.«

Aurelia machte Anstalten, abzusteigen, doch ich schüttelte den Kopf. »Nein, du kannst mir jetzt nicht helfen. Und das wirst du auch nicht.«

»Aber du allein mit all den Prätoren …«

»Lieber allein, als mir den Kopf zu zerbrechen, wie ich dich schützen kann.«

»Mich beschützen? Wie oft habe ich dich schon vor den Prätoren gerettet?«

»Zu oft. Wenn du es noch einmal tust, dann stehe ich so tief in deiner Schuld, dass ich es nie wiedergutmachen könnte. Also bleib hier, Aurelia. Bitte.«

Brutus war nicht sonderlich weit vorausgeritten, und als er unsere Auseinandersetzung hörte, sagte er: »Nicolas begleitet uns allein.«

Aurelia funkelte mich an, auch wenn ich dem Streit noch tausend weitere Gründe hätte hinzufügen können, warum sie am Leben bleiben musste.

Ich tätschelte Callistus am Hals und sagte: »Sieh zu, dass ihr nichts geschieht.«

Callistus warf zustimmend den Kopf in die Luft, doch es half nichts, denn es war offenkundig: Nicht einmal ein Geschöpf der Götter wäre gegen Aurelias Dickschädel angekommen.

»Geht jetzt«, sagte ich zu den beiden und wandte mich um, um den restlichen Weg zu Fuß zurückzulegen.

Als wir ankamen, war das Feld leer. Je näher ich der Tempelruine kam, desto deutlicher klang Atroxias Wehklagen in meinem Kopf. Diana hatte sie vor dem Tod bewahrt, aber damit auch gleichzeitig verflucht. So wie die *Bulla* für mich Rettung und Fluch zugleich war. Und nun verstand ich auch, was der Fluch Atroxia angetan hatte. Aus einer einfachen Vestalin war eine Herrin geworden. Bestimmt kannte Radulf die Gründe nicht im Einzelnen, aber er war überzeugt davon, dass sie nicht geweckt werden durfte.

Wenn sie überhaupt schlief. Niemand, der schlief, konnte so herzzerreißend weinen. Andererseits hatte ich auch noch nie von jemandem gehört, der so ausdauernd weinen konnte. Wenn es stimmte, was Valerius gesagt hatte, war Atroxia hier kurz nach Cäsars Tod vor dreihundert Jahren bei lebendigem Leib begraben worden. Es konnte sich also nur um ein Echo ihrer Tränen handeln.

Brutus stieg ab und baute sich vor mir auf. Er legte den Kopf schief, um mich daran zu erinnern, dass er gewonnen hatte, doch ich zeigte keine Regung. In meinem Gesicht würde er nichts lesen können.

Brutus' Hand lag auf der *Bulla,* die noch um seinen Hals hing, doch anders als ich hielt er das Amulett nicht mit leidenschaftlicher Besessenheit. Er wollte mir nur deutlich machen, dass er die Kontrolle hatte und ich ihm folgen musste, wollte ich das Amulett zurückhaben. Wobei das gar nicht den Tatsachen entsprach: Mit der Magie des Göttlichen Sterns hätte ich es mir ruck, zuck zurückholen können. Doch das hätte meine Probleme auch nicht gelöst.

»Aber bevor ich die Tür öffne, möchte ich meine Mutter sehen«, sagte ich.

»Ich hatte den gleichen Gedanken.« Brutus gab seinen Männern Anweisung, meinen Wunsch zu erfüllen. Als er sich wieder mir zuwandte, fragte er: »Wie ist das eigentlich, wenn man sich so sehr um andere sorgt, dass man sich selbst vergisst? Damit bist du für uns leichte Beute, das weißt du hoffentlich. Ich brauche mir nur jemanden schnappen, den du liebst, schon gibst du nach.«

»Und darf ich Euch vielleicht fragen, wie es ist, wenn man nur an sich selbst denkt? Ist es nicht sehr kalt in Eurer Welt? Mit einem Herz aus Stein und einem Gewissen aus eisigem Wind? Das macht Euch zur leichten Beute, denn ich muss mir nur einen vorknöpfen: Euch.«

Brutus rückte näher. »Andere Menschen sind mir egal, das stimmt. Aber ich werde Göttin Diana für immer dienen, bis über den Tod hinaus.«

»Passt bloß auf«, sagte ich warnend. »Der könnte schneller eintreten, als Ihr denkt.«

»Nicolas?«

Die Prätoren brachten meine Mutter. Seit unserer letzten Begegnung hatte sie sich offenbar herrichten dürfen. Sie wirkte müde, aber gesund und stark. An den Handgelenken trug sie keine Ketten; zwar war sie barfuß, doch ihre Kleidung war schöner als die der meisten Sklaven. Meine Mutter machte einen viel besseren Eindruck, als beim letzten Mal, als ich sie eingesperrt im Wagen gesehen hatte.

Ich nickte ihr zu, und sie lächelte, doch mit all den Zuschauern um uns herum fiel mir nichts ein, was ich hätte sagen sollen. Es gab so vieles, was ich ihr erzählen wollte. Mir kam es vor, als sei es schon tausend Jahre her gewesen, seit wir uns das letzte Mal unter vier Augen unterhalten hatten. Wie sollte ich das, was inzwischen geschehen war, auf die Schnelle in Worte packen? Vor Jahren, bevor wir ins Bergwerk gekommen waren, hätte ein Blick gereicht, und schon hätte sie alles gewusst. Doch ich hatte mich seither verändert und meine Mutter vielleicht auch.

»Nicolas«, flüsterte sie wieder. »Mein Sohn.« Und in dem Moment wusste ich, was in ihr vorging. Ich spürte ihre Liebe und ihre Angst, ich könnte einen großen Fehler begehen.

Ich wollte auf sie zugehen, aber Brutus stellte sich zwischen uns. »Mach erst die Tür auf.«

Meine Mutter schüttelte den Kopf.

»Tut mir leid«, sagte ich zu ihr. »Aber ich muss das einfach tun.« Dann streckte ich die Hand nach der *Bulla* aus, und meiner Aufforderung folgend, hob sie sich von Brutus' Brust.

Brutus hielt das Amulett fest. »Keine Tricks, Nicolas. Setz nicht das Leben deiner Mutter aufs Spiel.«

»Der Einzige, der hier etwas aufs Spiel setzt, seid Ihr, wenn Ihr sie weiter bedroht«, versetzte ich. »Nun gebt mir die *Bulla* und lasst uns die Sache hinter uns bringen.«

Kaum hatte er mir das Amulett gegeben, hängte ich es mir hastig um den Hals. Ich schnappe nach Luft, als mich die Magie durchflutete.

»Alles in Ordnung?«, fragte Brutus.

»Seid still, sonst bekommt Ihr Eure Antwort.« Ich lief zu den Trümmern, kniete mich mit geschlossenen Augen davor und rief den Wolf.

SECHSUNDVIERZIG

Ein Raunen ging durch die Reihen der Prätoren, als sie den Wolf des Mars erblickten. Viele sahen den Wolf sicher zum ersten Mal und er war größer und bedrohlicher als die Wölfe in der Wildnis. Hätte ich ihn gebeten, anzugreifen, hätte er es sicher getan und würde garantiert mehr Schaden anrichten als ich mit meiner Magie. Doch darum ging es jetzt nicht.

Der Wolf setzte sich neben mich und ich legte die Hand auf seinen Nacken. Über Atroxias lautstarken Tränenstrom hörte ich Mars' Stimme in meinem Kopf.

»Du bist wiedergekommen, um den Tempel zu öffnen.«

»Ich bin gekommen, um den Tempel anzuschauen«, antwortete ich stumm. »Öffnen will ich ihn zum ersten Mal.«

»Also schön.«

»Ich höre die Herrin. Ist sie wach?«

»Nein«, sagte Mars. »Und wenn du weise bist, störst du sie auch nicht.«

Da tat sich ein Problem auf. Denn wenn ich eines in den vergangenen Tagen gelernt hatte, dann, dass es mir an Weisheit und sogar an gesundem Menschenverstand fehlte.

»Hast du den Schlüssel?«, fragte Mars.

Ich nickte und flüsterte: *»A caelo usque ad centrum.«* Das

waren Horatios letzte Worte, bevor er mich ins Amphitheater schickte, und Crispus hatte diese Worte im Zusammenhang mit seinem Vater gebraucht.

Vom Himmel bis zum Mittelpunkt der Erde. Das war die Bedeutung der Worte. Damals im Amphitheater dachte ich, Horatio hätte endlich verstanden, dass sein Leben in Gefahr war, und würde sich noch einmal an die Götter wenden. Vielleicht war es auch Horatios Art des Gebets, aber es war definitiv auch der Schlüssel. Die Macht der Götter kam vom Himmel und ein Teil dieser Macht lag tief unter der Erde in Cäsars Gruft und in den Katakomben der ehemaligen Vestalin.

Daran hatte mich Crispus gestern Nacht erinnert, als Livia und ich mit ihm auf dem Feld gesprochen hatten.

Als ich die Worte sprach, entstand vor mir ein Licht. Bislang hatte immer nur ich den Tempel sehen können, diesmal war er auch für die Prätoren sichtbar, denn sie fielen keuchend auf die Knie.

Als ich mich aufrichtete, erschien direkt vor mir eine Tür. Es gab keinen Griff, aber sie stand offen, lud mich ein.

Nein, ich würde nicht hineingehen, das überließ ich den Prätoren. Inzwischen würde ich meine Mutter in Sicherheit bringen. Anschließend würde ich den Tempel zerstören und die Herrin für immer in ihrem Grab einschließen.

Ich wandte mich an Brutus, der mit offenem Mund den Tempel bestaunte. »Lasst meine Mutter frei«, sagte ich. »Auf der Stelle.«

»Vorher hat deine Mutter noch eine letzte Aufgabe zu erledigen«, antwortete er. »Als meine Sklavin befehle ich ihr, mir den Marsreif aus dem Tempel zu holen. Wenn sie ihn mir in die Hand legt, ist sie frei.«

»Damit bin ich nicht einverstanden«, sagte ich. Solange Brutus meine Mutter in der Gewalt hatte, hatte er auch mich in der Gewalt. Mein eigenes Leben würde ich riskieren, ihres aber nicht.

»Ich brauche dein Einverständnis nicht«, entgegnete Brutus. »Das ist ein Befehl, dem sie Folge leisten wird.«

»Wird sie nicht.« Ich schaute hinüber zu meiner Mutter, doch sie stand zu weit weg, hatte also keine Ahnung, in welcher Gefahr sie noch immer schwebte.

»Stellst du etwa meine Autorität infrage, Sklave?«, fragte Brutus. »Soweit ich mich erinnere, hat es bei unserer letzten Auseinandersetzung das Kanalmädchen fast das Leben gekostet. Das Mal davor haben wir Valerius umgebracht. Glaubst du, ich würde deine Mutter verschonen?«

»Ich stelle Eure Autorität nicht infrage, nur gilt sie für mich nicht. Ich werde anstelle meiner Mutter gehen. Ich gehe in den Tempel.«

Und würde ihn zum Einstürzen bringen. Und hoffentlich würde ich es überleben.

Brutus lächelte. »Habe ich mir gedacht, dass du das vorschlagen würdest. Und ich nehme dein Angebot an, aber ich traue dir genauso wenig wie du mir. Also wirst du nicht allein gehen.«

»Wollt Ihr mich begleiten?«, fragte ich. Prima, sollte er doch im Tempel verrotten. Dabei könnte er der Herrin Gesellschaft leisten, während die Wände über ihnen einstürzten.

»Ja, ich werde dich begleiten.« Brutus nickte dem Mann zu, der meine Mutter festhielt. »Und sie auch.«

»Nein!« Ich hob die Hand, aber in dem Moment kam Crispus völlig atemlos angerannt und rief nach mir. Er musste den

Circus Maximus sofort nach meinem Verschwinden verlassen haben.

»Ich muss mit Nic sprechen!«, sagte Crispus. »Unter vier Augen, bevor irgendetwas anderes geschieht.«

»Was immer Ihr auch zu sagen habt, es sollte für alle Ohren bestimmt sein«, entgegnete Brutus.

Drohend drehte sich Crispus zu ihm um. »Ihr habt meinen Vater getötet und steht auf meinem Grund und Boden! Ich werde mich an Euch rächen, Decimus Brutus. Ihr und Nic seid bei dieser Suche nicht auf einer Seite, und wenn ich mit ihm allein sprechen will, werde ich das auch!«

Brutus lachte sich ins Fäustchen, aber so unbeschwert, wie er tat, war er nicht. Natürlich bräuchte er nur die Hand an mich zu legen, um mich aufzuhalten. Doch Crispus war nun ein Richter des Reiches. Er hatte Möglichkeiten, Brutus aufzuhalten, die meine weit überstiegen.

Auf Brutus' Nicken nahm Crispus mich beiseite. Ich war mir sicher, dass er mir etwas Wichtiges zu sagen hatte, das entnahm ich seinem angespannten Gesichtsausdruck. Doch mit meiner Mutter hier und der wachsenden Magie in mir hätte er keinen schlechteren Zeitpunkt treffen können.

»Was ist denn?«, zischte ich, als wir allein waren. Nicht richtig allein, aber zumindest außer Hörweite der Prätoren.

»War der Tempel die ganze Zeit schon hier?«

»Bist du zum Quatschen gekommen? Denn das würde ich lieber auf später verschieben.«

»Nein, ich bin hier, um dir zu helfen. Ich schulde es meinem Vater, gegen sie zu kämpfen.«

»Diesmal nicht. Jetzt wird sich entscheiden, ob ich einen Krieg auf der Erde beenden oder einen im Himmel anzetteln werde. Egal, wie es ausgeht, ich möchte nicht, dass du dabei bist.«

»Es ist mein Land!«

»Das Land gehört den Göttern! Sie haben euch hier geduldet, mehr nicht. Flieh, solange du noch kannst.«

»Will ich aber nicht«, sagte Crispus. »Jedenfalls noch nicht. Aurelia versteckt sich in den Weinbergen. Von hier kannst du sie nicht sehen, doch sie hat einen neuen Bogen.«

Ich fluchte, sollten es die Götter ruhig hören. »Schon wieder?« Gab es irgendwo auf dem Feld ein geheimes Lager? »Wo hat sie denn einen Bogen her?«

»Von Radulf, wahrscheinlich. Der hält sich mit ihr im Verborgenen.«

Also würde er dafür sorgen, dass ihr nichts geschah, was mich ja eigentlich beruhigen sollte, bloß wenn er ihr eine Waffe gegeben hatte, erwartete er sicher auch, dass sie sie nutzte.

Ich drehte mich einmal um die eigene Achse, gab vor, die Reihen der Prätoren zu mustern. Dabei konnte ich weder Aurelia noch Radulf entdecken, dennoch zweifelte ich nicht daran, dass sie irgendwo in den Weinbergen lauerten. Aber was ich entdeckte, ließ mir das Herz in die Hose rutschen.

Livia versteckte sich im Gebüsch, Tränen rannen ihr übers Gesicht. Eigentlich hätte sie schon längst weit, weit fort sein sollen. Doch da saß sie und hatte offenbar große Angst, entdeckt zu werden. Das durfte ich nicht zulassen, um keinen Preis.

»Was machen wir jetzt?«, fragte Crispus.

»Du verschwindest mit Aurelia. Und Livia. Du findest sie hinter uns in den Büschen.« Über meine eigenen Pläne war ich mir längst nicht so im Klaren. Ich konnte den Tempel ja schlecht mit meiner Mutter darin zerstören.

»Lass mich mit in den Tempel gehen. Ich kann dir helfen.«

»Helfen kannst du mir, indem du meine Schwester von hier fortbringst. Das wird schon schwer genug.«

»Ich gebe mein Bestes, Nic.«

»Los jetzt.« Brutus hielt meine Mutter am Arm. »Gib mir den Marsreif, dann bekommst du deine Mutter zurück.«

»Gib ihm einfach den Reif«, flüsterte Crispus. »Das lohnt das Risiko nicht.«

Ich nickte, doch mir wurde immer schwerer ums Herz. Ich konnte Brutus den Marsreif nicht geben, nicht einmal, wenn ich gewollt hätte, denn er befand sich nicht mehr im Tempel.

Den Marsreif hatte Livia. Vor dem Rennen hatte ich ihr den Schlüssel gegeben, so wie Horatio ihn mir gegeben hatte. Heute während des Rennens hatte ich mit einer Lichtspiegelung die Illusion erweckt, dass Livia sich im *Circus Maximus* befand, in der Zwischenzeit war die echte Livia in den Tempel gegangen, den bislang nur wir beide hatten sehen können.

Doch eigentlich hätte sie längst zurück bei Radulf sein sollen und nicht unter einem Busch hocken. Die Prätoren hätten nur noch die Hand ausstrecken müssen, schon hätten sie den Marsreif gehabt, nur, dass sie es nicht wussten.

Ich brauchte den Marsreif, um meine Mutter zu befreien. Doch wenn ich sein Versteck preisgab, würde ich meine Schwester opfern.

SIEBENUNDVIERZIG

Ich marschierte an Brutus vorbei zum Tempel, blieb noch kurz bei meiner Mutter stehen, um ihr einen Kuss zu geben. Dabei gruben sich ihre Finger vor lauter Sorge in meine Schulter, was es mir noch schwerer machte, mich loszueisen. Die beiden würden mir in den Tempel folgen.

Bevor wir eintraten, gab Brutus seinen Prätoren noch den Befehl, an Ort und Stelle zu verharren, bis wir zurück wären. Ich drehte mich zu Crispus um, deutete mit den Augen auf den Busch, unter dem sich Livia versteckte, doch ich wusste nicht, ob er mich verstand. Aber selbst wenn, wie sollte er sie unter den Augen der Prätoren unbemerkt wegschleusen? Doch wenn es eine Möglichkeit gab, Crispus würde sie garantiert finden.

Im Eingang zum Tempel überkamen mich die seltsamsten Gefühle. Ganz anders als in Cäsars Tempel, in dem Aurelia und ich Zuflucht gefunden hatten. Damals hatte ich mich so schuldig gefühlt, weil ich die *Bulla* aus der Höhle gestohlen hatte, und so unwürdig, weil ich bloß ein entflohener Sklave war. Nun betrachtete ich die *Bulla* als meinen Besitz und als Sklave sah ich mich auch nicht mehr. Stattdessen fühlte ich mich diesem Tempel verbunden, als hätte ich mir das Recht erworben, hier zu sein.

Dass ich mir in dem Tempel willkommen vorkam, gab mir den Mut, einzutreten. Und Mut brauchte ich nötiger denn je.

Der Tempel war viel größer, als es den Anschein hatte. Von außen hatte ich geglaubt, Brutus und ich würden gerade eben zusammen hineinpassen, doch es traten noch zwei Prätoren mit meiner Mutter in der Mitte ein und es hätten noch ein Dutzend weiterer Prätoren bequem darin Platz gehabt. Nicht dass ich besonders scharf auf ihre Gesellschaft gewesen wäre. Ich wollte ja nicht einmal Brutus dabeihaben und meine Mutter schon gar nicht. Allein wäre alles viel einfacher gewesen.

Allein, so wie Livia es getan hatte. Und das machte mir Mut.

Am anderen Ende des Tempels stand eine Leiter, die nach unten führte. Von dort unten kamen auch Atroxias Schreie. Auf unserer Ebene war sonst nichts, keine Vase, keine Statue, ja nicht einmal eine Staubschicht, was man doch nach drei Jahrhunderten hätte erwarten können. Der Marsreif hatte hier wahrscheinlich nie gelegen.

Um ihn zu holen, hatte Livia nach unten in die Katakomben steigen müssen.

Bevor ich die Leiter hinunterkletterte, setzte ich mich im Geiste mit Radulf in Verbindung und erklärte ihm, wo sich Livia versteckte.

»Ihr müsst meine Schwester zu Euch nach Hause bringen«, sagte ich. »Und Aurelia auch. Überredet sie irgendwie.«

Einen Moment später kam seine Antwort. Radulf war durch die Magie mit mir verbunden, nicht aber mit Livia. Ohne sein Versteck preiszugeben, konnte er sie nicht aufspüren. »Wenn die Prätoren mich hier entdecken, bricht ein

Kampf los«, sagte er. »Niemand darf kämpfen, während der Tempel offen ist. Verstehst du das?«

Verstand ich. Doch das hieß nicht, dass ich es in der Hand hatte.

Man beschloss, dass ich mit Brutus in die Katakomben hinabsteigen würde, während meine Mutter beim Eingang bleiben sollte. Ich drehte mich zu ihr um und rang mir ein Lächeln ab, auch wenn mir so gar nicht danach zumute war.

»Mögen die Götter mit dir sein«, sagte sie.

Ich nickte wortlos. Ein falsches Lächeln kam mir noch über die Lippen, aber irgendwelche tröstenden Worte wären mir sinnlos vorgekommen und hätten nur falsche Hoffnungen geweckt. Doch als ich mich abwandte, wünschte ich, ich hätte wenigstens versucht, etwas zu sagen.

Beim Hinabsteigen überlegte ich hin und her, ob ich Radulf erzählen sollte, dass Livia den Marsreif hatte. In dem Fall würde er sicher mehr riskieren, gleichzeitig ärgerte es mich, dass er nicht auch so schon gleich bereit war, alles zu tun. Immerhin war Livia seine Enkelin. Das sollte Grund genug sein.

»Kannst du uns hier unten Licht geben?«, fragte Brutus. Er hielt eine Fackel in der Hand, doch die tanzte wild im Luftzug und brannte nur noch schwach.

Ich schüttelte den Kopf. Natürlich hätte ich ein Licht schaffen können, wollte ich aber nicht. Ich wollte Radulf mehr Zeit verschaffen, Livia ausfindig zu machen. Wenn alle Stränge reißen würden, würde ich hier bis in die Nacht ausharren, in der Dunkelheit sollte es Radulf leichter fallen, sich Livia zu nähern. Doch so lange würde sich Brutus garantiert nicht hinhalten lassen. Wahrscheinlich würde ihm schon nach dreimal Luftholen die Geduld ausgehen.

»Was glaubt Ihr, wo der Marsreif versteckt sein könnte?«, flüsterte ich Brutus zu.

Denn ich hatte keine Ahnung, wo ich schauen sollte oder vorgeben sollte, zu schauen. Diese unterirdische Kammer war weitläufig und sehr dunkel; dank meiner Weigerung, Licht zu machen, lag alles im Schatten. Wie im Geschoss darüber stand so gut wie nichts herum. Der Tempel war eine einzige riesige Gruft. Ein Ort für Atroxia zum Sterben. Kein Wunder, dass sie so weinte. All die Strafen, die ich als Sklave aushalten musste, all die Gewalt im Amphitheater und im *Circus Maximus*, nichts schien mir so grausam, wie in diese Gruft gesperrt zu werden, verloren für die Welt.

»Der Marsreif gehört getragen. Deshalb erwarte ich ihn an einer Kriegerstatue, vielleicht an Mars selbst.« Brutus deutete auf seinen Unterarm. »Der Reif wird aus Silber sein und sich für den Träger von den Knöcheln bis halb hoch zum Ellbogen erstrecken. Mit filigranen Verzierungen, allen voran Mars' Wolf.«

Die Beschreibung klang ganz nach dem Armreif, mit dem Radulf die Prätoren hatte austricksen wollen. Zu dem Zeitpunkt war das vielleicht auch ein guter Plan gewesen. Natürlich wären die Prätoren früher oder später darauf gekommen, dass man ihnen eine Attrappe untergejubelt hätte.

Ich wollte mich davonstehlen, um in einem anderen Teil des Tempels nach dem zu suchen, was ja ohnehin nicht mehr dort war. Doch Brutus hielt mich an der Tunika fest. »Falls du dir einbildest, du könntest dir den Marsreif heimlich unter den Nagel reißen, dann lass dir eines gesagt sein: Ich habe keine Angst, die Herrin zu wecken. Solltest du versuchen, mit dem Marsreif abzuhauen, wecke ich sie.«

Ich schüttelte den Kopf. »Wenn ich den Marsreif finde, bekommt Ihr ihn. Ich will ihn gar nicht.«

»Nenn mich *Dominus*«, sagte er. »Gleich werde ich den mächtigsten Gegenstand überhaupt in den Händen halten. Da habe ich mir wohl einen erhabenen Titel verdient.«

»Sagt das Euren Leuten draußen«, murmelte ich. »In meinen Augen habt Ihr Euch keinen Titel verdient.« Bevor er antworten konnte, tauchte ich in der Dunkelheit des Tempels unter.

Es war kalt und feucht, aber mein Zittern hatte andere Gründe. Die Schreie in meinem Kopf wurden so laut, dass ich mich Atroxia oder der Herrin offenbar näherte. Ich wollte gar nicht, doch es war, als wäre ihr mein Körper willenlos ausgeliefert. Irgendwo mittendrin versuchte Radulf, sich in meine Gedanken zu drängen, wollte mich warnen, mir Informationen zuspielen, keine Ahnung. Nur konnte ich ihn nicht verstehen, nicht bei den lauten Hilferufen.

Ich musste die Herrin mit eigenen Augen sehen, um mich zu vergewissern, dass sie schlief, oder besser noch, dass sie tot war und ich in Wirklichkeit nur ein dreihundert Jahre altes Echo hörte. Denn Brutus würde die Suche bald aufgeben und ich und er würden den Tempel verlassen. Vorher musste ich mich aber noch einmal vergewissern, was aus der Vestalin geworden war.

Da lag sie direkt vor mir, ausgestreckt auf einem schmalen Bett, eigentlich nur ein tuchbespannter Holzrahmen. Ein dünnes Laken bedeckte sie ganz, aber gegen die Kälte half es sicher nicht. Ich war jetzt schon durchgefroren, obwohl ich erst kurz hier unten war. Garantiert war sie erfroren, bevor sie Hunger bekam oder ihr die Luft ausging.

Ihr Weinen hämmerte mir im Schädel herum, ihre Traurigkeit und Verzweiflung waren herzerweichend. Und dennoch ging es mir bei ihrem Anblick besser. Denn sie lag so still da, atmete nicht einmal.

Valerius hatte recht. Die Schreie waren nur Echos in meinem Kopf.

Ich wunderte mich, dass Atroxia nach dreihundert Jahren nicht zu Staub zerfallen war. Vielleicht war es Teil von Dianas Fluch, ihren Körper zu erhalten, während ihr Geist im Tod keinen Frieden fand. In dem Moment bemerkte ich, dass ihre Hand unter dem Laken hervorlugte. Nach der langen Zeit hätte die Haut längst verrottet sein müssen, doch die Hand wirkte makellos. Ich beugte mich vor, um die Hand zu bedecken, das gehörte sich so.

Mir blieb die Luft weg. Ihre Hand war warm.

Atroxia war so lebendig, wie es alle vorhergesagt hatten. Aber sie schlief. Vorsichtig zog ich meine Hand weg, doch da hatte sie mich schon am Gelenk gepackt.

Keuchend stieß ich Luft aus, so weh tat das. Atroxias Griff ließ sich nicht mit normalen Maßstäben messen, er war schlimmer als Sals, schlimmer noch als Radulfs bei unseren heftigsten Kämpfen. Ihre Finger hatten mir sofort sämtliche Knochen gebrochen, als wären es trockene Zweige. Mir wurde schlecht und ich sank auf die Knie, kämpfte gegen die Ohnmacht an, keine Kette hat mich je fester gehalten.

Ansonsten konnte ich in dem trüben Licht keine Regung ausmachen, nicht einmal einen Wimpernschlag.

Nur ihre Stimme in meinem Kopf. Kein Weinen mehr, sondern ein tieftrauriges: »Hilf mir.«

ACHTUNDVIERZIG

Bei den Schmerzen war ich zu keiner Antwort mehr in der Lage, aber ich hatte auch nicht vor, zu antworten. Zwischen mir und Atroxia bestand eine klare Verbindung, so wie zwischen mir und Radulf, doch ich hatte ihre Stimme niemals hören wollen. Von Anfang an nicht. Und wenn ich ihr nun antwortete, würde ich unsere Verbindung nur stärken.

Ich rührte mich nicht von der Stelle, hoffte, dass sie tiefer in den Schlaf sinken und meine Hand loslassen würde. Sie musste, denn ich wollte selbst um Hilfe rufen, und so konnte ich nicht. Was auch immer sonst noch geschah, Atroxia durfte um keinen Preis geweckt werden.

Endlich näherten sich Schritte. Brutus kam mit der Fackel. »Er ist nirgends«, sagte er. »Was machst du … oh!«

Ich ließ den Kopf hängen, um mit dem Schmerz irgendwie klarzukommen. Aber ich brauchte Brutus auch nicht anzusehen. Schließlich sah er ja, dass ihre Hand mich umklammert hielt. Sofort begriff er.

»Die Herrin lebt«, flüsterte er. »Wusste ich es doch!«

»Keine Ahnung, was geschieht, wenn sie erwacht«, sagte ich. »Es könnte schlecht für uns beide ausgehen.«

Brutus riss ihr das Laken vom Gesicht. »Sie ist bloß eine

Frau«, rief er enttäuscht. »Es kursieren Geschichten über ihre Größe … da hatte ich mehr erwartet.«

Atroxia war ganz gewiss keine gewöhnliche Frau. Und wenn Brutus ihren Griff gespürt hätte, hätte er das auch gewusst. Mit ein bisschen mehr Licht hätte er vielleicht auch mein schmerzverzerrtes Gesicht gesehen. Mit der *Bulla* war ich stärker als sonst, doch nicht einmal mit ihrer Hilfe konnte ich mich befreien. Vielleicht wirkte Atroxia wie eine schlafende Vestalin, doch in ihr schlummerten die Kräfte einer wütenden Göttin. Diana.

»Ich werde sie aufwecken«, sagte Brutus. »Im Vergleich zu ihren Kräften ist der Marsreif gar nichts. Und wenn sie wach ist, kann sie ihn ja für uns suchen.«

»Das lasst Ihr mal besser bleiben«, sagte ich. »Sonst werde ich den Tempel über unseren Köpfen zum Einstürzen bringen.«

Brutus lachte. Und selbst dieses leise Geräusch führte dazu, dass die Herrin noch fester zudrückte. Mir blieb die Luft weg, als hätte sie mich an der Gurgel gepackt. Das reichte jetzt.

Ich musste mich befreien und Brutus aufhalten. Wenn die Herrin erwachte, würde keiner von uns den Tempel lebend verlassen. Ich vielleicht ohnehin nicht. Selbst wenn ich meine Hand herausbekäme, würde ich es die Leiter nicht mehr hochschaffen.

Ich schloss die Augen und stellte mir den Eingang zum Tempel vor, wo meine Mutter stand. Ich sah es so klar vor mir, als wäre ich dort, dann spürte ich einen Druck auf der Brust und der Raum um mich verschwamm. Meine Hand kam frei und als ich die Augen öffnete, stand ich direkt vor meiner Mutter.

Die beiden Prätoren, die sie festhielten, wollten mich abwehren, aber ich hatte den Vorteil der Überraschung und streckte sie mit Magie nieder.

Meine Mutter nahm mich in den Arm. Obwohl es bei meinem schmerzenden Handgelenk eine Qual war, gab ich keinen Mucks von mir. Ich hatte ihre Liebe vermisst und wollte und brauchte sie mehr als alles andere.

»Nicolas«, flüsterte sie. »Wenn dein Vater dich jetzt sehen könnte …«

Auch wenn sie es nett sagte, beendete sie den Satz nicht, vielleicht war es mir auch lieber so. Sicher hatte sich mein Vater diese Art Leben nicht für mich gewünscht. Und gleichzeitig wusste ich auch, dass er mich nicht in Ketten im Bergwerk hätte dahinsiechen sehen wollen. Ich wollte gerne glauben, dass er stolz auf meine Erfolge gewesen wäre. Wenn meine jetzige Situation denn als Erfolg zu werten war.

»Du musst fliehen«, sagte ich zu meiner Mutter. »Ich schütze dich, bis du an den Prätoren vorbei bist. Und in den Weinbergen wartet ein Einhorn auf dich.«

Meine Mutter machte große Augen. »Ein Einhorn?«

»Es bringt dich zu Radulf.«

»Zu deinem Großvater?«, fragte Mutter. »Wenn du Radulf kennst, weißt du sicher, dass er nie besonders … glücklich über unsere Verbindung war.«

»Aber er wird dich beschützen«, sagte ich.

»Ich lasse dich hier nicht zurück«, antwortete sie. »Wir gehen zusammen.«

Ich schaute mich zur Leiter um. Brutus war noch bei der Herrin in den Katakomben und ich zweifelte keinen Moment an seinen bösen Absichten. »Für mich gibt es hier noch einiges zu erledigen«, antwortete ich. »Aber ich komme gleich nach. Nun lauf. Schnell!«

Sobald sie den Tempel verließ, umgab ich sie mit einem schützenden Schild und rief Callistus in die Weinberge.

Ich hörte die Herrin nicht mehr weinen. Ihre Traurigkeit schien wie weggeblasen. Eigentlich waren das ja gute Neuigkeiten, doch leider wurde dieses Gefühl von einem anderen ersetzt. Wut.

Mit meinem heilen Arm hielt ich das schmerzende Handgelenk an den Körper gedrückt und schlich zurück zur Leiter.

»Kommt mit mir«, rief ich Brutus so leise wie möglich zu. »Sonst werdet Ihr für immer in den Trümmern begraben sein. Ich werde den Tempel zum Einstürzen bringen.«

Von Brutus kam keine Antwort, dennoch war ich sicher, dass er mich hörte. Leise drang seine Stimme an mein Ohr. Er stimmte einen monotonen Singsang an. Er weckte die Herrin auf. Mir blieb nichts anderes übrig, als die beiden dort zurückzulassen.

Ein Magiestoß von mir und die Leiter zerfiel in tausend Stücke. Dann lief ich zum Ausgang, die kaputte Hand an mich gepresst. Die Sonne lockte von draußen, auch wenn ich keine weitere Ermunterung brauchte. Unter Schmerzen ließ ich die verletzte Hand los und zielte mit der guten auf die Tür. Sobald ich draußen war, würde ich die Tür samt Tempel zerstören.

Doch kurz bevor ich sie erreichte, flog sie zu und tauchte alles in vollkommene Dunkelheit. Dunkler noch als Cäsars Höhle. Dunkler als die Minen in schwärzester Nacht.

Und mit dem Zuschlagen der Tür fiel auch der Schutzschild meiner Mutter. Hoffentlich hatte sie Callistus rechtzeitig erreicht. Dann ging ich in mich, um die letzten magischen Kräfte zu mobilisieren.

Ich schoss mit Magie um mich, überzeugt, dass ich mit der *Bulla* die Tempelwände durchbrechen und mich befreien könnte. Schließlich verlieh die gleiche Magie, die dieses Grab verfluchte, auch dem Amulett seine Kraft. Eine konnte doch nicht stärker sein als die andere.

Es sei denn, die Magie kam nicht von Diana. Der Marsreif gehörte Mars, und Jupiter persönlich hatte angeordnet, dass Atroxia hier begraben sein sollte. Wenn das stimmte, saß ich richtig in der Patsche. Ich kämpfte gegen eine Magie, die ich nicht einmal ansatzweise verstand und die mir sicher weit überlegen war.

Auch die Herrin war mir überlegen. Garantiert hatte sie schon oft versucht, diesem Tempel zu entkommen, und war gescheitert. Ich brauchte etwas Stärkeres.

Unter mir grollte es wie Donner und dann ertönte ein unvorstellbarer Schrei. Wie ein Feuersturm pflügte er durch meinen Kopf, zerriss mir fast das Trommelfell und schnitt mir durchs Herz. Diesen Schrei hörte man bestimmt noch in den letzten Provinzen. Wie gerne hätte ich mir jetzt die Ohren zugehalten, aber mein verletzter Arm war nutzlos. Mir blieb nichts anderes übrig, als auf die Knie zu fallen und es zu ertragen.

»Hilf mir, bitte«, flüsterte ich Radulf zu. Aber ich wusste, dass er mich nicht hören konnte. Dass ich innerhalb dieser Tempelwände so abgeschottet war wie Atroxia dreihundert Jahre lang.

»Er wurde gestohlen!«, schrie eine Frau. »Der Marsreif wurde mir gestohlen!«

Ich kroch zur nächsten Wand, wo ich mich ganz klein zusammenkauerte. Viel Schutz würde sie mir nicht geben, wahrscheinlich gar keinen, nur was sollte ich sonst tun?

Die Herrin war erwacht.

NEUNUNDVIERZIG

Der Donner, den ich zunächst unter den Füßen gespürt hatte, stieg auf, erschütterte den Boden und sogar die Tempelwände. Mit meiner Magie hatte ich lediglich eine Holzleiter zerstört und ansonsten nicht einmal einen Kratzer an den Wänden hinterlassen.

Mithilfe des Göttlichen Sterns heilte ich mein Handgelenk, der Schmerz ließ etwas nach, nur konnte ich es nach wie vor nicht bewegen und auch keine Magie darin spüren. Ich musste ganz schnell gesund werden. Ansonsten würde ich keine Chance gegen die Herrin haben.

Im Marmorboden tat sich ein Riss auf, als wäre er das Zentrum eines riesigen Erdbebens. Jeden Moment würden auch die Tempelwände einstürzen, aber erst einmal war besonders der Boden in Gefahr.

Langsam kam ich auf die Beine, doch bevor ich mich ganz aufgerichtet hatte, gab der Boden unter mir nach. Ich stürzte in die Tiefe, landete unter einem Haufen aus Schutt und Asche.

Wenn mein linkes Handgelenk zwischenzeitlich besser geworden war, so stand es nun umso schlimmer darum. Diesmal war ich auf den gesamten Arm gefallen und er brannte wie Feuer.

»Nicolas Calva, warum bist du gekommen?« Das war die Stimme der Herrin.

Ich antwortete nicht. Stattdessen errichtete ich mit der verbliebenen Magie einen Schild um mich und versuchte, mich zu heilen. Dann schickte ich einen Hauch Magie in die Luft und bat um Licht. Viel brauchte ich nicht, aber ich wollte nicht blindlings herumtappen.

Brutus musste auch irgendwo hier unten sein, ich entdeckte ihn bewusstlos in der Ecke. Keine Ahnung, ob es Atroxias Werk war oder herabstürzende Marmorplatten ihn erwischt hatten. Mir fiel es schwer, Mitleid mit ihm zu haben, denn er hatte uns den ganzen Ärger eingebrockt.

Aber auch ich hatte meinen Teil dazu beigetragen. So leicht konnte ich mich nicht herausreden.

Dank des magischen Lichts war es im Raum jetzt so hell, dass ich die Herrin auf mich zukommen sah. Ihre weißen Roben waren ergraut. Bedingt durch den natürlichen Alterungsprozess oder ihre Verderbtheit? Doch ihr Gesicht war das einer jungen Frau. Ihre schmalen Augen standen schräg, ihr rotes Haar war zu einem Dutt geflochten, einzelne Haarlocken rahmten ihr Gesicht. Ihre Stimme war tief und hatte einen Befehlston.

»Knie nieder, Nicolas.«

Ich schüttelte den Kopf, starrte auf den Boden. »Ihr seid wunderschön, Atroxia, und ich habe großen Respekt vor Euren Kräften, aber niederknien werde ich nicht vor Euch.«

Atroxia schwenkte die Hände und ich flog rückwärts durch die Luft und knallte gegen die Wand. Ohne die *Bulla* hätte ich bei dem Sturz sicher das Bewusstsein verloren und vielleicht wäre das gar nicht so schlecht gewesen. Putz rieselte auf mich nieder. Als ich auf allen vieren landete, gab das angeschlagene Handgelenk unter meinem Gewicht nach. Mir schwanden die Sinne vor Schmerz.

»Wo ist der Marsreif?«, fragte Atroxia. »Du hast ihn mir gestohlen!«

»Der Marsreif ist fort«, sagte ich. »Außerhalb Eurer Kontrolle.«

Das brachte sie noch mehr auf. Als sie die Arme auseinanderriss, fühlte es sich an, als hätte sie mir mit ihren Klauen die Brust zerfetzt, doch Blut war keines zu sehen.

»Ich werde ihn schon finden«, sagte sie. »Du Schwächling von einem Menschen kannst ihn nicht lange vor mir verbergen.«

Lange musste es auch nicht sein. Nur lang genug, um den Marsreif von Livia zurückzubekommen und ihn dann mit der *Bulla* zu zerstören. Danach hätte die Herrin zu viel von ihrer Kraft eingebüßt, um mir oder Rom noch gefährlich werden zu können.

Mit irgendetwas attackierte sie mich, mir blieb die Luft weg, als hätte sie mir in die Magengrube getreten, doch weh tat es nicht. Wahrscheinlich war das auch nicht ihre Absicht, denn sie hatte einfach nur meinen Schutzschild unschädlich gemacht. Verzweifelt versuchte ich, ihn neu zu errichten, nur fehlte mir die Kraft. Und ich hätte mich auch gewehrt, aber ich musste mir noch Magie aufbewahren, für einen letzten Versuch, den Tempel zu zerstören.

Hinter mir kam Brutus langsam zu sich. Er hob den Kopf und kam auf die Knie.

»Knie nieder«, murmelte er. »Das ist das Einzige, was dir noch helfen kann.«

»Vor ihr werde ich nie knien, nicht einmal, um mich zu retten.« Damit wandte ich mich der Herrin zu. »Ihr wart einst eine Vestalin, eine Heilige. Ihr habt Euer Amt verraten, indem Ihr Euch an der Ermordung Julius Cäsars beteiligt habt. Ihr seid eine Verräterin, dem Reich und Eurem Gelübde gegenüber.«

Ein Knurren, wie ich es noch nie vernommen hatte, entwich ihrer Kehle. Und mit diesem Knurren schleuderte sie mir eine Welle der Magie entgegen, die mir durch und durch ging und die nach meinem Geist griff.

Als ich zurückschlug, traf meine Magie sie wie eine leichte Brise. Atroxia lachte. »Hältst du dich etwa für stark, Sklavenjunge? Den Plunder um deinen Hals hat Diana nur mit ein bisschen Magie zum Spielen versehen. Doch was sie mir gegeben hat, um mich all die Zeit am Leben zu erhalten, ist echte Macht. Und sobald du mir den Marsreif zurückgibst, werde ich dir zeigen, zu was ich alles imstande bin.«

Derweil sah ich mich zu allen Seiten um, ob es nicht irgendwo ein Schlupfloch gab. Inzwischen hatten sich meine Augen auch an die Lichtverhältnisse gewöhnt. Kratzspuren an Wänden und zwischen Marmorplatten deuteten auf vergebliche Fluchtversuche hin. Hier schien es keinen Weg heraus zu geben.

Doch ich wusste es besser, all die Zeit im Bergwerk hatte mich gelehrt, dass nichts für immer versiegelt war. Atroxia mochte zwar Dianas Kräfte haben, aber ihre Lungen hatte sie nicht.

Die Herrin brauchte Luft.

Seit dreihundert Jahren fand Luft seinen Weg in den Tempel, damit hatte ich meinen Fluchtweg.

Dafür brauchte ich auch die Stärke der *Bulla* nicht. Ich brauchte die stille Kraft des Göttlichen Sterns.

Leider konnte ich so meinen Arm nicht weiter heilen. Den hielt ich mir einfach schützend vor die Brust und spürte dann mit der Magie in meiner Schulter dem Luftstrom nach.

Brutus jammerte der Herrin unterdessen vor, was er alles getan hatte, um den Marsreif zu beschützen, und versprach, ihn wieder zu besorgen. Irgendwie armselig, aber offenbar bestand darin ja der Sinn seines Lebens: vor Atroxia im Staub zu kriechen.

In der Zwischenzeit hatte ich Spalten zwischen den Steinen entdeckt. Die waren vorher nicht da gewesen. Der Tempel war ein Meisterwerk der Handwerkskunst, jedenfalls bis Atroxia den Boden hatte einstürzen lassen. Dadurch waren Risse entstanden, die ich für meine Flucht nutzen konnte.

Mit der Hand sandte ich die Magie des Göttlichen Sterns in die Ritzen, rieb den Mörtel weg, vergrößerte die Löcher.

»Was machst du da?«, fauchte Atroxia.

Unsichtbare Hände packten mich bei den Schultern und warfen mich hoch in die Luft, höher noch als die zerstörte Decke.

Ich wappnete mich schon für den Aufprall, weil ich jeden Moment damit rechnete, herunterzufallen, doch Atroxia hielt mich oben.

»Du hast den Marsreif gestohlen«, sagte sie. »Wenn du am Leben bleiben willst, verrätst du mir, wo er ist.«

Ich schüttelte den Kopf. »Wenn ich am Leben bleiben will, dürft Ihr den Marsreif nicht in die Hände bekommen. Ich weiß, was Ihr vorhabt.«

Auf der Höhe, auf der ich mich befand, spürte ich einen

Lufthauch zwischen den Marmorplatten. Jedenfalls reichte es, um mich mit der Außenwelt in Verbindung zu setzen.

»Her mit dem Marsreif!« Je wütender Atroxia wurde, desto lauter grollte und rumpelte ihre Stimme.

Mit der Vibration der Marmorblöcke schuf ich mein eigenes Rumpeln. Ein guter Magiestoß und schon würde alles wie ein Würfelturm in sich zusammenfallen.

Selbst von hoch oben sah ich, dass Atroxia die Augen aufriss und rot vor Wut wurde.

»Nicht meinen Tempel, das wagst du nicht!«

»Von wegen Tempel«, brüllte ich. »Das ist Euer Grab, Verräterin!«

Sie schleuderte mir einen magischen Ball entgegen, doch ich wehrte ihn mit meiner Magie ab. Durch den Zusammenstoß wurden so viele Kräfte frei, dass ich noch weiter gegen die Tempelwand gedrängt wurde, die erst nur bebte und dann nachgab.

Ich landete auf ein paar Marmorblöcken, die unweit der Prätoren, die sich auf Brutus' Geheiß hin nicht von der Stelle gerührt hatten, nach außen krachten. Bei meinem Anblick sprangen sie auf, wussten nicht, was sie tun sollten.

Ich wusste es ebenso wenig. Der Einsturz des Tempels war ein gewaltiges Spektakel, Steine stürzten aufeinander, eine riesige Staubwolke stieg in den Himmel.

Keuchend wich ich zurück, abermals presste ich den verletzten Arm an mich. Wieder war er halbwegs geheilt, bis ich eben durch mehrere Schichten Marmor geschlittert war. Sicher würde der Göttliche Stern mir irgendwann einmal den Dienst versagen.

Stille senkte sich über die Prätoren, bis der letzte Stein gefallen war. Dann richteten sich alle Augen auf mich. In dem Moment wurde ihnen wohl klar, dass ich ihren Anführer begraben, die Herrin gefangen und alle Chancen vereitelt hatte, je an den Marsreif zu gelangen.

Irgendjemand von ganz weit hinten rief: »Schnappt ihn euch!«

FÜNFZIG

Ich war nicht in der Verfassung zu kämpfen, wenigstens nicht erfolgreich. Doch ich hatte es bis hierher geschafft, nun würde ich mich nicht so einfach geschlagen geben. Statt die Prätoren mit Magie zu attackieren, brachte ich den Boden rings um mich herum zum Einstürzen und schuf so einen unüberwindlichen Graben. Meiner Flucht nicht gerade zuträglich, aber zumindest konnte sich so keiner meiner Magie bemächtigen.

Nun heilte ich erst einmal mein Handgelenk, während ich mit der anderen Hand Magie in alle Richtungen verteilte. Außerhalb der erstickenden Enge des Tempels war meine Magie wesentlich stärker und leichter zugänglich, was ich voll auskostete. Ohne ihren Anführer und überhaupt einen Grund zu kämpfen leisteten die Prätoren kaum Widerstand.

Livia kauerte nicht mehr im Gebüsch, also hatten entweder Radulf oder Crispus sie gefunden. Ich wäre sie ja gerne suchen gegangen, aber nun kamen Pfeile aus den Weinbergen geflogen. Offenbar war Aurelia noch da.

Eigentlich hätte ich mich ja über Crispus ärgern sollen, weil es ihm nicht gelungen war, Aurelia fortzubringen, tat ich aber nicht. Aurelia ließ sich zu nichts zwingen, das wussten wir beide. Und sie hätte mich nie freiwillig zurückgelassen.

Also schloss ich die Augen und stellte mir die Weinberge vor und Aurelia mittendrin, dann betete ich noch zu den Göttern, dass ich nicht direkt vor ihr landen und von einem ihrer Pfeile aufgespießt werden würde.

Ich fand mich weit hinter ihr im Weinberg wieder. Aurelia stand auf einem Felsen, um das Feld besser einsehen zu können, und feuerte ihre Pfeile von dort ab. Gerade wollte ich zu ihr hinlaufen, als Crispus ihr eine Handvoll Pfeile brachte. Keiner der beiden hatte mich gesehen.

Crispus sprang neben ihr auf den Felsen und stopfte ihr neue Pfeile in den Köcher.

Dabei ließ er seine Hand anschließend noch einen Augenblick länger auf ihrer Schulter ruhen. Und als sie ihn daraufhin ansah, hoffte ich, sie würde ihm mit der Bogenspitze eines verpassen, doch das tat Aurelia nicht. Sie lächelte ihm zu und dankte für die Pfeile.

»Ich sehe Nic nicht mehr«, sagte Aurelia mit Blick auf das Feld. »Gerade eben war er noch da.«

Als spürten sie, dass die Antwort hinter ihnen lag, drehten sich beide gleichzeitig zu mir um.

»Nic!« Aurelia sprang vom Felsen und lief mir in die Arme. »Du hast uns vielleicht einen Schrecken eingejagt, einfach so in den Tempel zu gehen! Wir dachten schon, wir sehen dich nie wieder!«

Ich verzog das Gesicht, vor allem, weil mein Handgelenk zwischen uns gequetscht wurde, wollte aber nichts sagen.

»Wie geht's dir?«, fragte Crispus.

»Wie geht's meiner Schwester?«, konterte ich und löste mich von Aurelia. »Wo ist sie?«

Crispus schaute von Aurelia zu mir. »Ich weiß es nicht. Bei

der Masse von Prätoren war es unmöglich richtig nach ihr suchen. Vielleicht hat Radulf sie inzwischen gefunden.«

»Und wo ist der jetzt?«

Crispus und Aurelia wechselten einen Blick, dann sagte Aurelia: »Als der Tempel einstürzte, ist er verschwunden. Meinte, er bräuchte etwas von zu Hause, seither ist er nicht wiedergekommen.«

»Wahrscheinlich kommt er auch nicht wieder, denn er hat Angst vor der Herrin.« Dafür konnte ich ihm keinen Vorwurf machen. Inzwischen verstand ich seine Furcht nur allzu gut, ihre Magie war übermächtig. Zum Glück war sie im Tempel eingesperrt.

»Also ist sie wach?«, fragte Aurelia.

»War sie.« Mit dem Kopf deutete ich auf die Ruinen des Tempels. »Doch nun ist alles zerstört. Selbst wenn sie den Einsturz überlebt hat, kann sie sich nie unter den Trümmern befreien.«

»Die Prätoren werden nicht weiter kämpfen. Wofür auch?« Crispus grinste breit. »Du hast es geschafft!«

Er klopfte mir auf den Rücken und Aurelia drückte meinen Arm, nur verspürte ich nicht dic gleiche Erleichterung. Trotz allem, was ich gerade gesagt hatte, war Atroxias Magie so viel mächtiger als meine. Innerhalb des Tempels hatte ich meine Kräfte nicht voll ausschöpfen können. Und wenn es bei ihr genauso war? Wenn ihre Bestrafung gar nicht darin bestand, bei lebendigem Leibe begraben zu sein? Sondern begraben ohne den Vollbesitz ihrer Kräfte?

Radulfs Stimme erklang in meinem Kopf, eiskalt, aber nicht vor Wut. Er hatte noch immer Angst, diesmal um mein Leben. »Nic, es ist noch nicht vorbei. Du musst gehen, sofort.«

»Wo ist Livia?«

Stille. Radulfs Angst stieg. Er war auch ihr Großvater. »Ich kann sie von da nicht wegkriegen«, sagte er. »Ich weiß, dass sie den Marsreif hat. Er ist stärker als ich und will bei der Herrin bleiben.«

»Ohne meine Schwester gehe ich nirgends hin«, antwortete ich. »Nur wegen mir ist sie überhaupt dabei.«

»Was redest du da?«, fragte Crispus. Aurelia hatte gleich verstanden.

»Du musst auf der Stelle abhauen.« Radulf bettelte mich an. »Ich mache mich auf die Suche nach Livia.«

Dazu hätte ich mich nie überreden lassen und das war ihm auch klar.

Aurelia legte mir die Hand auf die Schulter. »Was sagt Radulf?«, fragte sie.

Ich schüttelte bloß den Kopf und versuchte, mich zu sammeln. Seit ich den Tempel zerstört hatte, war ich stärker geworden. Wenn die Herrin überlebt hatte, ging es ihr vielleicht auch so.

Ich machte mich wieder zum Feld auf, rief Crispus und Aurelia zu: »Ihr müsste beide sofort von hier verschwinden.«

Zu meiner Bestürzung folgten sie mir. »Warum?«, rief Aurelia. »Sag uns einfach, warum!«

Ich errichtete einen magischen Schild, diesmal einen, der Crispus und Aurelia davon abhielt, das Feld zu betreten.

»Nic, geh da nicht alleine hin!«, brüllte sie.

Ich drehte mich zu ihnen um. »Ich kann nicht gleichzeitig euch und mich retten. Haut ab, bitte!«

Aurelia lief mir noch ein Stück hinterher, doch Crispus hielt sie zurück und verschwand mit ihr in den Weinbergen.

Zum Fortgehen würde er sie nie bewegen können, das wusste ich jetzt schon, genauso wenig würde er ohne sie gehen. Ich konnte nur hoffen, dass sie ein gutes Versteck finden würden.

Auf dem Feld standen die Prätoren in einer Gruppe zusammen und berieten, mit welcher Taktik sie gegen mich vorgehen wollten und ob es sich überhaupt lohnte.

Es lohnte nicht.

»Ergebt Euch!«, rief ich ihnen zu. »Es ist Eure einzige Chance, mit dem Leben davonzukommen.«

»Du kannst uns nicht alle auf einmal töten!«, brüllte ein Mann.

»Ich will keinen von Euch töten«, entgegnete ich. »Aber das heißt nicht, dass Ihr nicht in Gefahr seid. Wenn Euch Euer Leben lieb ist, geht, solange Ihr noch könnt.«

Schon wieder entbrannte eine Diskussion unter ihnen, diesmal schienen sie sich recht uneins. Doch kurz darauf verließen ein paar Männer die Gruppe, weitere folgten und so weiter und so fort.

»Und nun gehst du auch«, hallte mir Radulfs Stimme durch den Kopf.

»Vor zwei Tagen habt Ihr mich noch beschimpft, weil ich nicht kämpfen wollte«, sagte ich. »Nun soll ich mich verdrücken?«

Radulf schnappte hörbar nach Luft. »Nicolas, das wird kein Kampf werden. Eher ein Abschlachten. Hör doch mal hin!«

Und das tat ich auch. Nach und nach räumten die Prätoren das Feld, Crispus und Aurelia waren nirgends zu sehen, hatten sich hoffentlich in Sicherheit gebracht, also nahm ich mir einen Moment und lauschte.

Zunächst dachte ich, die Geräusche kämen vom Tempel

oder von den Prätoren, die nicht hatten gehen wollen. Aber nein: Die Geräusche waren in meinem Kopf, so wie Radulfs Stimme oder das Weinen der Herrin.

Doch diesmal war es Gelächter. Atroxias niederträchtiges Gelächter, wobei ihre Stimme tiefer klang als zuvor. Fast unmenschlich hatte sie mich zuvor angeknurrt. Ihr Lachen klang jetzt noch unmenschlicher.

In den herumliegenden Marmorplatten war Bewegung, die von tief unten zu kommen schien. Aus den Katakomben.

Atroxia war bloß eine Vestalin gewesen, für ihre Beihilfe zum Attentat an Cäsar hatte man sie bei lebendigem Leib begraben. Sie hatte mich um Hilfe angefleht. Doch diese Frau hörte ich nicht mehr.

Dianas Fluch hatte die Vestalin in die Herrin verwandelt. Vor der fürchtete sich Radulf und die verfügte über die Kraft einer rachsüchtigen Göttin. Jeden Moment würde sich mir die Herrin zeigen.

Marmorplatten flogen krachend durch die Luft, dass es bis in den Himmel hallte. Mit einem Schild schützte ich mich vor den umherfliegenden Blöcken, auch Crispus und Aurelia waren von einem Schild geschützt. Zum Glück, denn ich spürte, dass es einiges aushalten musste.

»Los, Livia. Lauf!«, brüllte ich. Ich wollte ihre Anwesenheit nicht preisgeben, aber ich sah sie nirgends, und irgendwie musste ich sie ja warnen. Zu spät.

Aus den Trümmern erhob sich eine riesige, blutrote Schwanzspitze. Sie zerschlug die Steine und wurde dabei immer länger. Als Nächstes bahnte sich eine Klaue den Weg ins Freie, Krallen spitz wie Schwerter. Mit der Klaue stemmte sich die Bestie in den Boden, um mit wildem Knurren den

Kopf hochzureißen. Ich kannte diese Kreatur. Ein *Draco*. Ein römischer Drache. Wie in den Verzierungen auf Radulfs Säulen.

Die Vorderzähne des Drachen waren lang wie Dolche und zweifellos doppelt so scharf. Sabber triefte ihm von den Fängen, Rauch stieg ihm aus den Nüstern. Atroxias Augen waren gelb mit schwarzen Schlitzen, die tiefer schienen als alle Kohlengruben dieser Welt. An ihr war nichts Menschliches mehr.

Nachdem sie sich aus den Trümmern geschält hatte, öffnete sie die zweite Klaue, und Brutus kam zum Vorschein. Sie warf ihn zu Boden, wo er gleich auf die Knie fiel und sie für seine Rettung rühmte.

Dann wandte sich der Drache mir zu, sprach klar und deutlich mit der Stimme der Vestalin aus den Katakomben, nur tiefer und herrischer.

»Das ist Decimus Brutus, mein Diener. Beinahe hätte ihn das gleiche Schicksal ereilt wie mich. Doch ich habe ihn gerettet.«

»Ihr hättet ihn dort lassen sollen«, sagte ich. »Nach seinem Verrat an Rom hätte er es verdient gehabt. So wie Ihr.«

»Die Prätoren haben mir immer treu gedient, dafür werde ich sie beschützen. Schließ dich uns an, Nicolas.«

Ich schüttelte den Kopf. »Jetzt nicht, Atroxia.« Niemals.

Flammen schossen aus dem Drachenmaul, setzten alles ringsherum in Brand, auch die Reben. Crispus und Aurelia wollten aus dem Weinberg fliehen, wurden aber von meinem Schutzschild zurückgehalten. Auch wenn es nicht unbedingt sicherer war, senkte ich den Schild, um ihnen die Flucht zu ermöglichen. Doch statt davonzulaufen, schoss Aurelia sofort sämtliche Pfeile auf Atroxia ab, in der Hoffnung, irgendwo eine verwundbare Stelle im Schuppenpanzer zu finden, aber da hätte sie das Untier auch gleich mit Federn bewerfen können.

Crispus nahm Aurelia bei der Hand und brachte sie vor dem Feuer in Sicherheit, nur um sich einer weitaus schlimmeren Gefahr auszusetzen. Atroxia.

»Wo ist der Marsreif?«, fragte Brutus, der sich inzwischen aufgerappelt hatte und auf mich zukam. »Schluss mit deinen Spielchen.«

»Ich habe den Marsreif nicht«, antwortete ich.

»Genauso hast du vorher behauptet, den Schlüssel nicht zu haben«, entgegnete er.

»Ja, stimmt, da hatte ich mich geirrt«, sagte ich. »Aber diesmal irre ich mich nicht. Das Amulett ist außerhalb Eurer Reichweite.«

Ich log, ohne mit der Wimper zu zucken.

»Sicher?«, fragte die Herrin.

Innerlich wappnete ich mich für ihre nächste Attacke. Falls sie wieder Glut und Asche spuckte, würde ich so viel Regen heraufbeschwören, dass ihre Flammen für immer erloschen. Gerne tat ich es nicht, denn ich brachte mich damit selbst in Gefahr. Die ersten Wolken sammelten sich bereits.

Die Herrin achtete nicht auf den Himmel. Stattdessen wanderte ihr goldenes Auge von mir zu Aurelia und Crispus, die den Hügel hinauf zur *Villa* liefen.

Bevor ich reagieren konnte, hatte sie die beiden mit ihren Klauen gepackt und hielt sie hoch in der Luft.

Mit aller Macht attackierte ich Atroxias Brust, damit sie meine Freunde freigab. Doch wie bei Aurelias Pfeilen schien die Drachenhaut nicht einmal einen Kratzer davonzutragen.

Atroxia drückte fester zu, sodass Aurelia und Crispus vor Schmerz aufschrien. »Streitest du immer noch ab, dass du den Marsreif hast?«, fragte sie mich. »Wenn du ihn mir nicht zurückgibst, zerquetsche ich deine Freunde!«

EINUNDFÜNFZIG

Mithilfe meiner Magie feuerte ich Aurelias am Boden liegenden Pfeile erneut auf Atroxia ab. Wäre sie lediglich ein Drache gewesen, hätten die Pfeile den Schuppenpanzer durchdringen müssen. So merkte sie es nicht einmal.

»Ich habe den Marsreif nicht, das habe ich Euch doch schon gesagt!«, brüllte ich. »Durchsucht mich doch!«

»Du lügst! Er ist ganz in der Nähe. Ich fühle seine Anwesenheit.«

Atroxia packte Crispus fester und er schrie abermals auf. Ich spürte seinen Schmerz, als wäre es mein eigener. Denn vorhin, als Atroxia mir das Handgelenk zerquetscht hatte, war es mein Schmerz gewesen. Und für Crispus musste es jetzt noch viel schlimmer sein.

»Moment mal«, rief ich. »Ihr dürft ihm nichts tun. Das habt Ihr selbst gesagt.«

Atroxia lockerte den Griff, wenigstens schien Crispus wieder Luft zu bekommen. »Warum denn nicht?«, fragte sie.

»Er ist jetzt auch ein Prätor«, antwortete ich. »Und Ihr habt mir gerade erklärt, dass die Prätoren Euch dienen und Ihr sie schützen müsst.«

Atroxia wandte sich Brutus zu, der bislang wohl ganz froh

gewesen war, im Laufe des Gesprächs in Vergessenheit geraten zu sein. »Und?«, fragte sie.

Ihm war anzumerken, wie ungern er auf die Frage antwortete. »Das stimmt, Herrin. Vor ein paar Tagen wurde der Junge zum römischen Richter ernannt. Er ist ein Prätor, dennoch gehört er nicht zu uns. Sein Vater diente dem Reich und nicht Euch.«

Ich trat einen Schritt heran. »Aber Ihr könnt ihn doch nicht für die Reichstreue seines Vaters bestrafen. Crispus ist ein Prätor und verdient Euren Schutz.«

»Ja«, knurrte die Herrin. »So muss es wohl sein.«

Und damit ließ sie Crispus fallen. Ich schickte ihm genügend Magie, um den Aufprall abzufedern. Nun blieb noch Aurelia. Sie konnte keinen besonderen Schutz für sich in Anspruch nehmen. Nichts, was sie im Tausch für ihr Leben hätte anbieten können.

Außer meinem Leben.

Ich fiel auf die Knie und senkte den Kopf. Nicht vor lauter Demut, sondern damit ich nicht mit ansehen musste, wie Aurelia gleich reagieren würde. »Verschont das Mädchen! Nehmt mich!«

»Nein!« Aurelia versuchte sich aus den Klauen zu winden, doch Atroxia drückte nur fester zu.

Aurelia schrie auf. Ich brüllte: »Ihr wollt doch mich!«

»Lasst sie gehen!« Crispus rappelte sich auf. »Die Prätoren von Rom genießen den Schutz der Herrin.«

»Dieses Privileg gilt aber nicht für Freunde der Prätoren«, entgegnete Brutus.

»Das weiß ich auch.« Crispus schaute mich entschuldigend an. »Nur die Frau eines Prätors genießt den gleichen Schutz.«

Natürlich, das war die Lösung. Crispus zu heiraten, würde Aurelia das Leben retten. Dennoch stach es mir ein Messer ins Herz.

»Stimmt das?«, fragte Atroxia Aurelia. »Wirst du diesen Jungen heiraten?«

Crispus trat vor. »Um ihre Hand habe ich schon angehalten. Nun muss sie nur noch annehmen.«

Hätte ich Aurelia gefragt, als sie es sich so unbedingt gewünscht hatte, oder auch zu einem späteren Zeitpunkt, hätte sie eingewilligt. Doch ich hatte es ja nie über die Lippen gebracht. Und statt mich jetzt über meine Verstocktheit zu ärgern, hätte ich mich freuen sollen, denn nur so blieb sie am Leben.

Ja, so hätte ich empfinden sollen.

Aurelia wand sich vor Schmerzen im eisernen Griff des Drachen und sagte: »Ja, ja, ich nehme den Antrag an. Ich werde Crispus' Frau.«

Atroxia ließ sie zu Boden fallen. In mir entflammte ein neuer und unbekannter Schmerz, dennoch brachte ich genügend Magie auf, um Aurelias Sturz abzufangen, und rannte sofort zu ihr.

Ich strich ihr das Haar aus dem Gesicht und flüsterte: »Bist du verletzt?«

Sie fasste sich an die Rippen, und ich legte meine Hand darauf, um sie zu heilen. Sie strich mir über die Finger. »Es tut mir so leid, Nic.«

»Du hast getan, was du tun musstest.«

»Ja, aber ich habe es mir anders gewünscht. Verstehst du das?«

Natürlich verstand ich es. Für sie war es die einzige Möglichkeit, am Leben zu bleiben. Ich verstand es und gleichzeitig wollte ich es nicht verstehen.

»Warte auf mich«, sagte ich. »Wenn das vorbei ist, komme ich zu dir zurück.«

Aurelia krümmte ihren Rücken, während ich sie heilte. »Es ist zu spät. Die Abmachung steht.« Bei ihren Worten überkam mich unendliche Traurigkeit, erst vor vier Tagen hatte ich fast das Gleiche zu ihr gesagt.

»Komm.« Brutus legte seine Hand auf meine Schulter, bevor ich überhaupt wusste, wer sprach. Sofort entwich mir alle Magie. Ich schüttelte ihn ab und streckte die Hand nach Aurelia aus, doch Brutus zerrte mich auf die Beine. Crispus wollte mir zu Hilfe eilen, aber Atroxia knurrte, und da ließ er es sein.

Aurelia war noch nicht vollkommen geheilt, doch es ging ihr besser, und Crispus half ihr auf. Sie würden füreinander sorgen und sich auf eine Art und Weise unterstützen, wie ich es nicht vermochte. Als Brutus mich wegzog, führte Crispus Aurelia in die andere Richtung fort. Vertraut hielten sie sich an den Händen. So etwas hätte ich mich bei ihr nicht getraut. Die beiden waren schon ein Paar.

»Nun gehörst du uns, Nicolas«, sagte Brutus. »Alles andere spielt keine Rolle mehr in deinem Leben.«

»Atroxia kann mich nicht zwingen, den Jupiterstein zu erschaffen«, entgegnete ich. »Soll sie mich doch töten.«

»Sie kann dir weit Schlimmeres antun«, sagte Brutus. »Die Herrin bekommt immer ihren Willen.«

Der gewaltige Drachenschwanz trug Brutus fort, dann packte Atroxia mich und hielt nun mich in ihren Klauen. Neben den Schmerzen überkam mich ein eigentümliches

Gefühl. Auch wenn Atroxia kein Prätor war und mir meine magischen Kräfte wieder zur Verfügung standen, begriff ich, dass sie im Vergleich zu ihrer Magie nutzlos waren.

»Der Marsreif kann nicht weit sein. Ich wittere ihn doch«, rief sie. »Wo hast du ihn versteckt?«

»Ich habe das Amulett bereits zerstört«, antwortete ich. »Was Ihr wahrnehmt, ist bloß eine Erinnerung.«

Atroxia schloss die Klauen um mich und drückte mir die Luft ab. Ich schrie auf, konzentrierte mich dann mit aller Macht darauf, ein Gewitter herbeizurufen. Wenn ich einen Blitz direkt auf Atroxia würde lenken können, würde er ihren dicken Panzer womöglich durchdringen. Und was wäre mit mir? Würde ich dabei auch sterben? Bestimmt.

Vom Blitz erschlagen zu werden, war für mich die schlimmste aller Todesarten. Aber Livia musste noch irgendwo hier stecken. Wenn ich sie auf diese Weise würde retten können, würde ich versuchen, mein Schicksal tapfer zu ertragen. Und wenn ich schon wie ein Feigling sterben musste, dann sah mir hoffentlich niemand dabei zu.

Brutus entging nicht, was ich vorhatte, doch statt sich vor dem Gewitter in Sicherheit zu bringen, rief er Atroxia zu: »Darin liegt die Stärke des Jungen, Herrin. Seht Ihr das Gewitter? Er kann den Jupiterstein erschaffen!«

Atroxia ließ mich fallen. Ich schlug so hart auf die Erde auf, dass ich mir garantiert das Handgelenk gebrochen hatte. Schon wieder. Diesmal würde ich mir gar nicht erst die Mühe machen, mich zu heilen. Reine Magieverschwendung, offenbar wollten meine Knochen lieber in Einzelteilen bleiben. Ich biss die Zähne zusammen, hielt die verletzte Hand dicht am Körper und rollte mich auf die Seite, um mit der gesunden Hand düstere Gewitterwolken über uns zusammen zuziehen. Donner rollte über Valerius' Ländereien, die ersten Regentropfen fielen. Das würde ein mächtiges Gewitter werden.

Der Drachenschwanz legte sich um mich, zog sich immer enger zusammen. Um nicht erdrückt zu werden, stand ich auf, und da sah ich Livia wieder.

Weit war sie nicht gekommen, seit ich sie das letzte Mal gesehen hatte. Eigentlich hatte sie sich nur tiefer ins Gebüsch zurückgezogen und verschwand fast in der Bodensenke, nur ihre Augen waren zu erkennen. Und bestimmt auch nur, weil sie von mir entdeckt werden wollte. Und als sie den Marsreif hochhielt, verstand ich ihre Botschaft auch. Um mir das Leben zu retten, wollte sie den Marsreif opfern.

Das konnte ich nicht zulassen. Livia musste es einsehen.

Ich brüllte Atroxia zu: »Wenn Ihr den Marsreif bekommt, was wird dann aus mir?«

Schallend lachte sie. »Dann wirst du mir einen Jupiterstein erschaffen. Den werde ich Diana geben und damit wird sie einen Krieg gegen die Götter anzetteln.«

Mein Blick wanderte zurück zu Livias Versteck, doch ich konnte sie nicht mehr ausmachen. Hoffentlich hatte sie damit ihre Antwort. Und hoffentlich verzieh Livia mir, dass ich sie in diese schlimme Lage gebracht hatte.

Mittlerweile regnete es stärker. Mein Gewitter war bereit. Kaum löste Atroxia die Umklammerung ihres Schwanzes etwas, machte ich mich davon. Sofort peitschte sie mit dem Schwanz auf die harte Erde. Zum Glück verfehlte er mich, doch ich stürzte. Wieder umschlang mich ihr Schwanz und hielt mich gefangen. Mühsam bekam ich meine gesunde

Hand frei und hielt sie hoch, um den Blitz zu rufen. Die Ladung kribbelte mir schon in den Fingern, lief über den Arm in die Brust, wo Funken stoben. Das würde ein mächtiger Blitz werden, mächtig genug, um diese bösartige Kreatur zu töten.

Auf jeden Fall war er schon mal zu mächtig für mich.

Atroxia packte mich mit ihren Klauen. Als sie mich hochhob, gruben sich mir ihre scharfen Krallen ins Fleisch, und ich schrie auf. Ich musste mich auf den Blitz konzentrieren, was ohne Krallen wesentlich einfacher gewesen wäre.

»Aufhören!«, rief jemand im Befehlston.

Radulf kam durch die brennenden Weinberge auf uns zu, die Flammen schienen ihm nichts anhaben zu können. Der leibhaftige Radulf, keine Lichtspiegelung. Trotz der wahnsinnigen Angst, die er vor der Herrin hatte, war er gekommen.

Atroxia ließ mich abermals fallen. Brutus stürzte sich sofort auf mich und hielt mich am Arm fest. Im Moment machte das keinen Unterschied. Von den Verletzungen war ich geschwächt und hatte ohnehin schon zu viel Magie verbraucht. Dennoch blickte ich Radulf kopfschüttelnd entgegen, in der Hoffnung, ihn zum Umkehren zu bewegen, aber er wirkte geradezu sorglos. Die Hände hatte er hinter dem Rücken verschränkt, als wäre er beim Spazierengehen zufällig vorbeigekommen. Er schenkte mir ein Lächeln und nickte ruhig.

»General Radulf, Ihr kommt etwas spät zu unserem Fest«, sagte Brutus.

»Das glaube ich kaum«, entgegnete Radulf. »Eigentlich wollte ich mir diese Versammlung gerne ersparen, aber Ihr zwingt mich ja dazu.«

»Was wollt Ihr?«, fragte Atroxia.

Er schaute zu ihr auf und sagte mit fester Stimme: »Meinen Enkel zurück, was sonst?«

Selbst Atroxia musste über so viel Unverfrorenheit lachen. »Der Junge gehört jetzt mir. Er wird mir den Marsreif geben und danach hat er eine Aufgabe zu erfüllen.«

»Selbst wenn er wollte, könnte er dir nicht gehorchen«, antwortete Radulf. »Nic sagt die Wahrheit. Er hat den Marsreif nicht und wird ihn auch nicht bekommen.«

Grinsend hob Radulf den Arm, den er hinter dem Rücken gehalten hatte. Daran prangte der Marsreif. Nicht der richtige, sondern die Attrappe, die Valerius hatte anfertigen lassen. Das konnte nicht gut gehen.

Aber es war unsere einzige Chance.

»Nein, nicht den Marsreif«, brüllte ich so verzweifelt wie möglich. Atroxia musste mir das Theater abkaufen.

Der Drache nahm Witterung auf. Wie gut waren seine Sinne? Bemerkte Atroxia den Unterschied, wo doch der echte Armreif ganz in der Nähe war?

Radulf hob den Arm und Flammen stiegen vom Marsreif empor. Da der Reif keinerlei Magie besaß, mussten sie vom Göttlichen Stern stammen. Doch es sah auf jeden Fall überzeugend aus. Radulf machte eine Handbewegung, und eine Magiewelle schoss aus dem Marsreif über das Feld bis zum Wald, wo er sämtliche Bäume entwurzelte.

Radulf rang nach Luft und taumelte. Auch wenn er sehr stark war, hatte auch er seine Grenzen.

Brutus ließ mich los und ging in Deckung vor den umstürzenden Bäumen. Einer wäre direkt auf mir gelandet, aber Radulf schützte mich. Wobei die Herrin immer noch über mir wachte. Bei der Explosion hatte sie nicht einmal mit der

Wimper gezuckt, denn ihr konnten die umstürzenden Bäume nichts anhaben.

»Die Magie des Marsreifs ist zu mächtig«, brüllte ich Radulf zu, wobei meine Worte ja eigentlich gar nicht ihm galten. »Wir dürfen ihr das Amulett nicht überlassen.«

»Gebt meinen Enkel frei«, sagte Radulf. »Denn sonst zähle ich bis drei und verschwinde für alle Zeiten mit dem Marsreif. Eins.«

Nein, er sollte sie dazu bringen, sich auf den Marsreif zu stürzen, nicht auf ihn. Radulf sollte ihn ihr geben und verschwinden.

Doch er war nicht hier, um sie auszutricksen. Er wollte einen Handel. Sein Leben für meines.

»Nein, ich habe das angerichtet!«, sagte ich. »Ich muss es wieder in Ordnung bringen.«

»Ich muss es in Ordnung bringen, Nic«, sagte Radulf. »Dieser Krieg begann lange vor dir und ich hätte ihn längst beenden sollen. Zwei!«

»Haut ab!«, rief ich. Meine Magie kehrte zurück, doch es reichte nicht, um Atroxia zu bekämpfen. Ich würde meinen Großvater nicht retten können.

»Radulf hat den Marsreif«, sagte Brutus zur Herrin. »Schnappt ihn euch!«

»Nein!«, brüllte ich. »Ihr wollt mich!« Für den Moment hatte Radulf sie vielleicht getäuscht, bloß die Herrin würde sehr schnell merken, dass sie hinters Licht geführt worden war.

In ihrer Wut würde sie Radulf töten.

»Du musst verschwinden.« Radulf rief entschiedener denn je. »Ich bin dein *Pater Familias*, das ist mein Entschluss. Außerdem ist deine Magie stärker als meine, deshalb musst du verschwinden.« Dann sah er Brutus an. »Drei!«

»Wir nehmen das Angebot an«, sagte die Herrin. Und damit packte sie Radulf.

Unverzüglich sandte ich Magie in Radulfs Arm, um den Anschein zu erwecken, der Marsreif hätte eigenständige Kräfte. Mehr konnte ich nicht tun. Wenn ich den Blitz zurückrief, würde er Radulf töten. Und obwohl mein Großvater mir schon so viel angetan hatte, wollte ich ihm zu meiner eigenen Überraschung nur das Leben retten, wie er mir.

»Geh jetzt!«, befahl Radulf.

Ich rannte ins Gebüsch, wo Livia sich versteckte. Livia drückte mir den Marsreif in die Hand und in dem Moment stieß die Herrin ein heftiges Knurren aus. Mir platzte fast das Trommelfell und auch Livia hielt sich vor Schmerzen die Ohren zu. Atroxia hatte gemerkt, dass man sie hereingelegt hatte.

»Ich muss weg von dir«, flüsterte ich Livia zu. »Wohin ich auch gehe, die Herrin wird mir folgen.«

Es sei denn, ich würde mich an den einen Ort begeben, an den sie nie wieder zurückkehren würde. Ich musste mich dorthin zurückziehen und meine Kräfte sammeln. Dann würde ich mir überlegen können, wie Radulf zu helfen wäre.

Ich strich meiner Schwester über den Arm. »Sobald ich verschwunden bin, wird auch die Herrin gehen. Sie wird den Marsreif suchen. Bleib im Versteck, bis sie fort ist.«

Livia sah mich verzweifelt an. »Bitte geh nicht, Nic.«

»Wir sehen uns bald wieder. Kümmere dich um Mutter.«

Ich schloss die Augen und stellte mir die Katakomben unter der Tempelruine vor, wo Atroxia dreihundert Jahre lang geschlafen hatte. Dort hinzugelangen, kostete mich meine letzte Magie. Fast hätte es mich alles gekostet, doch zumindest konnte mir hier unten nichts geschehen.

Unter tausend Tonnen von Marmor und Stein landete ich in einem winzigen Hohlraum, der mich und vielleicht ein oder zwei Fliegen fasste, wenn wir eng zusammenrückten. Mehr nicht.

Ich meinte, die wutschnaubenden Schreie und das Stampfen der Herrin über mir zu vernehmen. Selbst wenn sie spürte, wohin der Marsreif entschwunden war, wäre sie mir nicht gefolgt, und die Prätoren würden mindestens ein Jahr brauchen, um all die Trümmer wegzuräumen. War das jetzt gut oder schlecht? Keine Ahnung. Auf jeden Fall würde Radulf mein Verschwinden ausbaden müssen. Ich mochte mir nicht ausmalen, was gerade mit ihm geschah.

Ich rollte mich auf die Seite, die am wenigsten wehtat, und nahm den Marsreif in die gesunde Hand. Sobald ich genügend Kraft gesammelt hatte, um den anderen Arm zu heilen, würde ich den Reif umlegen und seine Magie für mich in Anspruch nehmen.

Selbst jetzt begriff ich schon die größere Macht des Armreifs. Auch wenn ich ihn nur in der Hand hielt, schärfte er meine Sinne und meinen Verstand. Im Vergleich dazu kam mir die *Bulla* wie ein Spielzeug vor. Durch den Marsreif nahm ich jede Bewegung der Steine über mir wahr, hörte den Staub zwischen den Ritzen rieseln. Im Marsreif steckte nicht nur Magie, die imstande war, einen Jupiterstein zu erschaffen, sondern Magie, die ihn erschaffen *wollte*.

Ich drehte mich wieder auf den Rücken, doch dadurch gerieten unglücklicherweise mehrere Steinplatten in Bewegung. Eine fiel mir direkt aufs Bein, sodass ich mich nicht mehr rühren konnte. Vor Schmerz riss ich den Marsreif hoch, der alles sofort zu Staub verwandelte. Dadurch rettete ich mein Bein, aber der intensive Magieschub kostete mich die letzte Kraft.

Nein! Ich musste Radulf retten.

Die Herrin vernichten.

Ich brauchte Luft. Und zwar bald.

Der Marsreif entglitt mir. Im Moment konnte ich nichts machen, doch ich würde ihn suchen, wenn ich aufwachte. Falls ich aufwachte.

Über mir verschoben sich die Steine erneut. Lautes Knacken war zu hören und mir rieselte der Staub entgegen. Als der erste Stein fiel, blieb nur ein Gedanke:

So hatte ich nicht sterben wollen.

Wie es mit Nic weitergeht, erfährst du in Band 3 der Trilogie: „Nicolas Calva. Der göttliche Stein".

Jennifer A. Nielsen

Nicolas Calva

Der göttliche Stein

LESEPROBE ZU BAND 3

EINS

Mit etwas Glück blieb mir noch eine Stunde zu leben. Andererseits war ich noch nie wirklich ein Glückspilz gewesen, sonst wäre ich wohl erst gar nicht in diese missliche Lage geraten.

Nur die Götter wussten, wie lang ich schon unter dem Haufen aus Geröll lag, der einmal ein Tempel gewesen war – und ein Grab. Atroxias Grab.

Waren es Stunden? Tage? Ich konnte es wirklich nicht sagen.

Ich hatte diesen Tempel zerstört, in der Hoffnung, Atroxia mit ihm zu zerstören. Doch sie war so viel mächtiger, als ich es erwartet hatte. Mein Plan war gescheitert. Ich war an ihr gescheitert und hatte alles verloren.

Meine Magie war verschwunden. Jedes Mal, wenn ich aufwachte, hoffte ich, einen Funken davon in mir zu finden. Doch bisher wartete und hoffte ich vergebens. Meine Magie war versiegt.

Ich hatte auch meine Mutter und meine Schwester verloren. Ich wusste nicht, wohin sie gegangen waren und ob sie in Sicherheit waren.

Meine Freundin Aurelia war wahrscheinlich in Sicherheit, aber für mich war sie dennoch verloren. Um ihr Leben zu retten, hatte Aurelia versprochen, Crispus, einen Freund von uns, zu heiraten. Dieses Versprechen riss in mir eine so tiefe Wunde, dass keine Magie der Welt sie zu heilen vermochte.

Ich hatte sogar Radulf verloren, der sich Atroxia freiwillig gestellt hatte, um mich zu retten. Egal, wie oft ich versuchte, zu begreifen, warum er das getan hatte, es gelang mir nicht. Etwas in dem komplizierten Verhältnis zu meinem Großvater hatte sich verändert. Ich war mir nur nicht sicher, was es war.

All das hatte ich wegen Atroxia verloren. Zumindest war Atroxia damals ihr Name gewesen, als sie noch ein Mensch war. Die Prätoren kannten sie als die Herrin, einen verwunschenen Drachen, welcher der Göttin Diana dienen musste. Es gab Momente, in denen sprachen Atroxia und die Herrin mit derselben Stimme, aber nicht immer, wie ich bemerkt hatte. Der Drache war stärker als die Frau.

Es war offensichtlich, wieso Diana diese Art Fluch für Atroxia gewählt hatte. Jetzt war davon zwar nichts mehr zu spüren, doch einst war Atroxia eine Vestalin gewesen, eine heilige Frau. Vor Jahrhunderten verriet sie ihre ehrwürdige Stellung, was zur Ermordung des Herrschers Julius Cäsar durch einen von Dianas Ergebenen führte. Als Strafe für ihr Verbrechen wurde sie lebendig begraben. Während sie noch am Leben war, verwandelte Diana sie in einen Drachen, mächtig genug, Jahrhunderte der Bestrafung zu überstehen. Diana hatte ihr damit das Leben gerettet – und es gleichzeitig zerstört.

Dank meiner Dummheit war Atroxia jetzt frei und würde Dianas Pläne, das Reich zu stürzen, in die Tat umsetzen. Die römischen Prätoren würden sie in diesem Kampf unterstützen. Es war ein Krieg, der mit Cäsars Ermordung begonnen hatte.

Und irgendwie hatte ich die Befürchtung, dass er mit mir enden würde.

Die Zeit war nicht auf meiner Seite.

Ausnahmsweise lag es mal nicht an den Göttern oder meinen misslungenen Versuchen, auch nur einen Hauch von Magie in mir zu finden.

Nein, mein Problem war ein viel simpleres.

Mir ging die Luft aus.

Ich musste hier raus.

Doch zuerst würde ich noch ein wenig schlafen.

Ich konnte nicht anders.

ZWEI

Nicolas Calva, wo bist du?«

Eine schrille Stimme riss mich unsanft aus dem Schlaf. Kurz darauf hörte ich einen schmerzerfüllten Schrei, der von den Trümmern widerzuhallen schien und mir durch Mark und Bein ging.

Es war stockdunkel hier unten, aber ich brauchte kein Licht, um zu wissen, dass ich immer noch allein war. Die Stimme war in meinem Kopf und gehörte Radulf. Er rief nach mir. Und dafür wurde er bestraft.

Auf grausamste Art und Weise. Das wusste ich, weil ich es gespürt hatte, fast so, als würde ich es selbst erleben. Mein Herz klopfte immer noch wie wild. Meine Fingerspitzen brannten, als stünden sie in Flammen, aber ich konnte mich nicht frei genug bewegen, um etwas dagegen zu unternehmen.

Die Herrin hatte sich Radulf geschnappt, weil sie glaubte, er hätte den Armreif des Mars. Auf den ersten Blick wirkte der Armreif ziemlich unauffällig, ein einfacher Silberreif für den Unterarm, wie ihn Gladiatoren manchmal trugen. Doch jeder, der selbst Magie in sich hatte, spürte seine enorme Macht, die groß genug war, ein ganzes Reich zu stürzen. Mehr als alles auf der Welt wünschte sich die Herrin, den Armreif zu besitzen.

Nur dass Radulf ihn eben gar nicht hatte. Ich hatte ihn, er war irgendwo hier bei mir in der Dunkelheit.

Meine Augenlider waren schwer, ich hätte mich am liebsten wieder dem traumlosen Schlaf hingegeben, in den ich immer wieder fiel, seit ich hier unten festsaß.

Das war zweifellos Dianas Fluch, der jeden Gefangenen des Tempels schlafen ließ und damit sein Leben rettete, ihn jedoch gleichzeitig davon abhielt, ins Leben zurückzukommen.

Ich musste hier raus.

Mein rechter Arm war unter einem großen Tempelbrocken eingeklemmt und ich hatte schon vor längerer Zeit jegliches Gefühl darin verloren. Ich versuchte, die Hand zur Faust zu ballen, war mir aber nicht sicher, ob es mir gelang. Der ganze Arm war taub. Mein linker Arm lag neben meinem Körper. Ich konnte das Handgelenk nicht bewegen, und da fiel mir wieder ein, dass die Herrin es gebrochen hatte. Offenbar hatte ich also noch beide Arme, konnte sie aber nicht benutzen. Meine Beine lagen verdreht unter mir, um zertrümmerte Tempelsteine gewickelt, genauso nutzlos.

Der Armreif musste auch irgendwo hier sein. Ich erinnerte mich dunkel daran, den Tempel mit dem Armreif in der Hand zum Einsturz gebracht zu haben. Mehrere Tonnen Marmor und Steine über meinem Kopf zusammenbrechen zu lassen, war eine ziemlich gefährliche Aktion gewesen. Doch immer noch besser, als den Armreif der Herrin zu überlassen. Jetzt war ich mir allerdings nicht mehr so sicher. Die beste Entscheidung wäre gewesen, gar nicht erst nach dem Armreif zu suchen, obwohl es diese Möglichkeit wahrscheinlich nie gegeben hatte. Früher oder später wäre ich dazu gezwungen worden, hierherzukommen. Dianas Fluch musste immer noch auf diesem Tempel liegen, sonst wäre ich wahrscheinlich längst tot gewesen.

Den Tempel einstürzen zu lassen, war nur ein Teil meines dämlichen Plans gewesen. Der andere Teil bestand darin, mithilfe des Armreifs aus den Trümmern herauszukommen. Dummerweise war er mir aus der Hand gefallen. Ich hoffte, er war noch irgendwo in der Nähe.

Ich schloss die Augen und suchte nach einem letzten Funken Magie in mir. Es war nicht das erste Mal, dass ich meine Magie verloren hatte. Radulf hatte sie mir im Amphitheater genommen, außerdem hatte ich schon des Öfteren so viel Magie auf einmal verbraucht, dass sie völlig ausgeschöpft war. Aber sie war immer wieder zurückgekommen. Und das würde sie auch ein weiteres Mal tun. Hoffte ich zumindest.

Der Göttliche Stern zeichnete meine Schulter. Er war immer noch da und konnte mich heilen. Doch wo war die *Bulla*?

Ich spürte ihr Gewicht auf meiner Brust, doch das Amulett war kalt. Ich hob ganz langsam das linke Handgelenk und biss die Zähne zusammen, als die gebrochenen Knochen gegen die Bewegung protestierten. Wie oft hatte ich während meines Kampfes mit der Herrin dieses Handgelenk geheilt, nur damit es einen Moment später wieder gebrochen wurde? Warum sollte ich es nicht noch einmal heilen können?

Ich konnte es. Ich musste nur die *Bulla* berühren, und da meine rechte Hand wahrscheinlich platt gedrückt war wie ein zertretener Käfer, würde meine linke Hand wohl oder übel diese Aufgabe übernehmen müssen.

Ich atmete ein paarmal tief durch und nahm meinen ganzen Mut zusammen. Dann hob ich den Arm ruckartig und zog ihn unter zertrümmerten Steinen und loser Erde hervor.

Ich musste kurz Luft holen und ein paar Flüche ausstoßen. Immerhin befand sich mein Handgelenk jetzt oberhalb meiner Hüfte. Noch eine Bewegung und ich würde nach der *Bulla* greifen können.

Mein gesamter Arm pulsierte vor Schmerz und mir wurde schlecht. Ich wollte mich nicht mehr bewegen. Wenn ich mich doch nur hätte kurz entspannen und einschlafen können, wie ich es davor schon so oft getan hatte. Dieser Ort wollte, dass ich schlief und hier für immer verschwinden würde.

Aber Radulf hatte sich für mich geopfert, und in dem Moment hatte ich geschworen, ihn zu finden und vor was auch immer die Herrin mit ihm vorhatte zu bewahren. Wie lange auch immer sie ihn jetzt schon in ihren Klauen hatte, es war zu lange. Ich musste dringend hier raus.

Ehe ich es mir anders überlegen konnte, riss ich den Arm nach oben. Mein Handgelenk krachte gegen einen spitzen Stein, der im Weg war, doch mein Arm schob sich daran vorbei. Ich schrie auf, was dazu führte, dass sich meine Lunge mit Staub füllte, den mein Arm aufgewirbelt hatte. Röchelnd und hustend drückte ich den Unterarm an die Brust. Plötzlich veränderte sich etwas.

Meine linke Hand war auf der *Bulla* gelandet. Ich konnte nicht richtig greifen, aber derselbe spitze Stein, der mir so viel Schmerz verursacht hatte, hielt meinen Arm nun in Position auf dem goldenen Amulett.

Eine vertraute Hitze breitete sich in meiner Brust aus und verteilte sich in meinem Körper. Ich hörte auf zu zittern. Interessanterweise hatte ich bis eben gar nicht bemerkt, wie kalt mir gewesen war.

In dem Moment, als die Magie der *Bulla* den Göttlichen Stern erreichte, strömten seine Heilkräfte von meiner Brust zu meinen Armen und Beinen. Magische Wärme drang in die Knochen meines Handgelenks, machte sie stärker und verband sie wieder miteinander. Machten mich wieder ganz. Ein kurzes, schmerzloses Schütteln des Handgelenks bestätigte, dass es wieder heil war.

Ich war allerdings immer noch gefangen, und ich bezweifelte, dass die *Bulla* Tonnen eingestürzter Tempelbrocken von mir heben konnte. Aber es gab etwas, das so viel Macht hatte.

Magie konnte andere Magie immer spüren, wenn sie in der Nähe war. Diese Kraft setzte ich ein, um nach dem Armreif des Mars zu suchen.

Ursprünglich hatte die *Bulla* einmal Julius Cäsar gehört. Damals trug das magische Amulett die Kräfte der Venus in sich. Nach Cäsars Tod verließ Venus' Macht die *Bulla*, und Diana ersetzte die Magie durch ihre eigene, in der Hoffnung, das Amulett würde einmal in ihrem Kampf gegen die Götter eingesetzt werden. Die Tatsache, dass ich die *Bulla* hatte und sie dazu benutzte, diesen Krieg zu stoppen, machte sie wahrscheinlich rasend vor Wut.

So als Regel könnte man sagen, dass es nie eine gute Idee war, einen Gott wütend zu machen. Das hatte ich sehr wohl verstanden.

Dass sich der Armreif in meinem Besitz befand – mehr oder weniger –, machte die Sache sicherlich nicht besser.